古诗词里的快意人生

瞧，这才是风流！

大老振 —— 著

中国出版集团　现代出版社

图书在版编目（CIP）数据

古诗词里的快意人生：瞧，这才是风流！ / 大老振著 . -- 北京：现代出版社，2020.1

ISBN 978-7-5143-8247-1

Ⅰ . ①古… Ⅱ . ①大… Ⅲ . ①古典诗歌—诗歌欣赏—中国 Ⅳ . ① I207.2

中国版本图书馆 CIP 数据核字 (2019) 第 244987 号

古诗词里的快意人生：瞧，这才是风流！

作　　者：大老振
责任编辑：张　霆　姚冬霞
出版发行：现代出版社
通信地址：北京市安定门外安华里 504 号
邮政编码：100011
电　　话：010-64267325　64245264（传真）
网　　址：www.1980xd.com
电子邮箱：xiandai@vip.sina.com
印　　刷：北京飞帆印刷有限公司

开　　本：880mm×1230mm　1/32
印　　张：11.125　　　　　　字　　数：238 千
版　　次：2020 年 1 月第 1 版　印　　次：2023 年 10 月第 5 次印刷
书　　号：ISBN 978-7-5143-8247-1
定　　价：52.00 元

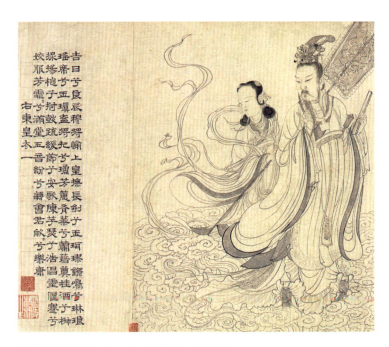

九歌图卷（局部） 元·张渥绘 褚奂题

竹林七贤图（局部） 唐·孙位

永和九年歲在癸丑暮春之初會
于會稽山陰之蘭亭脩禊事
也羣賢畢至少長咸集此地
有崇山峻嶺茂林脩竹又有清流激
湍暎帶左右引以為流觴曲水
列坐其次雖無絲竹管弦之
盛一觴一詠亦足以暢敘幽情
是日也天朗氣清惠風和暢仰
觀宇宙之大俯察品類之盛
所以遊目騁懷足以極視聽之
娛信可樂也夫人之相與俯仰
一世或取諸懷抱悟言一室之內
或因寄所託放浪形骸之外雖
趣舍萬殊靜躁不同當其欣
於所遇暫得於己快然自足不
知老之將至及其所之既惓情
隨事遷感慨係之矣向之所
欣俛仰之間以為陳迹猶不
能不以之興懷況脩短隨化終
期於盡古人云死生亦大矣豈
不痛哉每攬昔人興感之由
若合一契未嘗不臨文嗟悼不
能喻之於懷固知一死生為虛
誕齊彭殤為妄作後之視今
亦由今之視昔悲夫故列
敘時人錄其所述雖世殊事
異所以興懷其致一也後之攬
者亦將有感於斯文

兰亭序卷（局部）　明·祝允明书　文徵明图

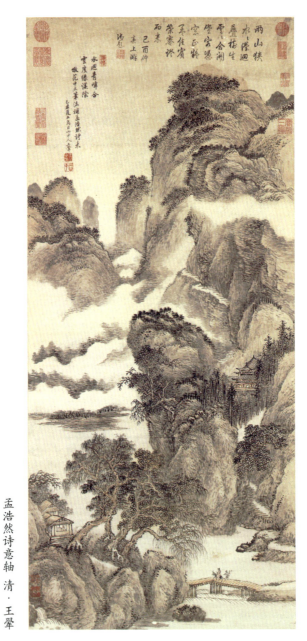

两山对水隆回
叠嶂生
云合闸
壑空深
容玉舒
荣佳宾
策蹇诉
而来
己面仲
未上游
泓昆

水迎青嶂合
云度绿溪阴
敬花先生笔意摹画溪照诗来
乙丑夏五为日山先人童
洗端摹画溪照诗来

孟浩然诗意轴　清·王翚

蜀道难　元·赵孟頫

李白行吟图　南宋·梁楷

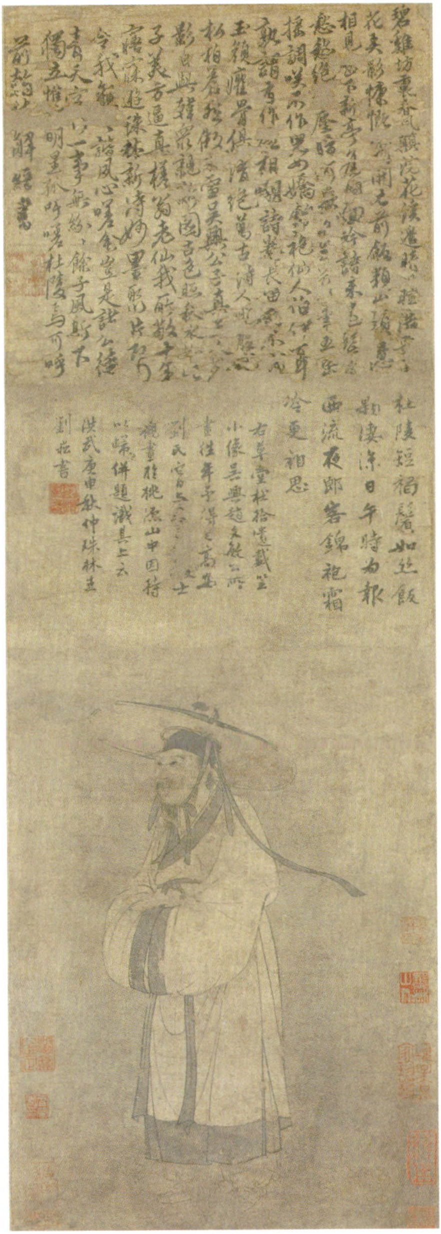

杜甫像轴　元·赵孟頫

杜甫诗意图册　清·王时敏

無邊落木蕭蕭下
不盡長江滾滾來

杜甫诗意图册　清·王时敏

広寒宮闕舊遊時鸞
鶴天香卷繡旌自是
嫦娥愛才子桂花先折
與最高枝　唐寅

嫦娥执桂图　明·唐寅

荆江水清滑生女白如脂其
间杜秋者不劳朱粉施
老濞即山铸后庭千双眉
秋持玉斝醉与唱金缕衣

杜秋娘图卷（局部） 元·周朗

元機詩意

元机诗意图　清·改琦

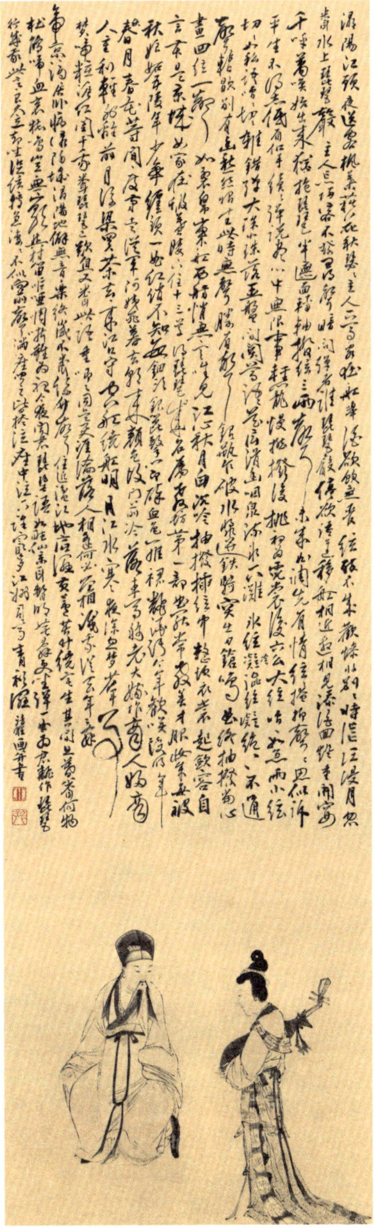

琵琶行图轴　明·郭诩

苏轼烟江叠嶂诗（局部）　元·赵孟頫书　明·沈周、文徵明补图

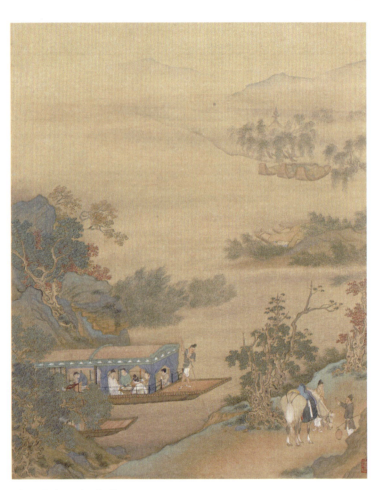

浔阳琵琶　明·仇英

前　言

《唐诗三百首》竟然是
一本武功秘籍?

你眼中看到的世界是什么样子的?

一日三餐,学习工作,繁衍后代,周而复始?

不,除了你所看到的,还有一个你不了解的世界——

江湖。

江湖中暗流涌动,肉眼几乎绝对看不见,除非有一天能融入其中,你才会惊奇地发现,这竟然是一个如此光怪陆离的世界。

好比武林。

你永远不会知道村口的一个铁匠竟然会是武林高手,你也不会怀疑那个嘻嘻哈哈的疯丫头居然身怀绝技。

他们各有各的师承,各有各的来路。

诗歌的江湖亦是如此。

很久很久以前,《诗经》中的老百姓唱着歌谣,无意中打开了一扇叫作“诗歌”的大门,还有一个叫作屈原的骚人帮着使劲儿推了一把。从此,一个走向诗歌江湖的大门敞开了,不少高手出现了。

尤其是在一个叫作"唐朝"的时代，更是人才济济、高手云集、门派众多。

这让初入江湖的人去学哪一门、哪一派比较好呢？

别急，菜鸟的福音来了——

武功秘籍。

一

当时江湖上流传着一句话，概括了唐诗的四大门派：

田园有宅男，边塞多愤青。咏古伤不起，凄凄满别情。

田园派掌门王维、孟浩然，边塞派三雄王昌龄、岑参、高适，咏古伤今派老大杜牧，送别派……

送别没有派，在那个年代，谁都能折几根柳枝、滴几滴眼泪写一首送别诗。

其他还有逍遥浪漫派的李白李大侠，忧国忧民派的杜甫杜大叔，专给皇帝提意见派的白居易白老师（"惟歌生民病，愿得天子知"），挂着羊头卖狗肉派的韩愈韩教授（以文入诗），还有不写标题派的李商隐李同学（"无题诗"为他首创）……

这么多门派，这么多首诗，该是个多么大的宝库啊！

那时，隔一两年就会有人编个诗选出来，比如《当代诗歌排行榜十大诗人名诗选》《爱我大唐之边塞雄风》《最唯美送别诗精选》，等等。

但是，这些书畅销几年也就销声匿迹了。

历史呼唤一本能体现大唐诗歌真正水平的高大全的诗集出现。

到了清朝的时候，好人出现了。

他就是康熙皇帝。

他在明朝人季振宜编的《唐诗》和胡震亨编的《唐音统鉴》的基础上，举全国专家之力，只用了一年多，就"得诗四万八千九百余首，凡二千二百余人"，编成了卷帙^(juàn zhì)浩繁的九百卷《全唐诗》。

近五万首诗啊，唐朝有点儿名气的诗人写的诗都被收录进来了！

康熙大帝，功德无量啊！

这套书这么好，适不适合学习写诗的人用呢？

我们用事实来说话。

康熙的孙子乾隆，可谓是一个用生命在写诗的皇帝，他一个人就写了四万三千六百三十首诗。

一个人啊，数量上几乎碾压整个唐朝诗人了，据说他写诗速度之快，上个厕所就能写出来四首。

有没有一首脍炙人口的呢？

还真有。

就是流传很广的那首咏雪诗，"一片一片又一片，三片四片五六片，七片八片九十片，飞入梅花都不见"。

前三句是乾隆的，最后一句点睛之笔是随行大臣沈德潜为了怕冷场，为他接上的。

当然，这件事也许只是个传说，不过至少我们能从中读出一点儿言外之意：乾隆写诗的水平实在不咋地。

可见，他爷爷编的《全唐诗》对他也没有起到多大作用。

历史又呼唤了：这次我要一本关于诗歌的教材，不是工具书！

刚刚提到的为乾隆续诗的沈德潜憋了个大招，亲自编选了一本《唐诗别裁集》。

这次，他精选出了二百七十余名诗人，选了一千九百余首诗，至少不那么让人望而生畏了。但他毕竟是皇帝身边的大臣，书里选进了不少为帝王唱颂歌的马屁诗。

会有这样一个人，编出一本经得起时间考验的真正经典的唐诗精华本吗？

二

其实，那时候有一本教材挺流行的，所有的老师教孩子学诗都要用这本书。

这就是从宋朝起就开始流行的《千家诗》。

《千家诗》好不好呢？当然好！

首先，它能从宋朝经历元朝、明朝，再到清朝，其间五六百年的时间不断修订，经受住了时间的考验。

其次，它选的大多是唐宋时期的名家名篇，没有偏的、难的、怪的，易学好懂。

再次，它题材多样。你想学山水田园诗？有！你想学送别赠友诗？有！你想学思乡的、咏物的、题画的，或者考场作文类型的应制诗，统统都有！

最关键的一点是，它选诗一千二百八十一首，总体来讲还是比较经典的。

这时候，有一个人出现了，他要向权威发起挑战："我要编一本适合所有人的武功秘籍！"

这个人在历史的节点写下了一段宣言，这段话宣告了《千家诗》的时代已经过去，而《唐诗三百首》的时代即将来临。

这段话是这样写的：

世俗儿童就学，即授《千家诗》，取其易于成诵，故流传不废。但其诗随手掇拾，工拙莫辨。且止五七言律绝二体，而唐宋人又杂出其间，殊乖体制。因专就唐诗中脍炙人口之作择其尤要者，每体得数十首，共三百余首，录成一编，为家塾课本。俾^(bǐ)童而习之，白首亦莫能废。较《千家诗》不远胜耶？谚云，"熟读唐诗三百首，不会吟诗也会吟"，请以是编验之。

从这段话可以看出，这个人肯定了《千家诗》的一个优点，即"易于成诵"，好读、好背，没有生僻字。

但是，缺点一大堆。

首先，选诗太过随便！难道"易于成诵"和"脍炙人口"可以画等号吗？顺口溜好读好背，那也叫诗？

其次，只选五言、七言的绝句和律诗，其他的体裁都不选，难道好诗就只有律诗和绝句吗？

最后，唐朝的诗就是唐朝的诗，宋朝的诗就是宋朝的诗，干吗要混在一起？小孩子多容易背混呀，考试写错了诗人出生的朝代怪谁？

肯定了优点，批评了缺点之后，就要立下宏伟目标了。

我编的书，要有以下几个特点：

1. 只选唐朝的脍炙人口的诗，宋诗将来有机会再说。选诗标准跟身份、地位、名气无关，最关键的是要脍炙人口！

2. 我要每种体裁的诗都选上几十首。（先普及一下诗歌知识啊，唐代以前的诗都叫古体诗，唐朝以后的绝句啊律诗啊，一直到清朝的诗，都叫近体诗。）古诗我要选，什么乐府诗啊古风啊歌行体啊我要选，律诗啊绝句啊这些近体诗我也要选，四言六言五言七言都要选！

3. 数量不能多，三百来首就足够了，《诗经》不是号称"诗三百"吗？数量刚刚好。

4. "三观"一定要正，要有正确的世界观、人生观、价值观，每首诗都要点评！

5. 这本书不仅适合做启蒙读物，而且读到老了还能读！

6. 只要熟读我编的这本书，就算是学不会作诗，借个景抒个情什么的，绝对让你张口就来！

天哪，从近五万首诗中选出三百余首，而这些诗既要能体现诗人的风格特色，凸显诗人在诗坛上的地位，还要能反映唐诗的基本风貌。

这个人是不是疯了？

三

事实上，这个牛人真做到了。

我们来看看他是怎么选诗的吧，那些天天为选题愁得挠头的编辑可以来这里找找灵感。

《唐诗三百首》共选诗人七十七家，诗作三百一十三首。

从诗人的社会地位和身份看，上自皇帝老儿，下至读书人老百姓，甚至和尚妓女，只要你写的诗脍炙人口，就绝对会有你的一席之地。

比如杜秋娘，做过侍妾、做过歌伎，人生最辉煌的时候做过皇帝的妃子，可是老年时住在一个破道观里，穷困潦倒，她年轻时曾经写过一首《金缕衣》：

劝君莫惜金缕衣，劝君惜取少年时。

花开堪折直须折，莫待无花空折枝。

　　这首诗流传甚广，杜秋娘就凭借这首诗，成为《唐诗三百首》中幸运诗人的七十七分之一。

　　这本书有个非常突出的特点，就是体裁很全。每个诗人爱写什么体裁的诗，是与他的气质吻合的，这和什么人适合练什么武功是一样的道理。

　　比如杜甫的律诗成就非常高，这本书里杜大叔的诗选得最多，选了三十九首，他一个人就占了整本书十分之一还多的篇幅。

　　而这三十九首里，律诗占了二十三首。

　　律诗，就是杜大叔的独门武功。虽然后世一直在学他，也有人写得还很不错，但是想要超越老杜，不可能！

　　看看为他夺得"七律之冠"大奖杯的那首《登高》：

风急天高猿啸哀，渚清沙白鸟飞回。

无边落木萧萧下，不尽长江滚滚来。

万里悲秋常作客，百年多病独登台。

艰难苦恨繁霜鬓，潦倒新停浊酒杯。

　　有人是"有篇无句"，有人是"有句无篇"，可是杜大叔这首，有篇有句，句句经典啊！

　　接着来看李白。

　　高手写诗，自然是什么体裁的都能信手拈来，对于白哥而言，更是 No problem（没有问题）。

然而，白哥最擅长的是乐府诗。还有什么诗像乐府诗那么不受拘束、那么随心所欲？想写几句写几句，管它格律不格律，用韵不用韵。

白哥入选二十九首诗，最具代表性的就是那首《将进酒》：

> 君不见，黄河之水天上来，奔流到海不复回。
>
> ………………
>
> 天生我材必有用，千金散尽还复来！

还有什么诗，能比乐府诗更能体现我们白哥的风采？

再来说说风度翩翩的王维同学。

他和白哥同年出生，但是他俩的风格是多么不同啊！

他是那么温文尔雅，为人又是那么低调，他在《唐诗三百首》中入选的诗也是二十九首，很明显五言才是他的最爱。

> 明月松间照，清泉石上流。
>
> （《山居秋暝》）

> 行到水穷处，坐看云起时。
>
> （《终南别业》）

不知道各位看官有没有一个惊奇的发现——杜甫，儒家；李白，道家；王维，佛家。

儒释道三家，齐了！

厉害了，我的牛编辑！

你以为编本书是很容易的一件事吗？

你以为挑战权威是很容易的一件事吗？

凡是敢于挑战权威的人都有三个特点：深厚的学识、高超的见识和非凡的胆识。

深厚的学识是基础，这样的人不在少数，凡是能考上进士的，哪一个学识不深厚？

高超的见识是智慧，拥有知识的人不一定拥有智慧。

非凡的胆识是成功的关键，你学识深厚、见识高远，没有胆量去做，一切不都等于零吗？

下面就让你们见识见识这位牛编辑的胆识。

四

一提起江湖中的绝顶高手，大概很多人就会想到金庸小说里的"东邪西毒，南帝北丐"。

有没有觉得白哥很有黄老邪的风范？管你什么黑道白道，我只关心我的道道。

有没有觉得杜大叔很像北丐洪七公？侠义心肠、家国情怀，可惜杜大叔不知道有没有尝过叫花鸡的味道，活得倒像是叫花子。

诗佛王维，和出家当和尚的南帝很有一拼吧？

那么谁更像是西毒欧阳锋呢？

数来数去，大概也只有白居易可以当得起此称号了，因为至少他很"毒舌"，讽刺起皇帝来也是毫不留情的。

但是，令人大跌眼镜的是，排名唐朝三大诗人之一的白居易，居然只选了六首诗！

六首！

试问，唐朝诗人里还有谁比白居易的粉丝多，名声传播得广？

谁都知道是白居易倡导了"新乐府"运动，可是白居易写的乐府诗，这位牛编辑竟然一首都没有选。

白居易入选的这六首诗，分别是《长恨歌》《琵琶行》《赋得古原草送别》《问刘十九》《后宫词》《望月有感》。

咱们来欣赏一首比较小众的《后宫词》：

> 泪湿罗巾梦不成，夜深前殿按歌声。
> 红颜未老恩先断，斜倚薰笼坐到明。

白居易把弃妇的幽怨写得如此入木三分。不得不说，选中此诗的人眼光太毒了，他比白居易自己更了解其优势到底是什么。

不是乐府诗，不是讽喻诗，白居易的特点就是"以情取胜"！

那么，问题来了，究竟谁能当得起诗人中"西毒"的称号呢？

答案是：李商隐。

是的，就是写"身无彩凤双飞翼，心有灵犀一点通"的李商隐同学。

他的爱情诗写得柔情、缠绵，读之令人肝肠寸断。

原来，爱情才是这世界上最无药可解的毒啊！

牛编辑的眼光，不仅老到毒辣，还很超前。

后来研究者发现，《唐诗三百首》里的许多诗都很有意境，可以拍成电影。

电影里有个术语，叫"蒙太奇"。所谓蒙太奇，就是把不同的镜头剪辑在一起，以形成一种独特的体验。

举个例子吧，比如李商隐思念妻子的《夜雨寄北》：

君问归期未有期，巴山夜雨涨秋池。

何当共剪西窗烛？却话巴山夜雨时。

从时间和空间上来看，这四句诗分别由四个镜头组成：

过去——现在——将来——过去。

长安——巴山——长安——巴山。

然而，这只是一条时空上的明线，还有一条暗线，李商隐写这首诗的时候，他的妻子已经不在人世了，他是在阴阳两世间穿梭。

这种时空上的交错，就是唐朝版的《人鬼情未了》呀！

牛编辑的确很有胆识，他还打破了"诗必盛唐"的魔咒。初唐、盛唐、中唐、晚唐诗人的诗都有编选，这在当时可是掀起了轩然大波。

此老兄翻翻白眼儿，一概不理。

牛人之所以是牛人，就是因为他们绝不随波逐流。

五

《唐诗三百首》因为选诗脍炙人口，体裁完备、内容丰富，所以很快成为孩子们学诗的启蒙读物。

启蒙，不是因为浅显，而是因为经典。

经典的内容经得起时间的考验，常读常新，所以老少皆宜。

并且，这本书还同时具备两种功能——欣赏和写作指导。

这就厉害啦，又美观又实用，谁不喜欢？

然而，话又说回来，难道这本书一点儿缺点都没有吗？

金无足赤，书无完书，当然有。

这本书最大的缺点是少了一首诗，少了一个诗人。

这首诗就是张若虚"孤篇压全唐"的《春江花月夜》，这个诗人就是大名鼎鼎的"诗鬼"李贺。

这是什么原因呢？

因为牛编辑选诗的标准除了"脍炙人口"外，还要"温柔敦厚"。

不选《春江花月夜》，是因为它不太符合排律的规范；不选李贺，是因为李贺的用语太过晦涩艰深。

遗憾啊，遗憾！

可是人生，原本不是处处充满遗憾的吗？就如天空中的那轮明月，有圆亦有缺，这才是自然的本色。

白璧微瑕，并不影响《唐诗三百首》的伟大。

那么，编出《唐诗三百首》的这位牛编辑到底是谁呢？

他有学识、有见识、有胆识，最关键的是，他还会做减法。

会做加法的人到处有，会做减法的人太少见。

做减法，才是人生的大智慧。

千呼万唤始出来，神秘牛人终于要露面了。

他叫蘅塘退士，"退士"，不进反退，从他的号上来看，这简直就是扫地僧一样的存在啊！

他留下来的事迹很少，只知道他是乾隆年间的进士，为官清廉，深受老百姓的爱戴。

我们要感谢一枚小小的印章，如果不是它，估计到现在大家都不会知道他的真实名字——孙洙。

让我们记住他的名字吧，因为有了他，我们才可以在每一个太阳初升的早晨，在每一个晚霞满天的黄昏，手握一本《唐诗三百首》，去体味经典的魅力。

　　能在后世人心中留下一席之地的，不一定是多么大名鼎鼎的人物，只要他认真做好了一件有意义的事，他就无愧于这两个字：伟大。

目录

屈

原

即使被全世界抛弃，也要在大地上诗意地栖居

屈原这辈子，很失意。

失意——"失意"的"失"，"失意"的"意"，就是很不如意。

但他活得很诗意。

诗意——"诗意"的"诗"，"诗意"的"意"，就是很诗情画意。

司马迁在《史记》中这样评价："信而见疑，忠而被谤。"

对待君主剖肝沥胆却被怀疑，对待国家忠心耿耿却被诽谤。

司马迁不愧是大文学家、大史学家，这八个字把屈原的冤屈概括得太准确了！

屈原这辈子，可以用四个数字来总结——

一生只为国家，两次遭到流放，三番临危受命，四海漂泊流浪。

他在这个世界上孤独地行走，无人理解、无人倾诉，却把满腔的失望愤懑（mèn）化作了一首首瑰（guī）丽浪漫的诗，把美和芬芳留在人间。

纵然是在生命的尽头，汨（mì）罗江畔那纵身一跃，令人世代怀念。

屈原，用他的一生向世人宣告：**即使被全世界抛弃，也要在大**

地上诗意地栖居。

一

屈原是一个骨子里很骄傲的人，这和他生长的环境有关。

公元前 340 年左右，屈原出生在战国后期的楚国。虽说是战国，但出生在别的国家和出生在楚国，幸福指数是大不一样的。

屈原出生在楚国鼎盛时期的"宣威盛世"。

楚国那时候真繁荣啊！疆域辽阔、物产丰富、经济发达，还开辟了海上"丝绸之路"！

楚国和中原的文化很不同，比如在对待颜色的问题上：魏国崇尚火德，结果全国上下一片红；燕国崇尚水德，谁如果到燕国出差，那绝对是进入了蓝精灵的世界；韩国崇尚木德，大家都爱穿绿衣服，只是不知道这帽子……

只有西边的秦国和南边的楚国例外。

秦国人喜欢黑色，管你们什么德，我们就是喜欢黑色！乌鸦是黑色的吧？我们就是你们的丧门星，等着被我们灭吧！

楚国人呢？管你们什么审美，我们就是喜欢五颜六色！孔雀是彩色的吧？我们就是骄傲的孔雀！

其中，最骄傲的一只孔雀，就是屈原。

他经常"峨冠博带"，出现在公众视线里，戴着高高的帽子，穿着宽大的衣服，人又长得面如冠玉、目若朗星，端的是拉风啊！

关键人家也有骄傲的资本——

一来出身好，和楚王一个姓，都姓芈^{（mǐ）}（感谢《芈月传》为全国人民普及生僻字）。

那个年代，"姓"和"氏"是分开的，同一族的人一个姓，但是根据封地、官职等的不同，又有了"氏"。

楚王的"氏"是熊，屈原的"氏"是屈，所以屈原和楚王都是老"芈"家的人呀！

二来有才华，才二十多岁就把楚国民间祭祀神灵时唱的歌，重新整理改编了十一首，并用楚国诗歌旧题命名为"九歌"。

这下子可不得了了！

屈原在文学史上开创了一种新的诗歌体裁——楚辞！

这也太神奇了！

屈原令人称奇的事还有很多。

他给后世的诗人留下了两个词：骚人，风骚。

因为屈原后来创作了楚辞体的巅峰诗歌《离骚》，后世诗人也就有了一个很文雅的称呼：骚人。

如果想夸谁文采好，可以竖起大拇指对他说：你很风骚。

对方一定很高兴，因为"风"是指《诗经》中"风、雅、颂"的"风"，而"骚"，就是指《离骚》。

他创造了一个诗歌流派：浪漫主义流派。

文学上两大流派，江湖上人称"北《诗经》，南《离骚》"。

《诗经》是现实主义派，掌门人是谁？不知道，那是一群人的智慧，高手在民间嘛！

而《离骚》是浪漫主义派，掌门人就是屈原。

他是第一个在文学史上留下名字的诗人。

先秦没有专业作诗的诗人，屈原是第一个。

之后就厉害啦！《诗经》这一支，"诗圣"杜甫杜大爷就是掌门人啊！《离骚》这一支，掌门人是李白大"诗仙"啊！

出身好，又有才华，颜值还高，二十三岁就当上了楚国的左徒，相当于国务院副总理，你说他是不是有骄傲的资本？

二

屈原在政治上的蜜月期，是和他的第一个上司楚怀王一起度过的。

那可真是一段令人怀念的日子啊！

楚怀王坐在王座上托着腮帮，倾听屈原在自己面前侃侃而谈，憧憬楚国的未来。

司马迁说屈原"博闻强志，明于治乱，娴于辞令"，看看，看看，见识广记性好不说，口才也好，还懂得在乱世中如何治国，简直是让人羡慕嫉妒妒恨的节奏啊！

屈原治国的宗旨很明确：**在内，仿效商鞅吴起进行变法；对外，联合齐国对付秦国。**

此时的战国，"战国七雄"只剩下秦、楚国和齐国还"雄"着，其他几个都"怂"了。

战国时代，不是你死，就是我亡，没有谁不是活得战战兢兢的。

屈原是一个在政治上高瞻远瞩的人，他说，楚国只有坚持变法才能强大。

屈原不是不知道，变法能强国，变法有风险。

秦孝公任用商鞅变法，秦国强大了，商鞅被车裂。

楚悼王任用吴起变法，楚悼王死了，吴起被追杀。吴起趴到他的尸体上，结果他俩都被乱箭射成了马蜂窝。怪不得叫"悼"王，哀悼他三秒钟。

只不过商鞅变法被传承了下来，而吴起变法中断了。

屈原觉得，楚国还是要把变法继续下去。

楚怀王说：亲，你大胆地放手去做吧！

屈原又建议：我们的外交，只有采用"合纵"策略才能赢。

"合纵"就是几个弱国联合起来抵抗一个强国，一群羊抵抗一只狼。

那只狼，就是秦国。

其他几个国家"合纵"，秦国就"连横"。这只狼受不了了，就把那些羊逐个击破，拉拢一些弱国来进攻另外的弱国。

在国与国之间来回撺掇的这些名士就叫"纵横家"。

朝秦暮楚，是战国时不少国家为了生存的常态。

屈原不是不知道，那时魏国的纵横家公孙衍倡导的"合纵"策略刚刚被秦相张仪的"连横"策略打败。

这几个国家在函谷关群殴秦国，秦国面临灭顶之灾。可是张仪凭借自己的三寸不烂之舌，居然把他们的"合纵"给破坏了，并且斩首合纵大军八万两千余人！

屈原此时想去拉拢齐国，然后联合其他国家再次形成"合纵"之势，难度该有多大！

楚怀王说：亲，你大胆地放手去做吧！

于是屈原外交官来到齐国，见到了齐宣王。

没错，就是那个成语"滥竽充数"里喜欢听合奏的齐宣王。这位文艺范儿的齐宣王很注重发展文化，据说孟子就经常在齐国"稷下学宫"组织的文学沙龙里讲学。

齐宣王超级欣赏有才华的人，欣赏到什么地步呢？他居然娶了四十岁还没有嫁人的著名丑女钟无艳做王后，这位王后是齐宣王的贤内助。

屈原在齐宣王面前没有费吹灰之力，就又一次拉起了"合纵"

的大旗，而且由楚怀王担任合约长，合纵典礼要在楚国举行！

楚怀王高兴得合不拢嘴，有这个得力的下属，真是倍儿有面子！

三

公元前 318 年，齐、魏、韩、赵、燕的国家最高领导人齐聚楚国郢^{（yīng）}都（今湖北江陵县）。

在屈原的主持下，六国领导人进行了多边会谈，他们发表了共同抗秦的联合声明，并歃血^{（shà xuè）}为盟，共同祭拜祖先和天地诸神。

会谈结束后，六国领导人一起愉快地观赏了楚国大型歌舞文艺演出——《九歌》。

这一次，屈原的才华大放异彩。

想想吧，当编钟奏响大才子屈原改编的歌曲，巫师巫女们打扮成光彩夺目的神灵在祭台上起舞，那场面……

太唯美了！太浪漫了！

屈原可谓是策划"实景演出"的第一人。

下面来观赏一下这台两千多年前的盛大演出吧！

首先要迎接九位神灵依次出场，然后是祭奠死去战士的祭歌《国殇^{（shāng）}》，最后所有人共同演唱送神曲《礼魂》。

第一个要出场的，必须是地位能和玉皇大帝相媲美的天神——"东皇太一"。

东皇太一浑厚的声音在一片黑暗中响起：黑暗，黑暗，比黑暗更深沉的黑暗，辉映着永恒！

忽然，灯火一齐照亮，巫师巫女在装饰着奇花异草的舞台上载歌载舞，又是美酒佳肴呈上，又是钟鼓一齐鸣响，简直太炫了！

东皇太一缓缓离去，一辆戴着龙面具的马拉着车缓缓驶入，车上装饰着五彩的云朵。

群巫师立即向车上的云神云中君跪拜：我们日夜叹息，就是因为想念您，请不要吝惜您的雨露，保我们年年丰收吧！

云中君微笑向全场点头致意，之后翩然离去。

接下来要出场的是观众非常盼望的湘君和湘夫人，他们是楚国人的爱神。

这个故事来源于舜帝和他的两个妃子娥皇、女英，著名的"湘妃竹"的传说就是取材于他们。

屈原在这里精心编导了一场很能戳中观众泪点的戏：湘君和湘夫人约会，但是阴差阳错，没有见面。

面对着空荡荡的水面，湘夫人愁肠百结，她不禁唱道：

袅袅兮秋风，洞庭波兮木叶下。

瑟瑟的秋风，渗透了我的心田；荡漾的水波，起伏在我的心间；而那纷披的落叶啊，犹如我此刻不断下坠的心情……

屈原这句用秋景来表现惆怅心境的诗，一不小心创造了个世界纪录，被称为：

千古言秋之祖。

然后就是掌管人类生死的"大司命"（类似阎王爷）、掌管子嗣的"少司命"（类似送子观音），还有太阳神"东君"、水神"河伯"，美丽的女山神"山鬼"。

这让看惯《诗经》中凡人恋爱故事的北方各国领导眼界大开——

神仙也会恋爱？人神也可以恋爱？天哪，楚国人怎么如此浪漫!

尤其是少司命唱的那句——

悲莫悲兮生别离，乐莫乐兮新相知。

这世上还有比"生别离"更令人悲伤，比"新相知"更令人快乐的事情吗？

演出到《国殇》时，达到高潮，当低沉的音乐在耳边响起，当雄壮的唱词在空中回荡，所有人都一齐起立，为在战场上牺牲的将士致敬——

身既死兮神以灵，魂魄毅兮为鬼雄！

他们不是神，可是他们即使变成了鬼，也永远都是英雄！

最后，在舒缓悠扬的《礼魂》乐曲声中，所有演员集体谢幕，掌声热烈。

齐宣王的手都拍红了，心想：有机会一定要把屈原挖到我们齐国去。

四

就在屈原的事业一帆风顺的时候，他的人生忽然发生了大逆转。

首先有小人诬告屈原，耳根子软的楚怀王居然就相信了，生气地疏远了屈原。

然后强敌出现，这个人，是战国时代传奇人物张仪。

张仪站在楚国的朝堂上，对着楚怀王郑重承诺，只要楚国和齐国断交，秦国就把商於（今河南南阳淅川县西南）六百里之地归还给楚国。

耳根子软的楚怀王居然也相信了，他坐在王座上托着腮帮，笑眯眯地看着张仪说：亲，你说话要算话哦！

屈原表示激烈反对，结果被贬为三闾大夫，从副总理变成了专管祭祀的小官和教授贵族子弟的教师。

楚怀王呢？迫不及待地先后派出两批使者跑到齐国宣布断交，为了表示决心，甚至还派人到齐国城墙下辱骂齐宣王。

结果张仪只给了商於六里地，说这是秦王给他的封地，他取名叫"六百里"。

楚怀王一下子就蒙圈了。

公元前 312 年，恼羞成怒的楚怀王向秦国宣战，齐国咬牙切齿地帮秦国一起来打楚国。

楚国大败，不仅没有夺回商於六百里，反而丢失了六百里汉中，死亡近十万人。

楚怀王终于相信屈原是对的，他红着脸对屈原说：亲，麻烦你再跑一趟齐国，和他们结盟吧！

屈原临危受命，齐宣王竟然不可思议地答应了！

结果就在屈原兴冲冲地回来复命的时候，听说了一件事，差点儿没气吐血。

原来楚怀王实在气不过要杀了张仪解恨，便拿黔中之地和秦国换取张仪，张仪还真的来了。可是他竟然说动楚怀王把他放走了！

张仪回国后没多久，秦惠文王去世，而之后即位的秦昭襄王的母亲是楚国人（她就是芈月，中间还夹杂了一个举鼎把自己砸死的秦武王嬴荡，这名字真好记），楚怀王居然又一次和齐国断交，去结交秦国。

屈原强烈反对，结果直接被流放。这一年，屈原三十八岁。

齐宣王这次实在是忍无可忍了：楚王你小子耍我是吧？你以为这是过家家呀！是你太飘了，还是寡人拿不动刀了？

就在屈原离开郢都后不久，秦国找借口联合其他国家出兵讨伐楚国，齐国积极响应。

国际形势，瞬息万变。"瞬"是眨眼，"息"是呼吸，一眨眼一呼吸之间，整个局势可能就会发生翻天覆地的变化。

楚国，再也不是当年那个强大的楚国了。

屈原被流放四年之后，招架无力的楚怀王召回屈原：亲，麻烦你再跑一趟齐国吧。

就这样，屈原护送着太子来到齐国做人质，此时齐宣王已经离世，他的儿子齐湣王即位，齐楚再次结盟。

公元前299年，秦昭襄王要与楚怀王和平谈判，楚怀王做出了一个悲壮然而错误的决定：去！

在人生的最后一刻，他终于强硬了一回，绝不割地，最终死在了秦国。

公元前298年，太子回国即位，这就是楚国历史上的顷襄王。

屈原苦口婆心地劝顷襄王不要沉迷于声色，要励精图治，强大楚国。之后没几年，屈原又一次被流放。

那一年，屈原四十五岁。

这一流放，就是十六年。

五

屈原被抛弃了，然而他用一生的磨难，为中国文学史书写了最光辉灿烂的一笔。

屈原从小就有着强烈的使命感，因为他出生的时候，恰巧是寅年寅月寅日。

中国人认为"天开于子，地辟于丑，人生于寅"。于是屈原的父亲为他取名为"平"，愿他像"天"一样公正；其字是"原"，意为又宽又平的大地。

屈原的名字中藏着一个天地啊！

屈原提出了"美政"的政治理想，即"明君贤臣共兴楚国"。

为了这个理想，他对自己要求严格，一定要做一个贤臣。

为了这个理想，他对国君要求严格，一定要做一个明君。

在"楚才晋用"的战国时代，是没有"爱国"这个概念的，很多人为了个人的功成名就，哪里有发挥自己才华的舞台就去哪里。

屈原不是没有机会，齐宣王屡次向他伸出橄榄枝，都被他拒绝了。

他是中国历史上第一个爱国主义诗人。

就在他被流放之后，他写出了伟大的政治抒情长诗——《离骚》。

离者，别也；骚者，愁也。

流放不是旅游，把人扔到偏远荒僻的地方自生自灭，还有人监管不得自由。

可是被全世界抛弃又能怎样？屈原的心里自有一个诗意的世界。

在长达三百七十七句、二千四百七十六个字的长诗《离骚》中，屈原描绘了两个世界：一个是人世间的现实世界，另一个是天上的神灵世界。

在这两个世界里，他下见不到君王，上见不到天帝，即使求婚也总是失败。

这都是他对现实世界深深的失望啊，于是他只有在想象出来的这个瑰丽迷离的世界里，用"香草美人"来表达自己的高洁志向：

> 惟草木之零落兮，恐美人之迟暮。

岁月无情，草木在不断地凋零，美人的青春啊，终有一天也会一去不复返。

时光像流沙从指缝里溜走，而我屈原，空有一腔忠诚，到头来却是一场空。

"香草"是意象，指贤臣、指人品；"美人"是比喻，指自己、指君王。

"香草美人"的象征手法，为屈原首创。

在屈原的诗歌里，他总是那样浪漫。

他穿的是用荷叶制成的衣服、荷花缝制的下裙：

> 制芰^(jì)荷以为衣兮，集芙蓉以为裳^(cháng)。

早晨，他饮用的是木兰花上滴落的露水；傍晚，他咀嚼的是秋菊初开的花瓣：

> 朝饮木兰之坠露兮，夕餐秋菊之落英。

可是"信而见疑，忠而被谤"啊，谁又能真正忘却？他只好擦擦辛酸的泪水，感叹一下自己一生的艰难：

长太息以掩涕兮，哀民生之多艰。

即使是这样，他也没有忘记"美政"的理想。一定要做一个贤臣，骑着千里马奔腾，为君王开启圣贤之路！

乘骐骥以驰骋兮，来吾道夫先路。

只要是合乎心中的理想，纵然死一万次也绝不后悔！

亦余心之所善兮，虽九死其犹未悔。

明明知道前方的路还有很长、很长，但是，我将不遗余力，全力以赴，上下求索！

路曼曼其修远兮，吾将上下而求索。

然而，屈原再也不会实现他的理想了。

公元前 278 年，秦军大举南下，势如破竹，攻占郢都，这座美丽的都城一夜之间变为废墟。

六

还在外流浪的屈原听说郢都失守的消息后，痛哭失声。

哭过之后，他擦干眼泪，整了整头顶上的帽子，把衣服上的灰尘掸掉，坐在汨罗江边，开始唱一支忧伤的歌：《哀郢》。

花儿听见，花儿落泪；鸟儿飞过，鸟儿悲伤。周围的人听见了，也陪着他们爱戴的三闾大夫一起默默流下伤心的泪水。

一个人在困厄的环境中还能坚强地活下去，是因为他对未来抱有希望。当希望失去，结局只会有两个：

或者行尸走肉，或者灰飞烟灭。

此刻的屈原已经决定，如果自己此生再回不到郢都，就让灵魂也在外漂泊流浪吧！

鸟飞反故乡兮，狐死必首丘。

他从容地找出自己这些年来写的诗稿，一篇一篇看过去。

《橘颂》，那是他年轻时为自己最喜爱的橘树写的赞歌：

后皇嘉树，橘徕服兮。

受命不迁，生南国兮。

深固难徙，更壹志兮。

绿叶素荣，纷其可喜兮。

…………

独立不迁，岂不可喜兮？

深固难徙，廓其无求兮。

苏世独立，横而不流兮。

…………

喜欢橘树，不为别的，就为它专一、独立、不随波逐流。

《思美人》，这里的美人就是指楚怀王啊，本想劝怀王做一个明君，谁知这个"美人"不明白他的心。

他心里多么难过啊，为怀王写下了表明忠心的《惜诵》，可是后来竟然遭到流放。

在他心如乱麻之际，是那首《抽思》记录下了他丝丝缕缕的愁绪。

枉我屈原心怀天地，却落得个在天地间流浪的下场！"悲回风"兮志不改，秋风萧瑟兮欲断肠。

一个贤臣能遇到一代明君是多么难得的事情啊！

然而，忠臣就一定会得到重用吗？贤臣就一定会得到推荐吗？

忠不必用兮，贤不必以。

屈原看着这首《涉江》苦笑了，他深情地望着这片他深深爱着的土地，写下了怀念往昔的《惜往日》和表明自己必死之心的《怀沙》，把前面几首诗连同那篇《哀郢》合在一起，命名为"九章"。

屈原很想给楚国的命运占卜占卜，可是脑子里忽然冒出太卜的一句话：

尺有所短，寸有所长。物有所不足，智有所不明。数有所不逮，神有所不通。（《卜居》）

有时候占卜也不见得有用。尺有它的短处，寸有它的长处，无论是人的智慧，还是神灵的预言，都不会给你完美的答案。

当心中充满痛苦和纠结的时候，相信谁都不如去倾听自己内心的声音。

人生，无非就像他写的一首诗那样，就是一场《远游》。

他抬头望着天空，想起自己曾经写过一篇《天问》，他向上天提了一百七十多个问题，可惜得不到上天的回答了。

他不知道，他的这篇文章因为涵盖了天文、历史、地理、哲学等多方面的内容，以及其瑰丽的想象，会被后世称为"千古万古至奇之作"。

公元前 277 年五月初五，六十三岁的屈原穿上他最喜欢的五彩衣，头上戴着高高的帽子，腰间佩带一把宝剑，向汨罗江走去。

一个渔父大声喊道："那不是三闾大夫吗，为什么你的脸色看起来那么憔悴呢？"

屈原道：

举世皆浊我独清，举世皆醉我独醒。

渔父划着小船，大声唱着歌走了：

沧浪之水清兮，可以濯吾缨；沧浪之水浊兮，可以濯吾足。

他实在不明白，水清了就洗洗帽子，水浊了就洗洗脚，清与浊，能有多大影响？

这个世界上有一种人，他们的信仰别人永远不会懂，那就是：

宁为玉碎，不为瓦全。

七

当屈原投江的消息传来，人们纷纷跑去打捞，他们悲伤地呼喊着：灵魂啊，你回来吧！回来吧！回来吧！不要离开躯体到处游荡！水里太冷，天上太寒，还是回到我们的人间来吧！

湛^(zhàn)湛江水兮，上有枫。

目极千里兮，伤春心。

魂兮归来，哀江南！

（《招魂》）

清澈的江水流潺潺，岸上的枫林成片片。极目四望人不见，春色虽暖心中怜。

灵魂啊，你回来吧！回来吧！回来吧！再看一眼我们的大江南！

屈原死后，一些风俗保留了下来。

赛龙舟，意为拼命划船去打捞屈原。

包粽子，意为怕江水中的鱼儿啃噬屈原的遗体。

屈原投江而死的那天是端午节，有人说是为了纪念屈原，有人说不是。

但是，无论端午节的起源是什么，现在作为"非物质文化遗产"的端午节一定是为了纪念屈原。

每年端午节，屈原的名字都会被许多人提起：父母老师会给孩子讲屈原的故事，商家会用屈原的头像打粽子的广告，上班族学生党会感谢屈原给的三天假期，各地也会发起纪念屈原的活动……

但是，请不要忘了我们为什么要纪念屈原。

纪念他，是因为他骨子里的那份骄傲与浪漫：即使被全世界抛弃，也要在大地上诗意地栖居。

纪念他，是因为他对国家有着始终如一的挚爱，矢志不渝的忠诚。

纪念他，是因为他为中华民族传承了一种宝贵的精神，这种精神，已经渗入每一个中国人的血脉，这种精神，必将——

　　与天地兮同寿，与日月兮同光！

竹林七贤

没有信仰的人生有多可怕?

金庸武侠小说《射雕英雄传》里有个"江南七怪",无独有偶,魏晋时期的河南也有七个脾气非常古怪的人,这个"超级偶像男天团"被后人尊称为"竹林七贤"。

然而,他们哪里和"贤"这个字有半毛钱关系呢?明明应该叫作"中原七怪"才对,不信,咱们来扒拉扒拉发生在他们身上的怪事。

1. 天团表情包——阮籍:为人最喜翻白眼,怎肯轻易笑哈哈。长啸痛哭加吐血,一醉俩月卧在家。

2. 天团颜值担当——嵇康:海拔绝超一米八,八块腹肌人人夸。纤指弹得《广陵散》,偏爱打铁在柳下。

3. 天团经纪人——山涛:老成持重人信赖,精明能干升官快。纵容老婆偷窥癖,你说奇怪不奇怪?

4. 天团秘书——向秀:学问高过研究生,妥妥学霸人中龙。精通文史及哲学,嵇康打铁他鼓风。

5. 天团行为艺术家——刘伶:饮酒醉倒不用抬,死到哪里哪里埋。裸奔不说伤风化，酒鬼心思太难猜。

6. 天团音乐家——阮咸：精通音律达八音，改造乐器传古今。无事炫耀大裤衩，与猪同饮笑死人。

7. 天团财务总监——王戎：七岁识李小神童，猛虎扑笼站如松。卿卿我我狂宠妻，李子打孔铁公鸡。

一

一个人怪，是性格问题；一群人怪，是文化问题。如果许多人都欣赏这种怪，就是社会问题了。

"中原七怪"生活的那个年代，用两个字概括：篡，乱。

中国人讲究"君君，臣臣，父父，子子"，就是说，做君主的要像君主的样子，做臣子的要像臣子的样子，做父亲的要像父亲的样子，做儿子的要像儿子的样子。

这是儒家提倡的等级秩序，太平时治理国家很有用。到了乱世，谁还去遵守规则？

比如东汉末年。

东汉末年分三国，烽火连天不休。

魏、蜀、吴的三位 CEO 都很想当大 Boss，可是大家都不说。

曹操拿着汉献帝当挡箭牌，他说：我是奉天子以令不臣。

刘备和孙权说：骗谁呢？你是挟天子以令诸侯。

到了曹丕这小子，他哗的一把扯下了遮羞布，管你君不君、臣不臣，我直接登基称帝。

这下好了，大家都想，你能"篡"，我为什么不能"篡"，你又不比我多长一个脑袋。

于是，你"篡"，我也"篡"，天下大"乱"。

曹操万万想不到，他的儿子建立的曹魏政权，经历了五任皇帝，只存在了短短四十六年。

他更想不到，他死了以后，当年的心腹司马懿^(yì)，会成为曹魏政权的掘墓人。

最危险的往往不是敌国外患，而是祸起萧墙。

要想了解"中原七怪"为什么那么怪，就必须了解曹氏和司马氏之间的恩恩怨怨。

不得不好好介绍一下关键人物司马懿，这个被政治耽误了的天才演员。

司马懿的表演才能，要拿什么金鸡百花、奥斯卡，通通不在话下！

据说司马懿有"狼顾之相"。狼这种动物，疑心非常大，正走路的时候会突然间回头向后看。

脖子扭转一百八十度，你会吗？

司马懿会。

曹操对司马懿很提^(dī)防，说："司马懿有野心，将来一定会成为我曹家心腹大患！"于是，他起了杀心。

司马懿是如何巧妙躲过这一劫的呢？装病。

装感冒？装发烧？这也太小 case（小菜一碟）了，要装就装个轰轰烈烈——半身不遂！所以，当司马戏精一只手握成鸡爪状，嘴里流着哈喇子，颤颤巍巍地出现时，所有人都相信他是真病。

司马懿还是一个很有政治才能的人，连诸葛亮都说："吾平生所患者，独司马懿一人而已。"

很快，曹操死后，司马懿陆续辅佐了曹丕、曹叡^(ruì)和曹芳，成为四朝元老。

年仅八岁的曹芳即位后，改年号叫"正始"，我们的主人公主要在这一时期活动。

这个很重要，小伙伴们先记着。

此时，司马懿和另一个辅政大臣曹爽，展开了激烈的斗争，这就是历史上著名的"曹马之争"。

"司马昭之心，路人皆知"中的司马昭，就是司马懿的儿子。

"曹马之争"的结果是：公元265年，司马昭的儿子、司马懿的孙子——司马炎，逼曹操的孙子曹奂禅让，自己当了皇帝，建立晋朝。

风云际会，群雄逐鹿的时代即将结束，之后，中国进入短暂的统一时期。

好了，终于要言归正传了，下面欢迎主角闪亮登场！

二

首先出场的是阮籍。

作为天团表情包，阮籍承包了所有突破你想象力极限的表情。

第一个表情是翻白眼。

你去拿一个小镜子练习一下，要使劲儿翻，一点儿黑眼珠都不要看到。哦忘了，这样是看不到镜子的，那就拿个手机自拍一下——真是超级难做的表情啊！

可是，阮籍运用自如，看到不喜欢的人就翻白眼，看到喜欢的人，就用他的大黑眼珠子满怀深情地望着你，这就是成语"青眼相加"的来历。

第二个表情是哭。

不是轻声啜泣，呜呜咽咽地哭，而是撕心裂肺、呼天抢^(qiāng)

地地哭。

有一次，一个正值青春年华的少女死了，阮籍就跑到人家灵堂痛哭了一场。

他还经常坐着破牛车随意走，走到没有路的地方，大哭一场再回去，后世用来形容悲伤的"穷途而哭"就是这么来的。

第三个表情是噘嘴。

难道阮籍喜欢卖萌？非也！他这是要"啸"，"啸"就是吹口哨。阮籍"啸"得非常好，连绵悠长，经常跑山里"啸"，引得一堆人跑山里去偷听他长啸。

第四个表情是木头脸。

他得知母亲突然去世的消息时，正在和朋友下棋。他面无表情地坚持下完棋。朋友走后，他一口血喷了出来。

这几种表情虽然很经典，可是一般人见不到，因为他大部分时间都在睡觉。

有个卖酒的老板娘长得很漂亮，阮籍喝完了酒，就躺在老板娘身边呼呼大睡，老板以为头顶的帽子要变颜色了，结果发现这货是真的睡着了。

司马昭想让儿子司马炎娶阮籍的女儿。阮籍说我考虑考虑，然后就喝醉了，睡了两个月，把自己未来西晋国丈的待遇给睡没了。

很多人都认为阮籍是个疯子，初唐时的王勃在《滕王阁序》里说："阮籍猖狂，岂效穷途之哭？"

然而，又有非常多的人很欣赏阮籍，比如曹雪芹的字就叫"梦阮"，他笔下的贾宝玉也有几分阮籍的狂气。

阮籍当然并非生来如此。

他出生在陈留（今河南开封），父亲阮瑀^(yǔ)位列"建安七子"

之一，很有才华，是曹操身边的文官。

三岁时，阮籍父亲去世，曹丕对阮籍母子很照顾。

阮籍非常痛苦，他原本应该倾向曹魏，然而，曹魏政权的取得也不光明正大啊。

他从小所受"仁义礼智信"的教育，忽然间被打破，儒家所倡导的"三纲五常"轰然倒塌，他一下子没有了精神信仰。

信仰不是理想，理想是一种人生追求，而信仰是一种精神寄托。

阮籍的理想是做一个济世英雄。他少年时曾经登上广武山，那是项羽和刘邦作战的地方。他感慨地说："时无英雄，使竖子成名！"言外之意是，我阮籍的雄才大志是不次于项羽和刘邦的。

他的信仰是儒家思想，而现在社会不再提倡"忠"，他们提倡"孝"。

不过是打着"孝"的旗号罢了，那些道貌岸然、貌似讲规则的人，就是最不守规则的人！我为什么要遵守你们的规则？

政治从来不会放过文人，无论是曹氏，还是司马氏，他们都需要名士来装点门面。

好死，还是赖活着，这是混乱年代所有人面临的选择。

阮籍的选择是：活着。

三

阮籍在一生中，三次做官，在污浊的现实和坚守内心的信仰之间艰难呼吸。

生命如此美好，为什么不可以靠近一个美丽的人，为什么不可以为一个鲜活生命的消逝而痛哭？

穷途而哭，这是他无法和这个世界抗争的巨大的无奈和孤独啊！

真正的强者不是放弃生命的人，而是选择在困境中继续咬牙生活下去的人。

他哭，他啸，他喝酒，还不足以宣泄他心中的痛苦、抗争、苦闷和绝望。于是，他写诗。

诗是治疗心灵伤痛的灵丹妙药。

他有八十二首诗，题目都叫"咏怀"。

这下可了不得了，就是这组抒发心情的诗，一下子为他创了两个"第一"：第一个大量写五言诗的人，第一个写组诗的人。

你以前见谁写诗一个题目写几十首？哐哐哐哐，一家伙砸下来，把你看得眼花缭乱。

阮籍之后，左思、陶渊明、杜甫、温庭筠……都学会了这一招。

钟嵘的《诗品》评价他的诗："**言在耳目之内，情寄八荒之表。**"

意思是说，他的语言你一眼就能看明白，可是他的情感在很远的地方，不是随随便便就能轻松理解的。

刘勰在《文心雕龙》里说"**阮旨遥深**"，说他的诗主题不好理解。

那么，我们来欣赏一下第一首吧。叶嘉莹老师说，这首诗就像是刚出锅的馒头——暄腾、口感好。欣赏阮籍的诗，一定要从这首开始。

咏怀·其一

夜中不能寐，起坐弹鸣琴。

薄帷鉴明月，清风吹我襟。

孤鸿号外野，翔鸟鸣北林。

徘徊将何见？忧思独伤心。

这首诗的表面意思很好理解。

那时正是午夜，诗人躺卧很久都睡不着，便起身来到窗边对月抚琴。月光洒在床帷之上，斑影绰绰，清风徐来，掀起了他的衣襟。在这般清寂的夜晚，野外偶尔传来孤鸿鸣叫、倦鸟啼吟。

这些鸟儿在空中徘徊，找不到自己的那片林子，只好独自伤心。

独自伤心的只有这些鸟儿吗？不，还有诗人。

这首诗，不就是借着"明月""清风""孤鸿""翔鸟"这些意象来表达自己孤独伤心的情感吗？

如果你认为阮籍所抒发的只是个人的孤独和忧伤，那么你就错了，他发出的是那个时代的声音。

余秋雨说："中国传统文学中最大的抒情主题，不是爱，不是死，而是怀古之情、兴亡之叹。"

阮籍在他的诗歌里借景抒情，借典故抒情，借求仙问道抒情，总之，他终于找到了新的信仰，使他痛苦的心灵得以安放。

这多亏了一个人——嵇康，"竹林七贤"的精神领袖。

四

按照文学规律，一个重要人物出场是极其隆重的事情，要极尽渲染之能事，方能烘托此人物的神采。

嵇康出场，有多种画风可以选择。

1. 帅气风

嵇康有多帅？

同时代的《晋书》记载："人以为龙章凤姿，天质自然。"

被鲁迅先生誉为名士教科书的《世说新语》这样形容他："岩岩若孤松之独立，其醉也，傀^(guī)俄若玉山之将崩。"

连喝醉了都很美。

看到眉毛、鼻子、眼长什么样了吗？没有。

也就是说——嵇康帅气到不可描述。

正始年间，嵇康一进洛阳，立刻被惊为天人，不费吹灰之力便娶得曹操曾孙女长乐亭主为妻。

但是，安排嵇康以这种画风出场不太合适，因为在崇尚阴柔的魏晋时期，男人都要涂脂抹粉，而嵇康竟然半个月都不洗脸洗澡！这也太邋遢了吧？

2. 才气风

嵇康才气如何？

他擅长写诗，传世之作《幽愤诗》充满了被压抑的愤慨和对自由的渴望。

他擅长书法，草书作品被人形容为"如抱琴半醉，酣歌高眠，又若众鸟时集，群乌乍散"。

他擅长绘画，他的画被载入中国第一部绘画通史著作《历代名画记》，可惜已失佚。

他还擅长养生，著有《养生论》一书，他提倡养生重在养神、防病重于治病、要清心寡欲等观点。

当然，他最擅长的还是音乐，别的不说，单单一曲《广陵散》就够令人膜拜的了。

但是，安排嵇康这种画风出场也不太合适，因为这么有才气的他，由于太过耿直被司马昭找个理由杀了，死的时候才四十岁。

竹林七贤

3. 硬气风

"帅气风"和"才气风"都不适合，看来只有让他"硬气风"出场了。

嵇康的确很"硬"。

常年在山阳打铁，肌肉硬。

嵇康不愿意出来做官，他看不惯打着儒家"礼"的旗号，却用"刑"去治人的社会。

他隐居山阳，非汤武而薄周礼，以打铁为生，还练了一身肌肉，特阳刚。

说话不怕得罪人，脾气硬。

对于不喜欢的人，嵇康不翻白眼，他的做法是——晾着。

有个叫作钟会的年轻人去拜访嵇康，嵇康旁若无人地打铁，似乎旁边站着一个透明人。

钟会把这份屈辱牢牢记在心里，终于找着机会，陷害了嵇康。

嵇康当时名气很大，写一封"保证书"就可以出狱，可他脾气太硬，终究一个字也没有写。

杀头前气定神闲，骨头硬。

嵇康出场，最合适的画风就是他站在刑场之上，长发和衣襟被风扬起，他低头抚琴，曲终，他对着断头台下为他请愿的三千太学生说："《广陵散》于今绝矣！"

凄美，悲壮。

嵇康虽"硬气"，然而，他的心是最软最软的。

他给好友山涛写了一封《与山巨源绝交书》，表面责怪山涛推荐他做官，实则是因为他知道：作为名士，一旦不能被统治者利用，只能是死路一条。只有与山涛绝交，才能保全山涛不死！至于自己是否会落得个"不知好歹"的骂名，一切都不重要了。

嵇康，之所以被认为是"竹林七贤"的精神领袖，是因为他心中有坚定的信仰。

五

有信仰的人像磁铁，具有神奇的凝聚力。

嵇康信仰的是道家之思想。

道家老祖宗老子提出"人法地，地法天，天法道，道法自然"，强调人是大自然的一分子，要顺应自然，要"清静无为"。

嵇康熟读老子的《道德经》，他提出了一句口号：

越名教而任自然。

"名教"代表的是儒家所制定的"三纲五常"，"自然"代表的是道家所坚持的"清静无为"。

越过那些束缚人的礼教，让生命得以释放，活得自由自在！

多么惊世骇俗的言论啊！

嵇康这个"佛系青年"，不，这个"道系青年"，一下子吸引了众人前来拜访，中国历史上非常著名的超级偶像男天团——"中原七怪"，诞生了！

你会看到，在今河南修武县的世界地质公园——云台山附近，有一片茂密的竹林，七个怪人常集于这里，开 Party（集会），他们或站或坐，或躺或卧，遗世而独立，不醉而不归，好不自在！

阮籍来了，竹林谈玄，让他黑暗的生活忽地豁开一道口子，光亮涌了进来——

原来，人一生最应该去追求的，就是学会尊重生命。

母亲的葬礼上，有人来哭，阮籍拿白眼翻他——你又不是真的伤心，装什么装？

哭得伤心欲绝才是真正孝顺？守丧期间不吃肉就是孝顺？一切礼教都是做给外人看的！

山涛来了， 他虽然并不信奉道家，对嵇康他们吃"五石散"这种所谓养生的药不以为然，但他欣赏嵇康，欣赏阮籍，当老婆提出想偷偷看看他的这两位朋友什么样子时，他也就答应了。

去它的破礼教吧，老婆要看，就让她看个够！

向秀来了， 拿着自己给《庄子》作的注给嵇康看。嵇康大锤一抡，说："我为你'打call'（站台），兄弟！"

向秀激动地说："你打铁，我来鼓风！"

庄子在中国文学史上地位的确立，向秀功不可没。

后来嵇康被杀，向秀作《思旧赋》，这篇百余字的小赋后来成为思念亡友常用的典故。

刘伶来了， 唱着 Rap：

> 天生刘伶，以酒为名。一饮一斛^(hú)，五斗解酲^(chéng)。

他个子很矮，然而，在他唯一流传下来的《酒德颂》里，偏说自己是"大人先生"。

怪不得他在屋子里裸露着，被来访者看见，他反而责备人家：天是我的房子，屋子是我的裤子，你为什么跑到我裤裆里来？

他经常乘着鹿车，抱着酒坛，边行边喝，对仆人说："死便埋我。"如此醉鬼，却懂得酒驾不安全，实属不易呀！

阮咸来了，他是阮籍的侄子，在蔑视礼教上，比阮籍有过之而无不及。

母亲的葬礼尚未结束，他就和姑母的鲜卑族婢女发生了一夜情，硬是穿着孝衣，骑着驴，把她追了回来。

七月七晒衣服，人家晒绫罗绸缎，他晒大裤衩。

喝酒不用杯子，用大瓮，猪闻到香味来饮，他趴下就和猪抢着喝。

他把从西域传来的琵琶由曲柄改成了直柄，这种乐器就叫"阮咸"，简称阮，一直流传到现在。

他弹着阮，唱着歌：

　　我欲邀卿常漫舞，青丝白发老人间。

对，我的人生就是如此自由！

王戎来了，这个年龄最小的神童，六七岁时看猛虎在笼子里咆哮，别人都吓跑了，他却说："有笼子嘛，怕什么！"

别的孩子都去摘路边树上的李子，他却不以为然："若是这李子熟了，早被摘完了，还能等到现在？"果真这李子是苦的。

"小神童"长大后，却变成了吝啬鬼：女儿结婚，送了礼钱心疼肚疼，女婿还回来才高兴；侄子结婚，就送一件衣服还要了回来；给自己家的李子挨个儿打孔，把核挖出来去卖，因为怕人家偷偷去种。

不过这个吝啬鬼对妻子倒挺好，那时丈夫称妻子为"卿"，妻子却叫他"卿卿"，人家两人"卿卿我我"，经常头碰头地趴在床上一起数钱。

这么怪的组合，离了酒就不能活的几个人，为什么会被后世称为"竹林七贤"呢？

这源于他们有着共同的信仰。

六

法国思想家、文学家罗曼·罗兰说："人的一生就像石头在湖上漂流一样，没有信仰的人就会下沉。"

我们知道，魏、蜀、吴三国归晋，经短暂统一之后，再次陷入分崩离析，这是中国历史上长达三百年之久的最漫长、最黑暗的时期。

这个时期的人物——从正始、竹林到兰亭，魏晋名士特立独行、放荡不羁的行为风格被称为"魏晋风度"。

关于魏晋风度，一些人有多爱它，另一些人就有多恨它。

有人说，那时候，礼崩乐坏，名士言行不羁，又热衷于清谈玄学、漫游山水，以致误国、误军、误天下。

也有人说，魏晋名士挣脱了儒家礼教的束缚，竞相追求心性的自由与高旷的深情，这才是对生命最大的致敬。

鲁迅先生则一针见血地指出："**魏晋时代，崇尚礼教的看来似乎很不错，而实在是毁坏礼教、不信礼教的。表面上毁坏礼教者，实则倒是承认礼教，太相信礼教。**"

作为魏晋名士的代表人物，竹林中的这七个怪人，性格各异，但是他们惊喜地发现：

所谓信仰，就是不断去寻找答案的过程。

他们找到了答案，那就是——越名教而任自然。

"任自然"不是生活邋遢、行为怪异、酗酒狂歌，而是看透了一切的随遇而安，是历经生活磨砺后的豁然开朗。

> 魏晋名士做了中国精神史上最具魅力的一次远行：向内，
> 他们发现了心性自由之美；向外，他们发现了山川自然之美。
> 他们孤独地站在历史的云端，用他们的泪水、长啸和痛饮，
> 对生命的价值与天地光阴做了最彻骨的一次追问。（魏风华
> 《魏晋风华》）

"怪"之所以被称为"贤"，是因为他们即使生活在历史上最黑暗的时代，也从来没有因此而放弃对人生的信仰。

其实每个人心中都住着阮籍、嵇康或山涛，因为他们，找到了生命中的那束光。

没有信仰的人生有多可怕?

那就是——

不论外面的世界有多么光明，你的心中，依然是一片黑暗。

贺知章

会夸人的人最好命

在世人眼里，老贺头的命真好。

首先，他是古代诗人里最长寿的一个。他活了八十六岁，比南宋时的陆游还多活了一年。

其次，他仕途一帆风顺，做了近五十年的官，别人都是伴君如伴虎，他却一直都是皇帝面前的红人，开创了"开元盛世"的唐玄宗有什么事都要听听他的意见。

他退休时，唐玄宗带着文武百官去送，送了一程又一程，在当时造成轰动，在中国文坛上也留下了千古佳话。

甚至在他去世后，新皇帝唐肃宗还觉得他生前的官不够大，非要给他追封个更大的官，才算是得到一点儿心理安慰。

还有，虽然他流传下来的诗并不多，也就二十首左右，其中脍炙人口的就两首，但是他被后人称为"诗狂"，和"诗仙""诗圣"等并列为唐诗巨擘。

他还是个书法家，草书写得特别好，和"草圣"张旭经常在一起切磋书法。张旭被人称作"书癫"，他被人称作"书狂"，真是"癫狂"到一起了。他们和当时的另外两位吴中名士张若虚、包融并称为"吴中四士"。

这些就已经够令人眼红的了，还有更令人羡慕的。一般命这么好的人都容易遭人妒忌，谁知人家老贺头朋友特别多。他还特别爱喝酒，喝酒还喝出了名，位列"饮中八仙"第一位。

大家都在猜他的命怎么会这么好。

不用猜了，答案就三个字：会夸人。

<h2 style="text-align:center">一</h2>

会夸人不等于爱夸人，秘诀在于一个"会"字。

在夸人之前先练练手，一起看看老贺头是怎么夸一棵树的。

<h3 style="text-align:center">咏　柳</h3>

碧玉妆成一树高，万条垂下绿丝绦。
不知细叶谁裁出？二月春风似剪刀。

这株柳树，比圣诞老爷爷的那棵松树要贵多啦！别看圣诞树花花绿绿的，上面无非也就挂些小彩灯啊空礼物盒子啊假苹果啊什么的，这株柳树浑身上下，是用玉装扮过的。玉啊，黄金有价玉无价，那得多贵重！

枝条都是绿色的"丝绦"。丝绦是啥？用丝编织成的带子。丝啊，那得多少只蚕宝宝辛勤吐丝，才能编织成这么多条柳枝？

还有叶子，是用剪刀一点点地裁出来，剪成细细长长的形状，这得要多细心的人，花多大功夫来做这件事啊！

不过不用担心，老贺头会笑眯眯地对你说："别当真啊，当真你就上当了，我不过是一时心血来潮，随口夸夸这株柳树而已。"

夸树？哈，这老贺头还是相当有童心的呀！

当然，谁生下来就是老头儿？那都是因为贺知章一出场就是老头儿的形象，大家就忽略他年轻时的样子了嘛！

年轻时的贺知章似乎并不是那么好命。

他出生在唐高宗李治的显庆四年（659），和"初唐四杰"是同一时代的人。越州永兴（今浙江杭州萧山区）是个人杰地灵的好地方，如果不是因为政权频繁更迭，以他的聪明好学，也许他早就出名了。

所以尽管他"少以文词知名"，但是他三十六岁才考中进士。出名要趁早，贺知章却是名副其实的大器晚成。

那时的科举考试因为政治混乱，中断好多年了，武则天一恢复考试，录取的第一位状元就是贺知章，他也是浙江历史上有记载的第一位状元。

贺知章一辈子经历了四个皇帝，流传下来的事迹，主要集中在唐玄宗时期。

关于他"会夸人"这个特殊本领，从一件小事上就可以窥见一斑。

那时的南方人要遭到一点儿歧视，这从称呼上就可以看出来。

贺知章是浙江人，张九龄是广东人。张九龄被罢相，别人的安慰就是那些老生常谈，贺知章却说："这些年，多亏了您的荫庇！"张九龄有点儿蒙，他并没有给贺知章什么特殊的照顾呀。

贺知章笑道："以前您在的时候，他们都不敢叫我'獠'，您说我沾了您多少年的光呀！"（獠，猎也，也指中国的一个古民族。这里是指对南方人的不尊重的称呼。）

就这样，会夸人的贺知章在官场上一帆风顺，从贺大人熬成了老贺头。

二

夸人是门艺术，一定要注意场合和火候，否则一不小心就变成了人人烦的马屁精。

开元十三年（725），老贺头六十六岁了。唐玄宗任命他做礼部侍郎兼集贤院学士，宰相在旁边问他："这两个官哪个好？"

老贺头是怎么回答的呢？他说侍郎就是个充数的官位，学士可是怀先王之道、经纬之文的。唐玄宗在旁边听了，直接为他竖起大拇指："高！实在是高！让他去陪太子读书吧！"

这句话高明在哪里呢？

原来，三年前唐玄宗想修一部关于法律的书，起名"六典"，当时的修书使张说一定要拉老贺头来帮忙。

唐玄宗还想编纂一部关于文史方面的书，起名叫"文纂"，宰相张九龄极力推荐老贺头。

唐玄宗觉得这老贺头很了不起，一边让他修书，一边考察他，礼部侍郎这位置就留给他了。

老贺头的话其实很容易招人烦：你说你这不是得了便宜还卖乖吗？谁都知道这礼部侍郎就是礼部尚书的接班人，这都是大家心知肚明的事。你还说那是个充数的官位，真是会拍马屁。

如果这话换个人说，那就叫拍马屁，可是老贺头说，大家就觉得天经地义。

那是因为他说的是实话，他还真没把这礼部侍郎当回事，他脑子里想的就是把这学士当好，好好把这两部典籍编辑完。

这就是大器晚成的好处，没有年少轻狂，亦没有很强的功利心，人生看淡了，名利看淡了，不争，反而得到更多。

说实话，是会说话的最高境界。

这件事发生没多长时间，唐玄宗准备到泰山封禅，祈求天下太平，祈求大唐江山永固，百姓安居乐业。

结果在朝堂上，大臣吵得不可开交。一派主张清明封禅，一派主张开国之日封禅。

老贺头很会说话，他说：你们别吵了，封禅之事贵在一颗为民之心，何必拘泥于时间呢？

就这一句话，既解决了问题，又夸了唐玄宗一心为民，是个贤主，一举两得。

唐玄宗心里非常高兴，当即决定，择日不如撞日，三天后就去泰山封禅！

这要是没点儿智慧，想夸人也夸不到点子上。

三

夸人还要看对象，你夸的人会暴露你的智商。

老贺头最著名的一次夸人，发生在天宝元年（742）。

那一年发洪水，洪水退去，他去终南山找玉真公主谈道，他对道家很感兴趣，闲时经常来山里转转。

上山的时候，他遇到了一个中年男子，看上去气度不凡，只见他腰佩宝剑、目如寒星、仙风道骨，老贺头就多看了两眼。

那时他已经八十三岁了，鹤发童颜还健步如飞，对方也多看了他两眼。

就这样他们攀谈了起来，对方得知他就是秘书监贺知章贺大人，就把自己写的诗拿出来恭恭敬敬地请他品评。

老贺头看到最右边写着三个字：蜀道难。

这首诗的开头一下子就吸引住了他：

> 噫吁嚱！危乎高哉！
>
> 蜀道之难，难于上青天！

这气势，这用语，一般人谁能写得出来？

他迫不及待地读完了整首诗，看到左下角有三个字的落款：李太白。

老贺头激动地拍着李白的肩膀，夸道："你就是天上贬谪下来的仙人哪！走，我们喝酒去！"

从此，李白"诗仙"的名号就被传开了。

话说那次喝酒，两个人都没有带钱，老贺头还把自己腰间佩带的小金龟抵了酒钱。店主人一定会连睡觉都笑醒的，这捡了个多大的便宜呀！

尽管两人相差了四十多岁，依然不妨碍他们成为忘年交，李白后来还把这件事写成了一首诗：

对酒忆贺监

> 四明有狂客，风流贺季真。
>
> 长安一相见，呼我谪仙人。
>
> 昔好杯中物，翻为松下尘。
>
> 金龟换酒处，却忆泪沾巾。

最终还是因为老贺头的举荐，李白做了翰林待诏。直到老贺头告老还乡，唐玄宗才把过于狂放不羁的李白"赐金放还"，给足了老贺头面子。

老贺头除了夸过李白，还夸过另外一个人，叫李泌。

李泌还是个孩子的时候，老贺头就曾说："这小儿目若秋水，智力过人，将来一定能做卿相！"

后来，唐玄宗听说年方七岁的李泌才思敏捷，善于赋诗，就召他入宫。李泌到来时，正赶上唐玄宗和张说下棋，唐玄宗遂命张说试一试他的才能。

张说看看前面的棋子，说道："方若棋局，圆若棋子，动若棋生，静若棋死。"

李泌听后，当即回答："方若行义，圆若用智，动若聘才，静若得意。"

张说所作的赋，句句见棋字，并说了一些围棋的特征。

李泌所作的赋，虽然不涉及一个"棋"字，但句句与围棋相关，概括出了弈者下棋时的种种活动和神态。

还别说，这李泌后来还真的位居卿相。

唐玄宗让李泌去太子府给太子当伴读，老贺头就是他俩的老师。安史之乱爆发，李泌给太子李亨出了不少主意，及时挽回了时局。安史之乱后，李泌做了唐肃宗时期的宰相，为大唐的稳定做出了巨大贡献。

老贺头夸李白是"诗仙"，这个名号流传了千年；夸李泌一定能做卿相，后来预言成真。

老贺头夸人的背后，是他看人看得准，分析判断能力强的表现。

四

难道老贺头从来就没有出过错吗？他晚年把自己的号改为"四明狂客"，他的骨子里一定有"狂"的一面，不然怎么会和李白成为朋友？

还别说，他在做礼部侍郎期间，就做过一件"狂"事。

那年，岐王李范逝世。他是唐玄宗李隆基的弟弟，葬礼相当隆重。

其中有一个环节，就是在出殡的时候需要有一批十四五岁的贵族子弟牵引灵柩，唱诵挽歌，做这项任务的少年有个名字叫"挽郎"。做挽郎可是个美差，治丧完毕，挽郎的档案就会被移交到吏部，分配具体工作，提拔使用。

很多王公贵族都争相让自己的孩子当挽郎，选拔挽郎的事就归老贺头管。

这可是个得罪人的活儿，即使老贺头考虑了种种利害关系，也还是做不到照顾每一个人。

结果，那些落选的贵族子弟非常不满。他们聚集起来，拥到老贺头的侍郎府去讨要说法。

老贺头见势不妙，不敢贸然开门。他命人在墙边架上梯子，趴在墙头上，给一帮天不怕地不怕的公子做起了安抚工作。

想想这画面，就觉得很有意思。

可是，接下来发生的事情就更有意思了，这位德高望重、白发苍苍的老人，对那些少年不知道说了一句什么，他们很快就散去了。

原来老贺头说的是："听说宁王李宪也快不行了，你们先回去，下次还有机会啊！"

晕，哪有这样劝人的！难道不怕这话传到皇帝耳朵里吗？

事实上，老贺头"攀梯劝退少年郎"的事情，一夜之间就传遍了长安大街小巷。唐玄宗没听说才怪！

奇怪的是，唐玄宗不仅没有怪罪老贺头，反而觉得这个活儿太为难他，不久就把他调任为工部侍郎了。

唉，没办法，老贺头在唐玄宗心目中的形象太好，就算是出格一回，皇帝也会视而不见！

你们说他的命好不好？

然而，背后的事实是，老贺头早已声名在外：善谈笑，当时贤达皆羡慕之。

别人说这话，那是要掉脑袋的，可老贺头本来就是个爱开玩笑的人，没事就爱喝两杯小酒，又是四朝元老，谁会去追究他的一句玩笑话？

杜甫在《饮中八仙歌》中这样描绘他："知章骑马似乘船，眼花落井水底眠。"

喝多了酒骑马，就像乘船一样，一不小心掉到井里，干脆就在水里面睡着了！估计这口井不会很深吧？

这可爱的老头儿！

天宝三年（744），秘书监贺知章上书朝廷，欲告老还乡，回吴中故乡颐养天年。他一提交辞职报告，唐玄宗的眼圈都红了，实在是舍不得让他走。

唐玄宗不仅亲率文武百官去送，还送了他一大片地，给他的房子赐名"千秋观"，一定要让他风风光光，衣锦还乡。

回到阔别五十年的家乡，老贺头感慨万千，故乡的山啊故乡的水，只是再不见故乡的那些人。

看见有个小孩子蹦蹦跳跳从眼前经过，老贺头用家乡话和他交谈，孩子歪着小脑袋，看着这位老人，奇怪地问："您是从哪里来的呀？"

老贺头思绪万千，一首诗从心头流淌出来：

回乡偶书·其一

少小离家老大回，乡音无改鬓毛衰。

儿童相见不相识，笑问客从何处来。

五

可惜的是，老贺头仅回乡一年，就染病去世了。

然而，从中国人传统的角度来说，他这也是叶落归根，比死后葬在异乡的人不知道要幸福多少倍。

贺知章的《回乡偶书》写了两首，第二首不及第一首流传那么广，然而，人生易老，世事沧桑，这首诗中所包含的那种感慨、惆怅，以及淡淡的说不清、道不明的哀伤，都会引起人们无限的遐想。

回乡偶书·其二

离别家乡岁月多，近来人事半消磨。

惟有门前镜湖水，春风不改旧时波。

当年我独自离开家乡，

归来时已是儿孙满堂。

常常想起年轻的时光，

那时我挑着扁担走在弯弯曲曲的河边小路上。

一头儿厚厚的书装满箩筐，

母亲坐在另一头儿笑成了花的模样。

而现在，只有门前这镜湖的水还在静静流淌，

一阵春风吹来水波荡漾。

依稀看见梳着牛角辫的小男孩儿，

咧着缺了两颗门牙的嘴巴笑啊笑，

唯独不见了，母亲亮亮的黑眼睛，

像星星般镶嵌在夜空上……

六

浙江省杭州市萧山区。

知章公园。

湖水清清，杨柳依依。

人们站在一组浮雕画像前，读着上面的文字："相传在一千年前的萧山农村，'箩筐'是一种用来盛莲藕、担稻穗的常用农具，也可以担人。贺知章母亲因受山川中的邪气得了瘫病，不能行走。孝子贺知章，用箩筐前担其母，后担经书，挑行于乡间，故乡人称贺知章为'贺担僧'，称其母为'箩婆'。"

惟有门前镜湖水，春风不改旧时波。

孟浩然

你的任性，让人心疼……

中国儿童启蒙诗歌排行榜上，稳居前三名的当然是李白的《静夜思》、骆宾王的《咏鹅》，还有"任性哥"的《春晓》：

春眠不觉晓，处处闻啼鸟。

夜来风雨声，花落知多少？

咦？不是唐朝诗人孟浩然吗？什么时候变"任性哥"了？

当然任性了！你再读读这首《春晓》，难道没有从鸟鸣声、风雨声中看出别的什么意思吗？

正是春困的时候，外面的鸟叫声把我吵醒了，啊，原来下雨了，那么你们上班去打卡吧，记着带伞，我要再睡会儿，睡会儿，睡——会儿——呼——呼——

能把睡懒觉也写得这么理直气壮，这么有诗意，这么美好的，不是"任性哥"还是谁？

然而，孟浩然的任性可不只睡个懒觉就算完了，他的人生，就是由大大的两个字——任性组成的！

一

载初元年（690），湖北襄阳西南的岘^(xiàn)山上，有一处叫作"涧南园"的庄园，这家女主人生了个男孩儿，孟老爷咬定他们是孟子的后代，所以给儿子起的字也是出自孟子名言："我善养吾浩然之气。"

孟浩然对于祖宗留下来的"浩然"二字没有多少理解，可是得了这个"气"字的真传：至大至刚，很有个性！

岘山风景很美，据说这座山是伏羲死后葬在这里，他的身体变化而成的，这里还有一条汉江从山脚下蜿蜒流过。

孟家有自己的田产，生活小康，如果照孟老爷的安排，这个孩子长大后一定要参加高考即科举考试，谋个一官半职，不求他做多大官，也不求他发多大财，只要是国家正式编制，也算是光耀门楣了。

小浩然果然不负他爹对他的期望，聪明好学。平时他埋头在一堆堆的"四书""五经"里，累的时候，最喜欢手拿一本《陶渊明集》，走出书房，走出庄园，坐在岘山的最高峰上大声朗读。

有时候他会和弟弟划船渡过汉江，到对面的鹿门山去游玩，孟浩然最崇拜的庞德公，东汉末年就隐居在这里。

十七岁的时候，他在襄阳本地的考试中崭露头角，只等来年去京城长安实现他爹的伟大理想了。

就在前途看起来一片光明的时候，孟浩然做了一个大胆而又任性的决定——拒绝参加科举考试！

怎么回事？不是学得好好的吗？十年寒窗啊！怎么说不考就

不考了？

孟浩然的理由：我不能去给一个混乱的朝廷做帮凶！

原来，在孟浩然出生的时候，正是武则天统治的武周时期，武则天临终还政给儿子李显，恢复了李唐的统治。

懦弱无能的唐中宗李显，他的皇后韦氏和女儿安乐公主为了夺取政权，居然合伙把他给毒死了！李显的弟弟李旦的三儿子发动政变，杀死韦氏，然后实力挺爹，李旦就这么在儿子的帮助下当上了皇帝，这就是唐睿宗。

倒霉的李显，他爹是皇帝，他侄子是皇帝，他弟弟是皇帝，将来他儿子也是皇帝，关键连他老娘也是皇帝！你说他是该庆幸还是该悲哀呢？

孟子他老人家曰："**君仁，莫不仁；君义，莫不义；君正，莫不正。**"（《孟子·离娄章句上》）

在孟浩然心里，李旦这个皇帝就当得名不正言不顺，你怎么就允许你的儿子去抢你哥哥儿子的皇位呢？你这种行为就是不仁、不义、不正！你怎么能服天下？

孟浩然生气了，后果很严重。

这个严重的后果自然对大唐王朝没有一丝一毫的影响，家里却炸开了锅，一家人轮番劝说，孟浩然就是一梗脖子：我说不考就是不考！

单纯热血的青年啊，你怎能理解皇室不是你死就是我活的政治斗争！如果孟浩然知道唐朝经历这场大乱之后，发动政变的那个三儿子就是历史上著名的唐玄宗李隆基，他会开启唐朝的一个新时代——开元盛世，还会不会放弃这次考试？

孟浩然还要把任性进行到底，他提出口号："文不为仕！"

这可是连退路都没给自己留呀，学习不是为了做官，那么你后悔了又想做官了，该怎么办？

这有什么！人生有六个字，前面三个是"不害怕"，后面三个是"不后悔"。

浑身"浩然之气"的孟浩然才不会考虑后悔不后悔的事，他人生的任性之路才刚刚开始。

二

孟浩然很快就经历了一场奋不顾身的爱情和几次说走就走的旅行。

因为拒绝参加科举考试和家人闹翻了天，孟浩然离家出走了，他在家对面的那座鹿门山住了下来。

他要模仿庞德公隐居这里，东汉末年是乱世，现在天下也乱得很，从他出生到现在，已经换了三个皇帝了。

有几位朋友经常来拜访他，他们就是"襄阳七子"，这几个热血青年在这里谈诗论文，纵论天下。

就在这时，孟浩然认识了一个美丽动人、身世可怜的女孩儿。女孩儿十七八岁的如花妙龄，因为没有了父亲，要赚钱养家，做了歌女。

情窦初开的孟浩然很快就爱上了她。

孟浩然的长相像他家乡的山水一样清秀，"骨貌淑清，风神散朗"（王士源《孟浩然集序》）。他很瘦，个子很高，哪里都是细细长长的。胳膊腿细细长长的，眉毛眼细细长长的，可是他的心很狂野。

他料定父亲不会同意他娶一个歌女做妻子，就直接跑到女孩儿家里拜堂成亲了!

他以为生米煮成熟饭就会万事大吉,可是他低估了孟子家的血统。作为一个大思想家的后代,你可以任性,可是你爹也很有他的个性:倔!

拜堂成亲怎么了? 没门儿! 甚至连孟浩然妻子生了个大胖小子,他爹都不让他进门。

于是,"任性哥"和"倔老爹"就这么僵持着,谁也不向谁低头。

最后是"时间"做了裁判,他老爹熬不过时间,死了。临死之前,他还交代给家里人:"绝不让那个歌女进门! 连守丧都不允许! "

孟浩然傻了,赢了爱情,输了亲情,这是谁都不想看到的结局。

从二十岁成亲到二十六岁父亲病逝,孟浩然只和父亲见过一面,父亲拒绝承认他的妻子后,他负气离开,之后再也没有回涧南园。

人生两件大事,学业和婚姻,他任性得没有一件听从父母的意见。

就在他婚后不久,712 年,唐玄宗李隆基即位,从此进入开元盛世,一个生机勃勃、万邦来朝的大唐出现在世人面前。

如果,他当初选择参加科举考试,已然完成了父亲的心愿,父亲即使是死,那也是含笑九泉! 可是如今呢?

孟浩然跪在父亲的遗体前用力捶打着自己的脑袋,失声痛哭。他发誓,要给父亲守孝三年,然后拼尽全力去实现父亲的愿望——谋求官职,光宗耀祖。

孟浩然的确这么做了,结果怎么样呢?

结果是他一辈子没有做官,一直都在孜孜不倦地谋求、谋求、谋求……

三

开元五年（717），二十九岁的孟浩然走出襄阳，用了八年的时间漫游吴越，游历了湖南、安徽等地。

八年？一直在旅游？这么任性！

对啊，还记得孟浩然的那句"文不为仕"吗？当初是他要放弃科举考试的，现在去参加考试，这不是自己打自己的脸吗？

不过，漫游各地结交朋友、寻求机会找人举荐，亦属当时文人的风气。然而，八年的时间也太长了吧！结交到朋友了吗？

当然结交了，孟浩然人缘特别好！他结交了落魄的文人、被贬谪的官员、同船的驴友，甚至他生病住了几个月的旅店里的小二……遍地都是朋友！

朋友要去江南了，他写诗表达自己的依依不舍：

日暮征帆何处泊，天涯一望断人肠。

（《送杜十四之江南》）

"天涯一望断人肠"还不够，还要送礼物：

送朱大入秦

游人五陵去，宝剑值千金。

分手脱相赠，平生一片心。

有钱就是任性！

欣赏完钱塘江的大潮，在回去的船上立刻向同船的人表达"同舟共济"的缘分：

> 潮落江平未有风，扁舟共济与君同。
>
> （《渡浙江问舟中人》）

去拜访一位很有才的人，谁知到那里得知他被贬官了，那就写诗表达一下同情吧！

洛中访袁拾遗不遇

> 洛阳访才子，江岭作流人。
>
> 闻说梅花早，何如北地春。

真挚的友情的确非常感人，可是什么用都没有呀！眼见得当年的"襄阳七子"，有好几个都做了官，要么通过科举考试，要么被推荐，都有了安身立命之所，只有自己还在游逛，孟浩然决定结束漫游，到东都洛阳去。

好吧，三十七岁参加科举考试，也还不算晚。

No，你说错了，他不是去参加科举考试的，他是去"干谒"的。

在唐朝，做官不只一条路可走，除了参加考试之外，"官二代""富二代"可以得到举荐，有才华没出身的可以选择"干谒"，就是带着你的诗歌去拜访那些名气大，官也大的人，让他们帮你推荐。

开元十三年（725），孟浩然来到了东都洛阳，谋求官职。

那时，唐玄宗带领文武百官要去泰山封禅，所以东都洛阳是天下中心。

孟浩然把他的"求职信"呈递给了丞相张九龄：

望洞庭湖赠张丞相

八月湖水平，涵虚混太清。

气蒸云梦泽，波撼岳阳城。

欲济无舟楫，端居耻圣明。

坐观垂钓者，徒有羡鱼情。

如此烟波浩渺、气势宏伟的八百里洞庭，我想要过去吧，可惜没有船和桨，只有眼巴巴地看着人家在那里钓鱼的份儿了。

张丞相立刻就看懂了：哦，你这是羡慕我举荐了不少人，也想当大鱼，上我的鱼钩呀！这么有才，来吧，就是你了！

张九龄把孟浩然举荐给了朝廷，可惜唐玄宗不想吃这条鱼。

这首诗却因此流传了下来，成为"干谒诗"的典范。

比孟浩然小十一岁的李白，若干年后写下"宣父犹能畏后生，丈夫未可轻年少"，誓把狂傲进行到底；而比孟浩然小二十二岁的杜甫，他的"致君尧舜上，再使风俗淳"则更是彪炳千古。

四

失望的孟浩然回到家乡，他不想再继续"谋求"下去了，可是还未完成父亲的心愿呢，怎能停下自己的脚步？

这时，他的好友邀请他到天台山（今浙江天台县），因为被几代皇帝重视的著名道士司马承祯的道场就在这里。

于是，孟浩然开始了他的第二次吴越之旅。

可当孟浩然来到天台山的时候，司马承祯前往洛阳去了。孟浩然选择一边欣赏江南美景，一边等待。就这样，三年的时间又蹉跎了！

这一天，天色已晚，孟浩然在建德江上羁旅夜泊。这是一个深秋啊，天地间是如此广袤宁静，仿佛只有他一个人，唯有明月相伴，想想渺茫的前途，有家不得回的苦楚，不由得又添新愁。

孟浩然辗转难眠，坐在船头，仰望和他近在咫尺的明月，他一字一字，缓缓念出了心头的那首诗：

宿建德江

移舟泊烟渚，日暮客愁新。

野旷天低树，江清月近人。

浓浓的忧愁，却是如此淡淡的语气，此后，孟浩然形成了属于他自己独特的写诗风格：

淡而有味，风韵天成，词淡而意远。

只是孟浩然，你到底是任性，还是逃避？

其实，连孟浩然自己都不知道，他为什么会对"回家"有种难言的情愫，他想家，他真的非常非常想家，可是一想到逝去的父亲、对他仍然充满期待的母亲、倚门翘望的妻子，他的心里就沉甸甸的，压抑得难受。

转眼间，木落雁南渡，北风江上寒，江南的风景再美，也无法阻止他对家的想念。

孟浩然抹干眼泪，终于做出了决定：回家！准备参加科举考试！

回到涧南园，他见到了一个眼神炽热、腰佩饰缨长剑的年轻人。

年轻人专程前来拜访，一见面就送给他一首诗：

赠孟浩然

吾爱孟夫子，风流天下闻。

红颜弃轩冕，白首卧松云。

醉月频中圣，迷花不事君。

高山安可仰，徒此揖清芬。

我就是喜欢你的风流、你的任性！你"迷花不事君"的样子真迷人！

孟浩然看了看这个年轻人，叹了口气说："一切都已经是过去式了，你不懂我呀，李白！"

母亲听说儿子终于要参加科举考试的时候，惊喜不已，她变卖了一部分田产，把钱都换成一封一封的官制金子，递到儿子的手上。

孟浩然的心，又沉重了十分。

开元十六年（728）冬，四十岁的孟浩然再次离开襄阳，前往京都，准备赴考。

此时，李隆基已带领文武百官从洛阳回到了长安。

长安比洛阳还要繁华，在这里，孟浩然遇到了他最为欣赏的朋友——同样比他小十一岁的王维。

孟浩然惊喜地发现，在这样一个官场，还有人和他一样，从内心里喜欢陶渊明，喜欢那份恬淡的田园生活。

他们两个人写诗的风格也都非常淡然，不过王维是"绚烂至极归于平淡"，而孟浩然则是"本来无一物，何处惹尘埃"的淡定。

"当路谁相假，知音世所稀。"（《留别王侍御维》）之后，王维带着孟浩然参加秘书省的一次诗会，很快就验证了孟浩然的才华。

一句纯天然带着泥土气息的诗句"微云淡河汉，疏雨滴梧桐"，立刻让孟浩然名满京师。

然而，现实很快给了他重重的一击：他因为压力太大，科举考试落第了。

来不及悲伤，命运忽然在此处转弯，一个绝佳的机会摆在了孟浩然的面前，他会把握住吗？

五

此时的孟浩然正坐在客栈里发呆。

如果三年前皇上能接受张九龄的举荐，自己也不至于到了不惑之年还一事无成，他的内心忽然对从未谋面的唐玄宗产生了一丝幽怨，铺开一张雪白的宣纸，拿出毛笔，写下了改变他命运的《岁暮归南山》。

王维听说孟浩然要走，邀请他到自己的官署去坐坐。这对被后人称为"王孟"的田园诗人，在这里喝着茶，聊着诗歌，孟浩然暂时忘却了心中的烦恼。

忽然有人报："皇上驾到！"原来李隆基从附近经过，兴之所至，要来找王维聊聊诗歌和音乐。

可是，孟浩然作为一介布衣，是不能见皇上的呀！时间紧迫，他赶紧钻到了床下。

李隆基一进门，就看到两杯冒着热气的茶，看向王维，王维如实禀报。

机会呀，机会就这么猝不及防地来了！

李隆基望着从床底下钻出来的孟浩然，很感兴趣，这不是写下"微云淡河汉，疏雨滴梧桐"的人吗？听听他有没有什么新诗。

王维用眼睛望着孟浩然，心里想，赶紧吟诵你的"气蒸云梦泽，波撼岳阳城"呀，快呀，快！

谁知，孟浩然低着头，缓缓念出了两句：

北阙休上书，南山归敝庐。

王维一怔，看皇上脸上的微笑不见了。孟浩然没有抬头，接着念：

不才明主弃，多病故人疏。

李隆基的脸上出现了怒色，这叫什么诗！一上来你就说不要给皇帝上书，要回老家去，然后又说你被皇帝抛弃，我见过你吗？你这是什么意思！

孟浩然也感觉到了气氛的不对劲儿，他硬着头皮念出了最后几句：

白发催年老，青阳逼岁除。
永怀愁不寐，松月夜窗虚。

李隆基一拂袖子，站了起来："卿不求仕，而朕未尝弃卿，奈何诬我？"（《新唐书·文艺传》）

就这样，孟浩然在英明神武的唐明皇面前断送了自己唯一的机会。

王维满脸同情，可是，孟浩然忽然觉得说不出的轻松，好像一副担子从身上卸了下来。

求仕失败，离开长安，孟浩然回到家乡，做了短暂停留后，从开元十七年（729）到开元二十八年（740），开始了第三次吴越之旅。

他辗转于洛阳、江浙、蜀地、荆州各地，畅游山水，会友作诗，最后回到襄阳，真正过起了"千株橘树唯沽酒，十顷莲塘不买鱼"（皮日休《陈先辈故居》）的世外桃源般的生活。

不过，去了那么多的地方，都没有坐船去扬州那次轰轰烈烈，让全天下甚至千年后的人们都对他的这次出游津津乐道。这是因为一个崇拜他的小伙子写的那首《黄鹤楼送孟浩然之广陵》：

故人西辞黄鹤楼，烟花三月下扬州。

孤帆远影碧空尽，唯见长江天际流。

谁还能写出如此情深义重、荡气回肠的诗？不用说，自然是李白啦！

回归田园的孟浩然当起了自由自在的农夫，这时，他已经五十一岁了。

其间，他又任性了一回，同乡韩朝宗曾经想在唐玄宗面前推荐他，他却因为和朋友喝酒，没有赴约，错过了机会。

当农夫的感觉多好啊，吃农家饭，喝自酿酒，那种悠闲快乐，不知道让多少公务员羡慕！

张九龄曾经邀他到幕府工作过一段时间，孟浩然不愿意过朝九晚五的生活，不还是回来了吗？

看看这首诗，你就会感受到孟浩然由衷的喜悦：

过故人庄

故人具鸡黍，邀我至田家。

绿树村边合，青山郭外斜。

开轩面场圃，把酒话桑麻。

待到重阳日，还来就菊花。

孟浩然最后一次任性，是在他五十二岁那一年。好友王昌龄从边塞贬官路过襄阳，他因为陪王昌龄喝酒，吃了不该吃的鲜鱼，背疽发作而亡。只过了一年自己想要的生活，生命就画上了句号。

六

一生求官不得，一生布衣百姓，一生任性而为，一生心中不宁。

孟浩然虽属盛唐诗人，却并不幸福，这该怪谁呢？

怪他早出生了十几年？也许是吧。开元盛世前的那段混乱时期，正是他世界观、人生观形成的关键时期，他做出了错误的选择。

怪他不听父母的话，太任性？也许是吧。如果他在婚姻上能听父母的，或许会减轻内心的愧疚：是父子，却不能和他和谐相处，共享天伦；是夫妻，却不能与她长相厮守，共度流年。

但是这些都不是最主要的原因，最主要的原因是有两个孟浩然，一个是感性的，一个是理性的。

感性的孟浩然追求自由，理性的孟浩然追求仕途。

感性的孟浩然要过陶渊明式的田园生活，追求仕途的孟浩然要实现父母对他的期望。

归根结底，这是两种文化的冲突：道家和儒家。

我们很难说谁对谁错，毕竟，一个人的信仰会受到多方面因素的影响，信仰的文化不同，选择不同罢了。

有一句话，或许可以解释孟浩然表面的"任性"行为：

> 一个孩子，终其一生都在渴望得到父母的承认和理解，否则他会选择极端的方式来证明自己。（见"个体心理学"之父奥地利的阿尔弗雷德·阿德勒《理解人性》一书）

于是，"任性哥"孟浩然两上京都，三下吴越，他的诗歌里写的都是自由，可惜他一直"身在旅行，心在牢笼"。

一个人越是宣称自己是自由的，他的灵魂就越是受限制的——

> 春眠不觉晓，处处闻啼鸟。
> 夜来风雨声，花落知多少？

正是春困的时候，外面的鸟叫声把我吵醒了，啊，原来下雨了，你们上班去打卡吧，记着带伞，我要再睡会儿，睡会儿，睡——会儿——

可是，怎么睡不着了呢？

唉，花落了，花落了，花落了……

孟浩然的花，落了。

李白哭了，王昌龄哭了，王维哭了。

孟浩然，原来你的任性，是一生对自由的向往呀，真让人心疼。

就让这位一生热爱自由的诗人安安静静地葬在"山水观形胜，襄阳美会稽"的家乡吧，让岘山的朝霞、鹿门山的夕阳陪伴他，让春天的鸟鸣声、夜来的风雨声陪伴他，让襄阳春夏秋冬的落花陪伴他……

　　最后，还是用他的知音王维的一句诗来陪伴他长眠吧：

　　　　襄阳好风日，留醉与山翁。

李白

嫁人不要嫁李白

像白哥这样又多情又浪漫的男人，他要是放起电来，妹妹们估计是没有抵抗力的。

他自带爱情杀伤力极高的武器，哪一个都是招招毙命。

一

武器一：衣着。杀伤指数：★★

俗话说：佛靠金装，人靠衣装。像白哥这样超级自恋的人对穿衣还是很讲究的！

他不追求品牌，也不追求款式，他追求的是颜色和质地。白哥最喜欢的颜色是紫色，喜欢纯棉麻的质地或者是皮草。

白哥不止一次在他的诗歌里提到他穿紫衣。比如，有一次他在金陵（今南京）的时候，曾经拿着自己紫色的裘皮大衣去换酒喝，"解我紫衣裘，且换金陵酒。酒来笑复歌，兴酣乐事多"。

白哥笃信道教，他有培训班的毕业证，所以可以穿高功道士所穿的紫色对襟长袍，上面绣着日月星辰、瑞兽宝塔等种种图案。

他头戴莲冠，脚踩云履，在香雾缭绕中，好似神仙一般。

白哥被称为"诗仙""谪仙"，除了气质之外，他的穿着也给他增添了几分仙气。

据说，他早年在岷山和一个名叫东岩子的隐者学习修道，在山林里养了许多奇珍异鸟。这些鸟儿一听到他的啸声，就条件反射地聚在他的身边吃食。

樵夫看到白哥和道长站在山林里，穿着道袍，举着手，迎着林子里的万道霞光，手上、身上、胳膊上，到处都是鸟儿，他以为遇到了仙人。结果整个绵州人都在传这个八卦，说岷山上有两个活神仙，会驭鸟术。

这可真是：翩翩美男子，飘然若神仙。群鸟永相随，清风来作伴。仙风夹道骨，魅力真无边。

武器二：眼神。杀伤指数：★★★

白哥的眼睛很有神，有神到什么地步呢？

他有个粉丝叫魏万，曾经跑了三千多里路，就为找到李白。据他的记载是"眸子炯然，哆如饿虎"，眼珠特别亮，而且睁大的时候就像是饿虎的眼睛一样。

白哥还有一个朋友叫崔宗之，他有一首诗提到白哥"双眸光照人"。

天哪！想象一下当神仙哥哥用他的又大又亮又充满深情的眼睛注视着你，那岂不是要分分钟沉醉在这醉死人的温柔里吗？

武器三：气场。杀伤指数：★★★★

白哥是个气场超强的男人，你可千万不要当着他的面恭维他是大唐第一诗人，他是要和你急眼的。

在白哥的心目中，他首先是一个为国分忧的政客，然后是一个仗剑走天涯的剑客。写诗？那是业余爱好，写着玩玩而已。

白哥腰上佩带一把祖传的宝剑，他自己曾在《结客少年场行》中写道："少年学剑术，凌轹^(注)白猿公。珠袍曳锦带，匕首插吴鸿。由来万夫勇，挟此英雄风。"

白哥行侠仗义，剑术超群，再强大的女人，内心都是有着被保护的愿望的。白哥朗目如星、腰佩宝剑的飒爽英姿，符合了每一个女孩子内心的英雄情结。

如果，如果有像白哥这样温柔多情又行侠仗义的英雄在身边陪伴，有谁，可以抗拒这样的诱惑？

武器四：才华。杀伤指数：★★★★★

也许，以上的这些还仅仅是白哥的外在，那么，当你手捧这个多情男子写的爱情诗篇，总有那么一句话，会戳中你内心深处的柔软，让你为他的才华怦然心动。

"郎骑竹马来，绕床弄青梅。同居长干里，两小无嫌猜。"《长干行》里这样的两小无猜是我们见到的最纯真的爱情。

"绿水净素月，月明白鹭飞。郎听采菱女，一道夜歌归。"《秋浦歌之十三》里这对青年男女的歌声传情，会让你的思绪和那采菱女的歌声一起纷飞。

"秋风清，秋月明，落叶聚还散，寒鸦栖复惊。相思相见知何日？此时此夜难为情。入我相思门，知我相思苦，长相思兮长相忆，短相思兮无穷极，早知如此绊人心，何如当初莫相识。"早知相思苦，不如不相识，《秋风词》句句戳人心哪！

"美人卷珠帘，深坐蹙蛾眉。但见泪痕湿，不知心恨谁。"如此单相思的《怨情》，白哥，你都能体会得如此细腻吗？

恋人间的分离亦被你描绘得肝肠寸断："双燕复双燕，双飞令人羡。玉楼珠阁不独栖，金窗绣户长相见。"这样的劳燕分飞，恐怕也只有元好问的"问世间情为何物，直教人生死相许"可以相媲美了吧？

就连那杨贵妃，也会为白哥的文字而倾倒：

清平调·其一
云想衣裳花想容，春风拂槛露华浓。
若非群玉山头见，会向瑶台月下逢。

娘娘啊，您长得真是漂亮！云彩做您的五彩霞衣，牡丹是您娇美的容颜。您不是人间的佳丽，您是天上的仙女下凡啊！您的舞姿连嫦娥仙子都要妒忌，真是盖了帽了！

集三千宠爱于一身的贵妃自然是美艳不可方物、俏丽惊人，然而，什么样的语言会有白哥的这首《清平调》这样打动人心呢？

哦，白哥，你这要命的才华！

那么，豪放飘逸的白哥，会经历怎样的爱情生活呢？

二

时光追溯到 727 年，那时白哥"仗剑去国，辞亲远游"已有两年，他在金陵散尽千金，之后来到了风景优美的安陆（今湖北安陆）。

在这里，白哥邂逅了他人生中的第一次也是最动人的一段爱情。

这天，白哥信步来到白兆山，这里林木繁茂，层峦叠嶂，峰回路转，鸟语花香。

山上的白兆寺更是在幽深的岩壑之上，周围绿树掩映，甘泉流长，好一个世外桃源。

正在白哥流连忘返之际，只见寺庙前停下来一顶轿子，从轿子里走下来一个袅袅婷婷的女子。

接下来的桥段不说大家也能猜出来，某个富家小姐在此烧香，被白哥看上了，然后白哥跟踪她回家，找人提亲，然后他们结婚了，从此幸福地生活在一起。

恭喜你，答对了！

不过还要补充一下：这个富家小姐不是一般人，而是前朝宰相许圉^(yǔ)师的孙女许紫烟。

白哥为人很侠气，他已经二十七岁了，但在追求女孩子上，还是很羞涩的。毕竟这是人家的初恋嘛！

他找到他的偶像孟浩然给他做媒，还不好意思说，只是用手指着自己写的《望庐山瀑布》中的"日照香炉生紫烟"中的"紫烟"二字，急得说不出话来。

孟浩然哈哈大笑，出门给白哥提亲去了。很快，好消息传来，许家同意白哥的求婚，只是要做上门女婿。

相门之女许紫烟才貌出众，性格柔顺，她和白哥的结合简直是天作之合。

洞房花烛夜，许紫烟羞涩地问白哥："你为什么要娶我？"

白哥用他深如潭水般清澈的眼睛望着他的新娘："因为我对你一见钟情！"

新娘子捂着嘴，羞涩地笑了："你可真是性情中人！"

白哥端起酒杯："来，让我们为真性情的崇高和愉悦而干杯！"

真性情的白哥，酒隐安陆，蹉跎十年。这十年是他生命中最幸福的十年，他的妻子为他生下了一子一女，子曰伯禽，女曰平阳。

娇妻温柔、儿女绕膝，也许可以把一般男子留在家中，但是白哥毕竟不是一般的男子。

他自由得就像是一阵清风，天马行空。家庭的温暖没有留住白哥漂泊的脚步，他经常仗剑游侠，寻师访友，干谒权贵，登高饮酒，一走就是几个月甚至几年。

不知道他温柔美丽的妻子，自己带着两个孩子在家里等候白哥的时候有没有怨言。当她和丈夫十年聚聚散散的缘分走到头的时候，她是否后悔嫁给了这样一个大才子。

也许，《久别离》中的这句"别来几春未还家，玉窗五见樱桃花"会告诉我们答案吧。

白哥的真性情，带给了她短暂的愉悦和无尽的思念。

十年后，许氏病逝。

白哥，为她留下了一首《赠内》，来表达内心无尽的内疚和愧意：

> 三百六十日，日日醉如泥。
>
> 虽为李白妇，何异太常妻。

三

接下来白哥经历的两段婚姻，不知是否关乎爱情。

也许是两个孩子急需有人带，也许是"真性情"的白哥又一次对美丽的女子一见钟情，他于妻子去世后第二年离开安陆，前往江南。后来，东游剡（shàn）越，在当地与一刘姓女子再度完婚，举家迁安徽南陵定居。

这一年，白哥三十九岁。

这位美丽的女子，不像他的发妻那样温柔贤惠，白哥认为她是典型的"宁可坐在宝马里哭，也不坐在自行车上笑"的人，不过白哥给她的待遇，估计是坐着自行车也笑不出来吧？

将近不惑之年的白哥，功不成名不就，让一个妙龄女子做后妈，他仍旧日日醉如泥。

他甚至在四十二岁奉诏入京的时候，还写下了很狂傲的一首诗《南陵别儿童入京》。大家很熟悉的是那一句：

仰天大笑出门去，我辈岂是蓬蒿人。

得意的白哥，为了他来到长安的梦想，忽略了如花娇妻眼中的哀怨，忽略了牵衣稚子的不舍离情。

然而，这首诗前面还有一句"会稽愚妇轻买臣，余亦辞家西入秦"，写诗骂媳妇儿是"会稽愚妇"，白哥你也真是太辜负你身上背的那把剑了。

结局可想而知，她毫不留恋地离开了白哥。

曾经她认为她找到了想要的爱情，当白哥衣袂飘飘向她走来，用火一样的热情将她的少女心点燃的时候，她为他怦然心动，彻夜难眠，然而，当青春所有的荷尔蒙都已过期，她剩下来的只有后悔和埋怨。

她走的时候，哭红了眼睛说："去你的真性情的崇高和愉悦！我只要一个可以依靠的肩膀而已，我的要求很过分吗？"

自古文人多风流，白哥也不例外。

这一年，他在游鲁时，与当地一女子结婚，生下儿子颇黎。

此女四年后生病去世，关于她，白哥没有留下只言片语。

然而，白哥在长安并不顺利，他的个性，怎么适合在朝中为官呢？

在朝中受权贵排挤，怀着抑郁不平之气离开长安，开始历时十一年的漫游时，他想到了留在山东的孩子们。

四十九岁那年，他写下了感人的《寄东鲁二稚子》。其中有这样几句，读起来令人忍不住潸然泪下：

> 娇女字平阳，折花倚桃边。
> 折花不见我，泪下如流泉。
> 小儿名伯禽，与姊亦齐肩。
> 双行桃树下，抚背复谁怜？
> 念此失次第，肝肠日忧煎。

白哥老了，尽管他的心一直年轻，但他不能无视镜中的白发。

他想到了他那从小就爱坐在他腿上跟他撒娇的女儿平阳，此刻应该手里折了一枝她最爱的桃花，依靠在桃树边吧？

可是，她小的时候，桃花都是父亲帮她摘的啊！

那个小小的人儿，为了得到一枝桃花，给了他多少亲吻？而现在，她手拿桃花，却看不到那个溺爱她的毫无原则的父亲，眼泪一定要哗哗地流下来吧？

而那个咿呀学语的儿子伯禽，现在也该长得和姐姐一样高了吧？他们就这样站在桃树下，可是，谁来抚摸着他们的背，疼爱他们呢？

这是白哥第一次为了家庭而流泪，好像把肝肠都放在油锅里煎一样。

也许，只有在骨肉亲情面前，白哥的"真性情"才会是崇高的吧？

白哥这样的人，不适合婚姻。他太狂傲不羁，他太放纵自己的真性情，除非有一个女人，和他有着同样的性情，陪他疯，陪他玩，不介意他饮酒，不介意他"携妓东土山"，不要求他有任何回报，欣赏他一切的一切。

这样的人，会有吗？

四

能 hold（掌控）住白哥的女人，终于出现了。

就在白哥"赐金放还"，和杜甫、高适游梁宋的时候，发生了一件事情。

这是关于白哥的一个很浪漫的爱情故事。

这一日，三人来到梁园（今开封）的古吹台游览，忽听得有悠扬的琴声传来。三人激发了蓬勃的创作热情，当时就拿来笔墨，在新刷的墙壁上涂鸦起来。

三人写毕，扔掉笔，哈哈大笑而去。可把这里的和尚气坏了，心想：这三个人真没素质！他拿起抹布就要擦，忽然身边传来一声娇喝："住手！这面墙不要动，一千两银子，我买下了！"

原来这就是那个抚琴的姑娘，她听见这里有人在说说笑笑，似乎是在比赛作诗，就走过来看。结果，看到了白哥的《梁园吟》。

全诗借咏梁园古迹，追怀历史，抒发诗人的豪情壮志。这些诗句气势磅礴，令人叹为观止，她顿生仰慕之心。

白哥，这要命的才华！

他在四十四岁时，遇到了这样一个奇女子宗氏。

宗氏是已故宰相宗楚客的孙女，知音律，善操琴，是梁园有名的才女。她父母允许她自己择婿，当时有多少英俊公子上门求亲，都被婉言谢绝。

　　当时开封有句民谣："今人难娶宗室女，除非神仙下凡来！"

　　宗氏"千金买壁"的故事不胫而走，飞快地传遍了古城。高适和杜甫高兴得手舞足蹈："李兄是天上谪仙，这良缘应在你的身上了啊！难道你还要归隐山林吗？"

　　此时的白哥，不久前丧妻，本无意再娶，然而，高适已经兴冲冲地到宗家提亲去了。

　　宗小姐当即应允。

　　白哥在新婚之夜望着带着几分侠气的妻子，问："我比你大二十多岁，无权无名，你怎么肯下嫁给我？"

　　妻子用她的杏眼看着白哥的虎目，调皮地笑着，说道："为了真性情的崇高和愉悦，不可以吗？"

　　白哥怔住了。为了他的真性情，他伤了多少女人的心。为了他的真性情，他到现在还一事无成。可是，真的有人如此欣赏他的真性情吗？

　　众人笑我太疯癫，我笑众人看不穿。

　　没有人能体会到他醉眼蒙眬中那种彻骨入髓、亘古无双的凄冷和孤独，而眼前的这个姑娘，她懂。

　　她陪他写诗、游览、饮酒，她居然也信道教！

　　对于这个外表洒脱不羁、飞扬跋扈的男人，她了解他内心深处的脆弱和无助。

　　后来，安史之乱爆发，这个永远长不大的男人一定要应邀去永王李璘的幕府，宗氏虽然明明知道自己的丈夫在政治上根本就不靠谱，但也没有过多地规劝。

之后永王被已经称帝的唐肃宗所杀，白哥被定罪为"从逆"，关进浔阳监狱中。

宗氏万分焦急，四处奔走，为夫君喊冤。后来虽然救出，但是白哥被长期流放到夜郎。

不过，当白哥走到白帝城的时候，朝廷颁发了特赦令，白哥终于重获自由。

悲喜交加的白哥，坐着小舟从长江上游漂流而下，写下了那首著名的《早发白帝城》：

朝辞白帝彩云间，千里江陵一日还。

两岸猿声啼不住，轻舟已过万重山。

劫后重逢，夫妻二人抱头痛哭。

如果是一般人，像这样历经磨难，九死一生，此时应该偃旗息鼓，痛定思痛，在接下来的后半生，悠闲地过安宁的生活了吧？

然而，白哥不是普通人，他是诗仙，注定要与酒为伴，以诗会友；他是一只停不下脚步的大鹏，注定要一辈子天涯孤旅，四处飞翔。

宗氏没有反对，她表示理解，决定去庐山修道。

就这样，白哥结束了他十年梁园的生活，再一次拿起他的剑，走上战场，他要挥剑杀敌，实现他一生报效国家的梦想。

然而，六十一岁的白哥，在路上一病不起。他挣扎着来到族叔李阳冰家，把平生所作的诗文交给他，以便他编辑成册。然后，他提笔写下了《临终歌》：

大鹏飞兮振八裔，中天摧兮力不济。

余风激兮万世，游扶桑兮挂左袂。

后人得之传此，仲尼亡兮谁为出涕！

五

白哥去了，他一直认为自己就是天上的大鹏鸟，他少年时便仗剑游天下，一去不回头。然而，他永远没有到达他想要去的地方，终成一生遗憾。

不知他在去世前，有没有想起他生命中出现过的那些女子？

也许不会吧，因为他原本不属于这尘世间的任何一个人。

他从不会"秒回"任何一个女子对他的思念，他也不会和任何一个人去经营他们的柴米油盐，他是天上贬在人间的仙人，旷世才华为谁留恋？

他属于天上的明月，他属于林间的山风，他属于海上的扁舟，他属于大唐盛世华章的每一个字里行间。

白哥就如同一匹野马，在大唐的辽阔疆域上独来独往。红尘滚滚，汗流浃背，始终没遇到一条柔软的鞭子收服他，驯化他。直到他一脚踏空，还是回到天上继续做他的文曲星，爱情也落入水里，轻轻溅起一个水花，入水无声。

那些和白哥有着情感纠葛的如花女子，哪一个才是他心中的最爱？

也许在白哥的心里，他自己也不知道他最爱的是谁。他只知道，他的梦在大唐；他只知道，他的心，在长安。

长相思

长相思，在长安。

络纬秋啼金井阑，微霜凄凄簟色寒。

孤灯不明思欲绝，卷帷望月空长叹。

美人如花隔云端。

上有青冥之长天，下有渌水之波澜。

天长地远魂飞苦，梦魂不到关山难。

长相思，摧心肝。

只可惜，这个远在云端的"美人"不是任何一个人，而是他心中永远没有实现的，那个梦。

当过往如云烟，香梦未断，当心似春水波澜，涟漪点点，那些"独杯空照月无影，留得残烛待天明"的女子，只能将无尽相思化作绵绵长叹。

白哥，等待花再开月再圆，再与你魂梦相连。

嫁人不要嫁李白，长相思，摧心肝。

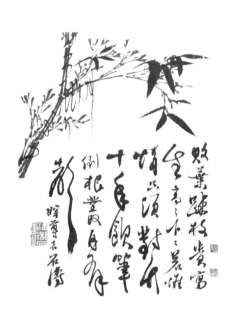

杜甫

为什么我的眼里常含泪水，因为我对这
土地爱得深沉……

中国古典诗歌史上有两大高峰：一曰李白，一曰杜甫。

李白是众所周知的"诗仙"，仿佛天上的日月星辰、白云飞鸟，飘逸浪漫；杜甫是脍炙人口的"诗圣"，好像地上的山川沟壑、江海湖泊，沉郁顿挫。

李白是天，杜甫是地。

李白的诗歌时时充满笑声：大笑、谈笑、狂笑、傲笑、己笑、友笑、清风笑、明月笑……"仰天大笑出门去"，"为君谈笑静胡沙"。

杜甫的诗歌处处都是眼泪：呜咽、泣涕、泫然、吞声，人哭、鬼哭、山河哭、花鸟哭……"牵衣顿足拦道哭，哭声直上干云霄。"

俗话说：男儿有泪不轻弹，只因未到伤心处。

杜甫为何伤心？眼泪为谁而流？

一

幸福的人生是相似的，不幸的人生各有各的不幸。

712 年，杜甫出生在河南巩县（今河南郑州巩义市）。他家世显赫。京兆杜氏，那可是北方有名的大士族。

杜甫的远祖是晋代大学者、名将杜预，祖父杜审言为膳部员外郎，父亲杜闲曾为兖州司马和奉天县令。

虽说很小的时候母亲就去世了，可是有洛阳的姑姑亲自抚养，杜甫的童年没有眼泪。杜甫六岁的时候，姑姑带他看公孙大娘舞剑，五十年后他还记得当时的震撼：

> 昔有佳人公孙氏，一舞剑器动四方。
>
> 观者如山色沮丧，天地为之久低昂。
>
> （《观公孙大娘舞剑器行》）

姑姑的早教很成功，这使得杜甫热爱艺术。他长大后结交了很多朋友，其中就有音乐家李龟年。

安史之乱后，杜甫和李龟年在湖南湘潭相遇，两人相对唏嘘，有诗为证：

江南逢李龟年

> 岐王宅里寻常见，崔九堂前几度闻。
>
> 又是江南好风景，落花时节又逢君。

因为是书香世家，杜甫从小就显得与众不同，七岁学作诗，一开口就吓了家人一跳：

> 七龄思即壮，开口咏凤凰。
>
> （《壮游》）

虽然是个"神童"，但男孩子的顽皮捣蛋，他一样不少：

忆年十五心尚孩，健如黄犊走复来。

庭前八月梨枣熟，一日上树能千回。

（《百忧集行》）

杜甫"读万卷书"到十九岁，然后就开始"行万里路"。

先是漫游吴越，二十四岁，杜甫顺便在洛阳参加了一次进士考试，落榜了。杜甫的心态非常阳光，才不会为这事哭鼻子。

于是，他接着漫游，"放荡齐赵间，裘马颇清狂"，走着走着，就来到了泰山。看到泰山，杜甫就呆住了，真是太雄伟了！

他即刻赋诗一首：

望　岳

岱宗夫如何？齐鲁青未了。

造化钟神秀，阴阳割昏晓。

荡胸生层云，决眦入归鸟。

会当凌绝顶，一览众山小！

真是年少轻狂啊，胡子还没长几根，就想"登泰山而小天下"？

对！初生牛犊不怕虎，年轻人就应该这样！

杜甫要是不狂，他会写出"致君尧舜上，再使风俗淳"这样令多少读书人心血沸腾的诗句？

杜甫要是不狂，他会和被唐玄宗"赐金放还"的李白交上朋友，然后一起愉快地玩耍？

漫游齐赵最大的收获，就是认识李白这个大唐帝国的天王巨星！

李白身上故事那么多，杜甫得有多少绝佳的写作素材呀！

"醉眠秋共被，携手日同行。"（《与李十二白同寻范十隐居》）

"寂寞书斋里，终朝独尔思。"（《冬日有怀李白》）

"白也诗无敌，飘然思不群。"（《春日忆李白》）

"故人入我梦，明我长相忆。"（《梦李白·其一》）

"冠盖满京华，斯人独憔悴。"（《梦李白·其二》）

"笔落惊风雨，诗成泣鬼神。"（《寄李十二白二十韵》）

"文章憎命达，魑^(chī)魅喜人过。"（《天末怀李白》）

崇拜一个人需要理由吗？需要吗？需要吗？

在杜甫的眼里，比他大十一岁的李白做什么都是对的——

李白"酒家眠"，那叫醉酒吗？那叫帅！

> 李白斗酒诗百篇，长安市上酒家眠。
>
> 天子呼来不上船，自称臣是酒中仙。
>
> （《饮中八仙歌》）

李白"空度日"，那叫浪费时间吗？那叫生活质量！

> 秋来相顾尚飘蓬，未就丹砂愧葛洪。
>
> 痛饮狂歌空度日，飞扬跋扈为谁雄？
>
> （《赠李白》）

李白被流放，"世人皆欲杀"，那是你们不懂他的心！

不见

不见李生久，佯狂真可哀！

世人皆欲杀，吾意独怜才。

敏捷诗千首，飘零酒一杯。

匡山读书处，头白好归来。

人生"快意八九年"，终须"西归到咸阳"。快乐的日子总是转瞬即逝，三十五岁之后的杜甫，哭声连连，泪痕斑斑。

二

杜甫流的是"儿女之泪"。

"有客有客字子美"，杜甫字子美，可是，他后来生活得一点儿都不美。

天宝五年（746），杜甫的人生开启了"倒霉模式"。

第一件倒霉事，参加了一场号称"史上最大考场闹剧"的考试。宰相李林甫一个考生都没有录取，对唐玄宗谎称这是"野无遗贤"。

第二件倒霉事，杜甫在熬过了几年的"残杯与冷炙，到处潜悲辛"的生活后，得到一个机会：他趁着唐玄宗大祭祀，连忙献上华丽丽的《三大礼赋》。唐玄宗一高兴，就让他到集贤院等候分配，结果仍然落到了那个口蜜腹剑的李林甫手里。

第三件倒霉事，杜甫四十四岁时，终于得到一个右卫率府兵曹参军的职位，其实就是兵器库的管理员。杜甫赶紧回奉先县（今陕西蒲城县），准备把一家人接来团聚，结果还没进家门就听到哭声，原来是他的小儿子饿死了。

第四件倒霉事，就在杜甫来接妻儿的路上，安禄山在范阳起兵，几乎埋葬大唐王朝的安史之乱爆发。次年六月，长安失陷，唐玄宗仓皇逃往四川。

第五件倒霉事，杜甫连夜带领家人逃往白水，白水被围，又连夜带领家人逃往鄜^(fū)州（今陕西富县）羌村。刚安顿好家人，听说太子李亨在灵武（今宁夏灵武县）称帝，他前去投奔，在路上被叛军抓住押往长安。

杜甫在监狱里想到了什么？越狱？当然，那是后来，不是现在。

现在杜甫在看月亮，他写了一首诗，读完你就会明白什么叫作"柔情似水"。

月 夜

今夜鄜^(fū)州月，闺中只独看。

遥怜小儿女，未解忆长安。

香雾云鬟^(huán)湿，清辉玉臂寒。

何时倚虚幌，双照泪痕干。

杜甫在诗中说：此时的妻子，一定和自己一样，也在独自望着这一轮圆月思念爱人吧？

孩子们一定不明白，母亲为什么要久久地凝望月亮，他们怎会懂得思念的辛酸？

雾深露重，定然沾湿了妻子的鬟发，她此刻定然冷得缩着脖子抱起了肩膀。

想到这里，杜甫很是心疼。他恨不得立刻飞到妻子的身边，搂着她、给她温暖，和她互相依偎着一起赏月，让月亮把两人的泪痕照干。

世人皆知李白诗中的月——朦胧、旖旎^(yǐ nǐ)、皎洁、多情，却不知杜甫诗中的月竟也如此深情款款。

杜甫这一滴思念的泪啊，千百年来让多少人为之感叹！

而杜甫思念弟弟的那句"露从今夜白，月是故乡明"（《月夜忆舍弟》），又使多少华夏儿女忍不住热泪盈眶！

"诗圣"之为"圣"，并非他没有普通人的情感，相反，正是因为杜甫的"儿女之情"，我们才会觉得，他离我们并不遥远。

三

杜甫流的是"黎民之泪"。

至德二年（757）四月，杜甫真的越狱了！

当杜甫出现在肃宗面前时，麻鞋见天子，衣袖露两肘，狼狈不堪。

肃宗感动不已，任命杜甫为左拾遗。"拾遗"是个八品小官，顾名思义，就是"拾起皇帝遗漏的"，给皇帝提建议。

于是杜甫抓紧时间给肃宗提建议，肃宗很快厌烦了这个过于正直认真的左拾遗。

没多久，杜甫为前宰相房琯求情，被肃宗贬到华州去了。

从此，杜甫就被列入了黑名单，永不重用。

杜甫很失落，他写了一首很耐人寻味的诗——《佳人》。

"绝代有佳人，幽居在空谷。"

这个佳人是谁？恐怕还是在诉说他的伤感吧。

"但见新人笑，那(nǎ)闻旧人哭。"

唉，或许，杜甫更适合做一个记者，来真实记录这个时代的风起云涌。

他客观记录下了"开元盛世"的富庶(shù)，比如这首：

忆昔开元全盛日，小邑犹藏万家室。

稻米流脂粟米白，公私仓廪俱丰实。

（《忆昔》）

他也客观记录下了权贵穷奢极欲的生活，比如描述"炙手可热势绝伦"的杨国忠兄妹曲江春游的《丽人行》。

宫廷画师张萱的传世名画《虢^(guó)国夫人游春图》，可以为杜甫的这首诗作最佳配图。

在这首诗里，杨贵妃的姐姐虢国夫人姿色动人、体态娴雅、宴饮奢华、娇纵荒淫。

三月三日天气新，长安水边多丽人。

态浓意远淑且真，肌理细腻骨肉匀。

（《丽人行》）

杜甫是一个少有的情感丰富，同时兼具理性的人，他是那个时代的智者。

早在唐玄宗好大喜功、对外发动不义战争的时候，他就写下过《前出塞》九首、《后出塞》六首，希望通过这些诗歌来发出阻止战争的呼喊。

前出塞·其六

挽弓当挽强，用箭当用长。

射人先射马，擒贼先擒王。

杀人亦有限，列国自有疆。

苟能制侵陵，岂在多杀伤。

当唐玄宗和他的帝国还沉浸在梦中的时候，杜甫已经无比清醒地捕捉到了这个社会发出的腐烂气息——

"朱门酒肉臭，路有冻死骨。"（《自京赴奉先县咏怀五百字》）

可是没有用。

智者的痛苦就在于：当你清醒的时候，别人还在睡着；当别人清醒的时候，你只能看着。

于是，杜甫只有眼含热泪，记录下那惊天动地的哭声。

兵车行

车辚辚，马萧萧，行人弓箭各在腰。

耶娘妻子走相送，尘埃不见咸阳桥。

牵衣顿足拦道哭，哭声直上干云霄。

…………

信知生男恶，反是生女好。

生女犹得嫁比邻，生男埋没随百草。

君不见，青海头，古来白骨无人收。

新鬼烦冤旧鬼哭，天阴雨湿声啾啾！

这是一首首诗，更是一幅幅生离死别的图。

传唱千古的"三吏""三别"（《石壕吏》《新安吏》《潼关吏》《新婚别》《垂老别》《无家别》），描述的就是人间最凄惨的分离，读来怎能不令人潸然泪下！

当杜甫强压住内心的悲愤，用克制的语气向你讲述他的所见所闻，你能否感受得到他那颗流血的心！

> 暮投石壕村，有吏夜捉人。
> 老翁逾墙走，老妇出门看。
> …………
> 夜久语声绝，如闻泣幽咽。
> 天明登前途，独与老翁别。
>
> （《石壕吏》）

杜甫的文字并不华丽，却具有打动人心的力量，因为他真实记录了百姓的苦难，他有着一颗"黎民之心"，所以他的诗才会被人们永远铭记，并被后世人称为"诗史"。

四

杜甫流的是"英雄之泪"。

乾元二年（759），杜甫因对污浊的时政痛心疾首，辞去华州司功参军的职务，辗转来到成都。

在好友严武的帮助下，杜甫在城西浣花溪畔，建成了一座草堂，世称"杜甫草堂"。

但有故人供禄米，微躯此外更何求？终于停下了漂泊的脚步，杜甫的生活立刻充满了小资情调。

春暖花开的时候，就独自一个人在"桃花一簇开无主，可爱深红爱浅红"的江畔散散步。

看到黄四娘家那些铺满小径的鲜花，谁还能想到战争的残酷呢？

江畔独步寻花·其六

黄四娘家花满蹊，千朵万朵压枝低。

留连戏蝶时时舞，自在娇莺恰恰啼。

即使是下小雨，这里的小雨都是那样喜庆！

春夜喜雨

好雨知时节，当春乃发生。

随风潜入夜，润物细无声。

野径云俱黑，江船火独明。

晓看红湿处，花重锦官城。

成都真是个好地方，简直就是天堂！

这里有美丽的花草，有活泼的小鸟，有蓝天、有白云、有远山、有江水，就是没有战争。

谁说杜甫不浪漫？他一口气写了十几首"绝句"，毫不吝啬那些热情洋溢的语言，来赞美成都的春天。

绝 句

两个黄鹂鸣翠柳，一行白鹭上青天。

窗含西岭千秋雪，门泊东吴万里船。

杜甫难道忘了他"致君尧舜上，再使风俗淳"的理想了吗？

这一天，杜甫去拜谒成都西北的诸葛亮武侯祠，到了那里，满眼松柏森森、碧草萋萋。

想当年，诸葛亮殚精竭虑辅佐君王，"功盖三分国，名成八阵图。江流石不转，遗恨失吞吴"，他一生为国为民，却功业未成撒手人寰。

杜甫心痛不已，写下一首诗：

蜀　相

丞相祠堂何处寻？锦官城外柏森森。

映阶碧草自春色，隔叶黄鹂空好音。

三顾频烦天下计，两朝开济老臣心。

出师未捷身先死，长使英雄泪满襟。

这哪里是诸葛亮在哭，这分明是杜甫在哭！

别人的春天里"迟日江山丽，春风花草香。泥融飞燕子，沙暖睡鸳鸯"，而自己已经五十多岁了，却仍然一事无成，报国无门，还要靠朋友的接济来生活！

"酒债寻常行处有，人生七十古来稀。"人生中最美好的时光已成为过去，杜甫的春天在哪里？

想到这里，杜甫忍不住大放悲声。

所怀者大，所感者深，所哭者壮！

上元二年（761）八月，倏忽而至的大风吹跑了杜甫屋顶的茅草，大雨又接踵而来。

原来所有的美好抵不过一场淋漓大雨，所有的梦想比不上拥有一间可以遮风避雨的小屋。

然而杜甫，我们伟大的杜甫，他在痛苦地看着"床头屋漏无干处，雨脚如麻未断绝"的茅草屋时，想到的竟然是那些仍在战乱中挣扎的百姓、那些连一间漏雨的茅草屋都没有的人们。

于是，他流泪了，他发出了一声呐喊。这是令人肃然起敬的眼泪、这是震彻寰宇的呐喊！

安得广厦千万间，大庇天下寒士俱欢颜，风雨不动安如山。呜呼！何时眼前突兀见^(xiàn)此屋，吾庐独破受冻死亦足！

试问，有几人能做到像杜甫这样，拥有这份"推己及人"的高尚情怀？

周汝昌先生说："老杜一生，许身稷契，志在匡国，亦英雄之人也。"

英雄，不一定非要金戈铁马，只要心中装有百姓，他就是英雄！

五

杜甫流的是社稷之泪。

广德元年（763），又是一个春天。

杜甫坐在锦江江畔，看着碧水青山、红艳艳的似乎要燃烧起来的野花，忍不住有些想家。

绝　句

江碧鸟逾白，山青花欲燃。

今春看又过，何日是归年？

一样的花，一样的鸟，可是七年前的那个春天，昔日热闹繁华的长安城内长满青青杂草，山河一片破碎，连"花"和"鸟"都要为之垂泪!

因为战争,他连收到一封家书都觉得无比贵重;因为战争,他愁得头发大把大把地往下掉,连根簪子都插不住。

春　望

国破山河在,城春草木深。

感时花溅泪,恨别鸟惊心。

烽火连三月,家书抵万金。

白头搔更短,浑欲不胜簪。

那里再也不是长安的春天,那里再也不是"开元盛世"的长安。

忽然,官军收复洛阳的消息传来,战争结束了!

杜甫简直不敢相信这个突如其来的好消息。七年了,战争使得这个国家几乎毁灭!白骨露于野,千里无鸡鸣,十室九空、人烟断绝。

杜甫忽然之间满脸是泪,他飞奔着跑回去,要把这个好消息告诉妻子和孩子,他要带着他们——回家!

闻官军收河南河北

剑外忽传收蓟北,初闻涕泪满衣裳。

却看妻子愁何在,漫卷诗书喜欲狂。

白日放歌须纵酒,青春作伴好还乡。

即从巴峡穿巫峡,便下襄阳向洛阳。

这首"老杜生平第一快诗"流传了下来,然而杜甫白白高兴了一场。

原来"安史之乱"刚刚平定，当年十月吐蕃便攻陷长安，这伙强盗势如破竹，连四川这块天府之国也未逃战火的屠戮。

赠花卿

锦城丝管日纷纷，半入江风半入云。

此曲只应天上有，人间能得几回闻。

我们所熟悉的这首诗，原以为是杜甫在赞扬美妙的音乐，实则是他在讽刺一个立了一点战功就放纵士卒去到处掠夺的将军。

杜甫只能"少陵野老吞声哭"，庆功宴上强欢笑。

永泰元年（765）四月，杜甫客居四川，已经第六个年头了。

严武去世，杜甫在成都失去依靠，遂携家属乘舟东下，去投靠一个远房亲戚。

这一天，杜甫来到了湖南，登上神往已久的岳阳楼。

花近高楼伤客心，万方多难此登临。面对烟波浩渺、壮阔无限的洞庭湖，杜甫像当年第一眼看到泰山时那样被震撼了。

然而再也没有了当年"会当凌绝顶，一览众山小"的豪气。

现在的自己，身患肺病、风痹、糖尿病、疟疾、右臂偏枯、眼花耳聋。没有一个亲戚朋友的消息，唯有一叶孤舟相伴在江面上飘零。

飘飘何所似，天地一沙鸥。

可是我们的杜甫啊，此刻想到的不是到哪里安身，而是关山以北的战争烽火仍未停息，他禁不住凭窗遥望、眼泪直流。

登岳阳楼

昔闻洞庭水，今上岳阳楼。

吴楚东南坼^{（chè）}，乾坤日夜浮。

亲朋无一字，老病有孤舟。

戎马关山北，凭轩涕泗流。

杜甫人生的最后三年，是在那一叶风雨飘摇的小舟上度过的。

大历五年（770）冬，杜甫带着太多太多的遗憾，死在了湘江之上，时年五十九岁。

他遗憾一生没有给他的家人一个温暖的家；他遗憾至死也没有回到魂牵梦绕的故乡洛阳、没有回到承载他毕生理想的长安；他更遗憾这个国家还在"战血流依旧，军声动至今"，他没有亲眼看到天下太平……

"明日隔山岳，世事两茫茫。"杜甫死了，可是他留下来的诗歌感动了无数人，他流的眼泪感动了无数人。

他流的是儿女之泪、黎民之泪、英雄之泪、社稷之泪；他有着儿女之情、黎民之心、英雄之义、家国之胸怀！

杜甫，是当之无愧的"诗圣"。

六

历史不会让一个热爱国家的人永远流泪。

杜甫生前，在大唐熙熙攘攘的诗人中，我们找不到他的身影，时人编选的诗集里，找不到他的一首诗。

盛唐时代，一个人人向往自由的时代，又有谁会去注意那些记录老百姓颠沛流离、低到尘埃里的诗呢？

当你抬头仰望天空时，就会忽略脚下的大地。

所有人都看到了杜甫的忧愁和眼泪，却没有看到他骄傲的微笑。

是的，骄傲。

还记得他说过"诗是吾家事"吗？他哪里来的自信？

让我们把时光追溯到初唐时代。

那时，文化界流行"崇古抑今"，可是有个叫作"文章四友"的小团队偏偏要改革，非要写五言律诗，他们是杜审言、李峤、崔融、苏味道。

杜审言就是杜甫的爷爷。

这个爷爷不一般，为人狂妄数第三。不，数第一！

他曾经调侃朋友："苏味道必死无疑。我刚刚给他交了一篇公文，他看了我的文采，还不得羞愧死！"

此人临死也不改其狂，他对宋之问等朋友说："你们高兴吧，我不死，哪有你们的出头之日呀！"

还别说，杜审言真有他骄傲的资本。

明朝评论家胡应麟评论他写的《和晋陵陆丞早春游望》一诗："初唐五言律诗，当推为第一。"

杜甫很骄傲，他一定要把爷爷引以为傲的本领发扬光大！

他先替爷爷骄傲："吾祖诗冠古！"

再替爷爷同时代的"初唐四杰"（王勃、杨炯、卢照邻、骆宾王）骄傲：

戏为六绝句

王杨卢骆当时体，轻薄为文哂未休。

尔曹身与名俱灭，不废江河万古流。

接下来该为自己骄傲了：

为人性僻耽佳句，语不惊人死不休！

来来来，来看看这首被誉为"七律之冠"的诗：

登　高

风急天高猿啸哀，渚清沙白鸟飞回。

无边落木萧萧下，不尽长江滚滚来。

万里悲秋常作客，百年多病独登台。

艰难苦恨繁霜鬓，潦倒新停浊酒杯。

好在哪里？先不说内容，只看格式："律诗"是有着非常严格要求的诗，第二联和第三联必须用对偶句，可是大家看杜甫这首，四联全部对偶！

惊奇不惊奇？佩服不佩服？

杜甫去世四十三年后，他的遗体被孙子带回老家，和爷爷杜审言葬在了一起。杜甫若是泉下有知，一定非常高兴。

百年歌自苦，未见有知音，他终于可以和爷爷好好聊聊了。

聊聊爷爷骄傲的五言律诗，聊聊自己骄傲的七言律诗，再聊聊爷爷尝试写的长达四十韵的"长诗"（元代以后叫作"排律"），给他看自己首创的百韵长诗，该是多么畅快的一件事啊！

让给他写墓志铭的元稹看着他留下来的一千四百多首诗感叹吧！

让韩愈去赞美"李杜文章在，光焰万丈长"吧！

让张籍满怀崇拜烧了自己的诗文和(huò)着水吞下去吧！

让王安石去研究他的排比、铺陈与夸张吧！

让贯穿两宋的"江西诗派"以自己为鼻祖，去研究平仄、对仗、用韵，去研究段落布局、起承转合、锤炼字句吧！

杜甫骄傲的，不仅仅是他"读书破万卷，下笔如有神"的写作技巧，还有他"穷年忧黎元"的心、"济时肯杀身"的魂。

闻一多说："杜甫是四千年文化中最庄严、最瑰丽、最永久的一道光彩。"

鲁迅说："杜甫似乎不是古人，就好像今天还活在我们堆里似的。"

余秋雨说："人世对他，那么冷酷、那么吝啬、那么荒凉；而他对人世却完全相反，竟是那么热情，那么慷慨，那么丰美。"

杜甫不是不向往天空的高邈，不是不向往鸟儿的自由，而是他始终记着：以天下为己任。

他一生都想飞上天空，做一只自由翱翔的鹰：何当击凡鸟，毛血洒平芜。

可他最终还是选择了他深深热爱着的土地——

假如我是一只鸟，

我也应该用嘶哑的喉咙歌唱：

这被暴风雨所打击着的土地，

这永远汹涌着我们的悲愤的河流，

这无止息地吹刮着的激怒的风，

和那来自林间的无比温柔的黎明……

——然后我死了，

连羽毛也腐烂在土地里面。

为什么我的眼里常含泪水?

因为我对这土地爱得深沉

…………

（艾青《我爱这土地》）

岑参

这位从火焰山归来的诗人，到达了远方，
却依然思念家乡……

话说当年美猴王齐天大圣孙悟空大闹天宫，一脚踢翻了太上老君的炼丹炉，有几块火炭从天而降，落在吐鲁番，形成了火焰山。

《西游记》中说火焰山有八百里火焰，若过此山，就是铜脑盖、铁身躯，也要化成汁。

在唐朝，有位诗人曾经到过这里，他没有被化成汁，还为后世写下了这样的诗句：

经火山

火山今始见，突兀蒲昌东。

赤焰烧虏云，炎氛蒸塞空。

不知阴阳炭，何独烧此中？

我来严冬时，山下多炎风。

人马尽汗流，孰知造化功！

他的诗告诉我们，事实虽没有小说描绘得那么夸张，但真实的火焰山的确奇热无比。

火焰山并不是因为它向外喷火才叫这个名字，而是因为它主要由中生代侏罗纪、白垩纪和第三纪的赤红色砂、砾[砾]岩和泥岩组成，看着像团团烈焰在燃烧。

那么，这位在火焰山写诗的诗人是谁，干吗大老远跑到这最热时地表温度高达 70℃的鬼地方？

莫非他远方的梦想，就是，去……西天……取经？

一

有的人去远方，是为了心中的梦想；有的人去远方，则是因为在原来的地方活得太不爽。

他叫岑参，唐朝著名的边塞诗人。

一提起他的名字，估计很多人脑子里都会冒出他脍炙人口的诗句：

> 忽如一夜春风来，千树万树梨花开。

用春花比喻冬雪，把寒冷的冬天写出春天般温暖的感觉，古往今来，唯岑参一人而已。

> 轮台九月风夜吼，一川碎石大如斗，随风满地石乱走。

这描绘，简直就像是《西游记》中的黄风怪，它一出场，就天昏地暗，那风发疯似的吼叫着，斗大的石头竟然被吹得满地滚动。

这么有才的一位诗人，不好好在京城里做官，非要到要么热死人，要么冻死人的"远方"，为什么呢？

我们先花两分钟的时间了解一下岑参。

汉语里有个词语叫作"富贵"，有钱叫"富"，有权叫"贵"。

只富不贵，只贵不富，都不是理想状态，要不吗把这两个字连用呢？

岑参就属于"只贵不富"的情况。

他的曾祖父岑文本是唐太宗时期的宰相，伯祖父岑长倩是唐高宗时期的宰相，伯父岑羲是唐睿宗时期的宰相。

一门三宰相，多么风光啊！

谁知道，一夜之间，岑门败落。

伯祖父因为反对武则天立武承嗣为皇太子，被诬陷谋反，他本人连同他的五个儿子被杀。

伯父因为参与太平公主的政治活动，也被杀害，家族数十人被流放。

岑参头戴贵族的帽子，却没有享受过一天贵族的待遇。

岑参很尴尬。

除了出身尴尬，如果你问岑参是哪里人，他也会很尴尬。

中国人历来都很重视"根"的概念。你出生在哪里，籍贯在哪里，生活在哪里，总是要有"根"的。

可是岑参很难说清楚他的根在哪里。

他们家很早就从南阳（今河南新野）迁到了湖北江陵，按照"籍贯就是出生时祖父的居住地"这个说法，他应该算是湖北人，可是他一天也没有在湖北生活过。

他出生时（开元三年，715 年），父亲在仙州（河南平顶山叶县）做刺史，他生在了河南。

六岁时，岑参父亲去晋州（今山西）做刺史，他跟着父亲又到了山西。

在山西长到十四岁，父亲去世，他跟随母亲来到河南王屋山，住在祖上留下的一所别业"青萝旧斋"里。一年后，他来到嵩山南，这里也有岑家祖上留下来的旧草堂。

岑参就在这里度过了他的少年时代。

二十九岁之前，岑参基本就在河南洛阳、开封、新乡附近游学，也会时不时地去一趟长安。

你说他算是哪里人？

岑参自己尴尬，对于我们这些后世的人，看到"岑参"这两个字的时候，也会有点儿小尴尬。

这个有点儿拗口的名字，姓是平舌音，名又是多音字，一不小心就会读成：陈深、陈餐、岑餐。

正确读音应为：cén shēn。

促使岑参下决心离开的，是另一个尴尬。

他二十九岁以第二名的优异成绩考中进士，三十岁时做了个兵曹参军的小官，只是管管兵器库的钥匙，传达一下上级的命令而已。

贵族，第二名，管兵器库的钥匙，传达命令——真是讽刺啊，太不爽了。

岑参怎么可能甘心就这样庸庸碌碌地生活一辈子呢？

二

对生活不满却不知道出路在哪里，方法只有一个：发展人脉，和优秀的人交朋友。

岑参之前一直没有参加科举考试，就是因为内心的"贵族情结"在作怪，希望结交权贵走单招。

后来，他认识了一个朋友，这个朋友劝他放下内心的高傲，一定要去参加科举考试。

这个朋友，就是写下"秦时明月汉时关，万里长征人未还"的边塞诗人，人称"七绝圣手"的大名鼎鼎的王昌龄。

岑参觉得很有道理，为了考试方便，他马上举家搬到终南山的高冠谷，并喊出了一句豪言：

功名须及早，岁月莫虚掷！

（《送郭乂杂言》）

谁知，结果他只做了一个从八品下的，比芝麻官还小的小公务员。

岑参很失望很失望，甚至想辞职不干，过神仙般的隐居生活去也。

可是，辞职之后靠什么生活呢？

只缘五斗米，辜负一渔竿。

（《初授官题高冠草堂》）

反正工作清闲，有的是时间，那就继续交朋友。

已经到了优秀人才扎堆的地方，还怕交不到优秀的人做朋友？这就是要去大城市发展的原因。

交朋友有三种方法。

第一种：在家里请客吃吃喝喝。

第二种：去别人家里吃吃喝喝。

第三种：去酒馆茶楼吃吃喝喝。

在吃吃喝喝中聊天气、聊美食、聊八卦、聊诗歌、聊人生，话不投机的下次不和他吃吃喝喝，聊得来的接下来继续吃吃喝喝，玩玩乐乐。

岑参就这么吃喝玩乐了三年。工资反正就那么点儿，投什么资，理什么财？

交志同道合又优秀的朋友就是最好的理财。

事实证明，岑参是对的。

他交到了一个改变他一生命运的好朋友。

这个朋友，就是唐朝赫赫有名的大书法家——颜真卿。

岑参很喜欢颜真卿的书法，颜真卿很欣赏岑参的才华，他们经常在一起互拍马屁，他们还都很喜欢王昌龄的诗歌，对边塞生活充满了向往。

好朋友就是要互相吹捧，共同进步。

机会来了，颜真卿要去西域向名将高仙芝宣读圣旨，来向岑参告别。

岑参立刻热血澎湃起来。

他看到了希望。

在唐朝，博取功名的出路已经不仅仅是"做官"这一条了，疆域的扩大，政策的导向，已经让不少文人决定走"弃笔从戎"这条路。

连王维都去了边塞，还写下"大漠孤烟直，长河落日圆"这样的诗句，岑参有什么不可以？

岑参给颜真卿写了一首送别诗，诗里面有四次提到西域的乐器"胡笳"。

他还说，这"胡笳"是由"紫髯绿眼胡人吹"。

紫胡子，绿眼睛？小岑同学，你确定你朋友的审美是这样的吗？

颜真卿从边塞回来，告诉了岑参一个好消息，他已向高仙芝推荐了岑参。

岑参即将翻开他人生崭新的一页，他会用实际行动告诉我们——

三

机会从来不为那些前怕狼后怕虎的人停留，一松手，也许就会蹉跎一辈子。

岑参也曾豪情满满：

"丈夫三十未富贵，安能终日守笔砚。"（《银山碛^(qì)西馆》）

"功名只向马上取，真是英雄一丈夫。"（《送李副使赴碛西官军》）

"古来青史谁不见，今见功名胜古人。"（《轮台歌奉送封大夫出师西征》）

…………

可当他满眼黄沙，感受到"风头如刀面如割"的时候，他后悔得肠子都青了。

沙上见日出，沙上见日没。

悔向万里来，功名是何物！

（《日没贺延碛作》）

沙子拍击在他和马的脸上，他和马你望望我，我看看你，一起怀疑人生。

> 双双愁泪沾马毛，飒飒胡沙迸^(bèng)人面。
>
> （《银山碛西馆》）

出来刚刚两个月，就开始想家：

> 走马西来欲到天，辞家见月两回圆。
>
> 今夜不知何处宿？平沙万里绝人烟。
>
> （《碛中作》）

一路向西，一路向西，怎么就一直走不到头呢？

> 为言地尽天还尽，行到安西更向西。
>
> （《过碛》）

可是很快，他就从这种枯燥的景致中发现了乐趣，他开始像个孩子似的，用一颗好奇的心沉入了这个全新的世界。

> 白山南，赤山北。
>
> 其间有花人不识，绿茎碧叶好颜色。
>
> 叶六瓣，花九房。
>
> 夜掩朝开多异香，何不生彼中国兮生西方？
>
> （《优钵^(bō)罗花歌》）

优钵罗花，就是雪莲花啊！这种花不同于牡丹，富贵典雅，也不同于兰花，有着谦谦君子的美誉。

幸好"天地无私，阴阳无偏"，它就在这苦寒之地，把自己历练成美丽的仙子。

难道我不就是这样的花吗？

> 侧闻阴山胡儿语，西头热海水如煮。
>
> ············
>
> 蒸沙烁石燃虏云，沸浪炎波煎汉月。
>
> （《热海行送崔侍御还京》）

热海真热呀，看看"沸浪炎波煎汉月"的这个"煎"字吧——下面的热海是一口大锅，那个月亮啊，就是煎鸡蛋！

啊，不行，要流口水了。

> 火山五月行人少，看君马去疾如鸟。
>
> 都护行营太白西，角声一动胡天晓。
>
> （《武威送刘判官赴碛西行军》）

火焰山，火焰山，写一千遍都写不够的火焰山。岑参这份对异域风情的亲近，几乎像火山赤焰一样喷薄而出。

啊，还有天山、昆仑山、北庭、轮台、走马川……

当年送颜真卿时完全靠想象，现在这些都是亲眼看见的呀——紫髯绿眼的胡人啊，你在哪里啊，在哪里……

美人舞如莲花旋，世人有眼应未见。

（《田使君美人舞如莲花北铤歌》）

来到这胡人遍地的地方，谁还稀罕看大胡子的男人，美女都
看不够呢。来，一起跳舞吧！

四边伐鼓雪海涌，三军大呼阴山动。

虏塞兵气连云屯，战场白骨缠草根。

（《轮台歌奉封大夫出师西征》）

从来没有见过这打仗的场面啊，这沙海雪场中的战斗，真是
声势浩大，地动天摇。这才是男儿真本色！

醉坐藏钩红烛前，不知钩在若个边？

（《敦煌太守后庭歌》）

不打仗的时候玩藏钩游戏，把钩藏在一边手里，问："猜猜钩
子在我哪边手里？"猜错了罚喝酒。

哦，这些战场上奋勇杀敌的大男人——好可爱（幼稚！）。

老人七十仍沽酒，千壶百瓮花门口。

道傍榆荚巧似钱，摘来沽酒君肯否？

（《戏问花门酒家翁》）

生活还时不时有个小插曲，碰到一个七十岁的老翁，一定要

小岑同学为他写诗，小岑就摘个榆荚当酒钱逗一逗老人。

多么有意思的经历啊，幸亏当时遇到困难的时候咬牙坚持了下来，否则，还在过着一眼就可以望到死的生活。

那样的人生，有什么精彩可言？

四

一个人也许一辈子只有一次发光的机会，抓住它，你的生命便会熠熠生辉。

岑参一生到过两次边塞，总共加起来，不过六年。

他一生写诗四百多首，关于边塞的诗有七十余首。

可正是这短短六年时间，七十余首诗，使他的生命在历史的长河里发光、发亮。

他第一次出塞是从三十四岁到三十六岁（天宝八年冬至天宝十年春），赴安西，成为安西节度使高仙芝的僚属。第二次是从三十八岁到四十二岁（天宝十二年春秋间至至德二年春），在北庭，成为安西、北庭节度使封常清的僚属。

知道吗？如果你按着岑参写的诗重走一遍他当年走过的路，并且在地图上标上记号，会惊奇地发现，你描绘出了一条丝绸之路的路线图！

一千多年以前，岑参用他的眼睛和笔为我们拍摄了一部名为"唐代'丝绸之路'亲历记"的纪录片。

在这部纪录片里，有一集非常有名，那就是著名的《白雪歌送武判官归京》。

在欣赏这集纪录片之前，我们要讲一个小故事，一个岑参和杜甫之间不得不说的小故事。

岑参从边塞回去后，和杜甫同朝为官，他们是非常非常好的朋友。

好到什么地步呢？

看看岑参写给杜甫的诗：

寄左省杜拾遗

联步趋丹陛，分曹限紫微。

晓随天仗入，暮惹御香归。

白发悲花落，青云羡鸟飞。

圣朝无阙事，自觉谏书稀。

岑参竟然在皇帝眼皮子底下向杜甫吐槽上班太无聊！而我们亲爱的"诗圣"先生心领神会，给他回了一句：

故人得佳句，独赠白头翁。

（《奉答岑参补阙见赠》）

好哥们儿，有了好句子就想着我，晚上一起喝两盅？

既然已经讲了岑参和杜甫的故事，那就不妨多透露一点儿八卦消息。

岑参还和杜甫、高适一起游慈恩寺塔——就是今天的大雁塔——他们在一起吃吃喝喝、玩玩乐乐，不知道有多么快乐。

岑参写过一首诗，请两位高手朋友欣赏。

凉州馆中与诸判官夜集

弯弯月出挂城头，城头月出照凉州。

凉州七里十万家，胡人半解弹琵琶。

琵琶一曲肠堪断，风萧萧兮夜漫漫。

河西幕中多故人，故人别来三五春。

花门楼前见秋草，岂能贫贱相看老。

一生大笑能几回，斗酒相逢须醉倒。

高适看完，哈哈大笑，他和岑参，真可以说是惺惺相惜呀，同时赶上"开元盛世"，同时碰上"安史之乱"，同时选择"弃笔从戎"这条路，同时把阵中凶险、塞外苦寒，化成了一首首催人奋进的诗篇。

一生大笑能几回，斗酒相逢须醉倒。

高适和岑参，成为唐朝边塞诗人的代表人物，并称"高岑"。

杜甫则说了一句"岑氏兄弟皆好奇"，就是这个"好奇"，从此成为岑参诗歌的一个标志。

所有人都说岑参诗歌的特点是"好奇"。

不得不说，岑参交的朋友，就是牛！

五

一个人优秀的程度，和他的交友品位有很大关系。

王昌龄是"七绝圣手"，颜真卿是书法大家，杜甫是"诗圣"，高适是"边塞诗人"的代表人物……

所以，岑参能写出边塞诗的压轴之作，一点儿也不奇怪。

那一天，下着大雪，一位姓武的判官要回长安，来向岑参告别，岑参请他喝了一顿酒，又目送他离去，还为他写了一首诗。

若是知道这首诗在后世这么出名，姓武的判官说什么也要交代岑参，务必把他的名字写上，也要像汪伦那样千古流芳。

言归正传，我们接下来欣赏一下这首著名的《白雪歌送武判官归京》：

> 北风卷地白草折，胡天八月即飞雪。
>
> 忽如一夜春风来，千树万树梨花开。

仅仅开头这四句景色描写，就足以碾压唐朝一大半的诗人了。

雪未至风先传，一切皆由这北风而起。

对于一个来自内地的人而言，"白草"经霜变脆，竟能折断，还有，八月不是秋天吗？看这漫天飞雪，怎能不感到惊奇？

> 散入珠帘湿罗幕，狐裘不暖锦衾薄。
>
> 将军角弓不得控，都护铁衣冷难着。

这样的天气，只有一句话可以概括：冻成狗。

昂贵的狐皮大衣，锦缎小棉袄，都是纸片。

还防御什么敌人，弓都拉不开，盔甲也上不了身，省省力气吧。

> 瀚海阑干百丈冰，愁云惨淡万里凝。

中军置酒饮归客，胡琴琵琶与羌笛。

武判官从冻着冰的沙漠远处，驾着一片愁云而来。

岑参赶紧一挥手，早已准备好的乐队琴笛齐鸣。

纷纷暮雪下辕门，风掣红旗冻不翻。
轮台东门送君去，去时雪满天山路。
山回路转不见君，雪上空留马行处。

骆驼肉、马奶酒，吃饱喝足，也该上路了。

谁知道那雪竟越下越大，咦，旗杆上的红旗怎么不飘了？

天哪，不知道什么时候冻住了，硬邦邦地戳在半空。

白雪，红旗，这色彩。

岑参送了一程又一程，一直送到轮台东门（今乌鲁木齐市南郊乌拉泊水库附近），站在那里看啊看，一直坚持到武判官的身影消失在山的转弯处，空空的雪地上只有一排马蹄印为止。

是舍不得武判官走，还是自己太想家，也想回去？

或许二者皆有。

岑参很擅长写歌行体古诗，这种体裁最大的好处就是自由。

想写长就写长，想写短就写短，管它什么声律啊押韵啊，又可以写景，又可以叙事，还可以议论，绝对比绝句、律诗写着过瘾得多。

后世这些学生党背着也很"过瘾"（痛苦）。

岑参的三大代表作全是歌行体，除了《白雪歌送武判官归京》外，还有《走马川行奉送封大夫出师西征》《轮台歌奉送封大夫出师西征》。

前一首是送朋友回京，后面两首则都是有关战争的，标题中的"封大夫"就是岑参的上司封常清。

我们再来欣赏一下岑参笔下的战争场面。

走马川行奉送封大夫出师西征

君不见走马川行雪海边，平沙莽莽黄入天。

轮台九月风夜吼，一川碎石大如斗，随风满地石乱走。

匈奴草黄马正肥，金山西见烟尘飞，汉家大将西出师。

将军金甲夜不脱，半夜军行戈相拨，风头如刀面如割。

马毛带雪汗气蒸，五花连钱旋作冰，幕中草檄砚水凝。

虏骑闻之应胆慑，料知短兵不敢接，车师西门伫献捷。

那么大的风，奇。

那么冷的天，奇。

那么勇猛的兵士，奇。

奇而入理，奇而实确，奇句豪气，风发泉涌。

"岑参好奇"，雄壮，瑰丽！

六

天宝十四年（755）十一月，安史之乱爆发。

被称为"边塞第一美男子"的高仙芝和"边塞第一奇男子"的封常清出征讨叛逆，前线失利，退守潼关，却被宦官诬陷杀害。

那一年，岑参四十岁。

至德二年，岑参四十一岁，被杜甫、裴荐等朋友举荐为右补阙，随肃宗回长安。

在长安，岑参因多次上谏书，提建议，得罪了不少权贵，后被贬为虢^(guó)州长史，之后在陕州做过掌书记，又回长安任祠部员外郎、考功员外郎、库部员外郎……

其间，岑参写下了"儒生有长策，闭口不敢言"，"何处路最难？最难在长安"的诗句。

五十岁时，岑参出任嘉州刺史，但因为蜀中有乱，在长安和成都辗转两年，五十二岁时，终于到达嘉州。

来嘉州之后，岑参发现原来就是做一些催粮催租的工作，根本无法实现报国理想，一年后辞职，想回去和家人团聚。

在回来的路上，赶上盗贼作乱，道路断绝，岑参只好返回到成都。

岑参一路上颠沛流离，身体状况一天不如一天，他眼望着天上队队排成行的大雁，不由得再次想起了他生命中那些发着光的日子。

他想到了沙漠，想到了火山，想到了呼啸着带着沙砾的大风、纷纷扬扬从天而降的大雪，还有美丽的优钵罗花，还有，他的上司，蒙冤而死的一代名将高仙芝和封常清。

那些在战场上冲杀的身影和震天的呐喊声越来越远、越来越远，渐渐地，他的眼前出现了一个孩子稚嫩的小脸，在笑嘻嘻地朝着他喊外公。

他想要拉住那个孩子，手却无力地垂了下来，他的嘴角挂着一丝微笑，说出了两个字：回家。

然后，他缓缓地闭上了眼睛。

岑参，在成都旅舍郁郁而终，终年五十四岁。

岑参去世后，他的诗被编辑成册，命名为"岑嘉州诗集"，发行于世。

这位边塞诗人，他的生命轰轰烈烈地燃烧了六年，之后就变成了一堆冒着青烟的灰烬。

可是，他燃烧过，他精彩过，他从这人世间，不平凡地走过。

他留下了自己的足迹，留下了他用好奇的眼睛捕捉到的边塞烽烟、大漠风沙、火山烈焰、大雪纷飞。

一生有过一次这样的经历，足够了。

《唐诗三百首》里选了岑参的七首诗，只有一首是七言绝句。

二十八个字，字字敲击着我们的心房：

逢入京使

故园东望路漫漫，双袖龙钟泪不干。

马上相逢无纸笔，凭君传语报平安。

岑参，这位从火焰山归来的诗人，到达了远方，却依然——
思念家乡……

白居易

这世上总有一个角落，有人懂你

　　会不会有那么一刻，内心忽然被一种巨大而荒凉的孤独吞噬，举目四望却无人可诉？

　　世界那么大，竟然不知道哪里才是自己真正落足的地方，哪怕仅仅是一席之地；竟然不知道有谁可以倾诉自己的心事，哪怕仅仅是一个陌生人。

　　一千二百年前，一个深秋的夜晚，江州（今江西九江）的浔阳江畔，凄凉无声的冷月、萧瑟惨淡的秋风、迎风飘舞的枫叶、片片摇曳的荻花，它们见证了一个著名诗人和一个落魄歌伎心灵相通的整个过程。

　　因此，流传下来一段令人唏嘘的故事，一种引发很多人心灵共鸣的心情，以及一首千古传诵的诗歌。

一

　　诗人是白居易，那时的他在整个大唐都是风云人物，提起著名的《长恨歌》，无人不知，无人不晓。

然而，四十四岁的白居易来到江州的时候，是被贬官过来的。他就像是一块散发着无穷热情的火炭，突然间被一盆冷水浇灭了。

772 年，白居易出生在河南新郑。他一出生，就是一块小火炭。才六个月大，奶妈抱着他玩笑似的让他指书屏上的"之"和"无"字，他居然都能指出来，放在别的地方，他也能直接找到，屡试不爽。一个婴儿，还不会开口说话，就为浩瀚博大的汉语词库贡献了一个成语：略识之无。

白居易五岁开始学习写诗，九岁精通声律，十五岁写下"吊影分为千里雁，辞根散作九秋蓬。共看明月应垂泪，一夜乡心五处同"这样描述一家人躲避战乱的诗句。

白居易十六岁初到长安，大诗人顾况曾经调侃这个风尘仆仆的少年："长安米贵，居大不易呀！"然而，一首《赋得古原草送别》令顾况刮目相看，"野火烧不尽，春风吹又生"传遍了长安的大街小巷。

白居易不仅在长安住了下来，还获得了明星般的待遇。盛夏时节，酷热难耐，权贵富豪掏钱都不一定能买到的冰块，直接有人送到他的住处，分文不取。

聪明，原本就很令人羡慕了，可是偏偏他还很努力。因为要参加科举考试，他回到符离家中。对，就是那个以符离集烧鸡而著名的安徽符离，白居易的父亲为了躲避战乱，把家迁到了这里。

因为读书时间太长，白居易的口舌生了疮；因为不停地写字，白居易的手肘都生了茧子。眼睛很早就近视了，无奈那时没有眼镜，所以他总是眯着眼，伸着脖子看人，背早早就驼了。

他不在乎这个，因为他是小火炭，他的心里燃烧着熊熊的火焰。

他必须要通过科举考试，这样才能对得起他病死襄阳的父亲，才能对得起用微薄的工资养活他们兄弟五个和母亲的大哥白幼文，才能对得起他中兴大唐的理想。

科举考试历来就有"三十老明经，五十少进士"的说法。明经，即"明习经书"，记忆力好，背得熟，就可以通过；进士，不仅要考对经书的理解，还要考政治素养、管理能力，只要考过，就可以当官拿俸禄了。

考中进士那一年，他二十九岁。

"慈恩塔下题名处，十七人中最少年"记录了他当年的激动和得意。

被授予官职的小火炭，从此更加熊熊燃烧。

他是那样地热血澎湃！他天真地幻想用他的诗歌，做利剑、做刀枪，来改变这个世界，实现唐朝中兴的愿望！

他以为，只要他有足够的才华和热情，就一定可以施展他的抱负。

可是，他还没来得及把他的才华和热情全部绽放，就被那些别有用心的政敌，利用他的利剑、刀枪把他扎伤了。

那时候，他刚刚失去了相依为命的母亲，而他最爱最爱的女儿也刚刚夭折。

可是，他寄予厚望的唐宪宗居然听信谗言，把他贬为江州刺史，一日之内，又降为江州司马。

仅仅相当于一个市长的秘书而已，这对于满怀一腔报国之志的白居易而言，是怎样沉痛的打击？

有谁会理解他内心的愤懑、痛苦和孤独？

如果一个人的生命从来没有熊熊燃烧过，就永远体会不到心

如死灰的感觉。

他没有想到，他会在这偏远的地方遇到琵琶女。

二

大家都叫她"商人妇"或者"琵琶女"，没有人知道，她原来的名字叫作裴兴奴。

她依稀记得，她很小很小的时候，就和爹娘一起从天苍苍、野茫茫的大草原出发，走了很远很远的路，来到都城长安。

她喜欢这里的繁华，更喜欢那群在父母开的葡萄酒馆里喝酒的客人夸她漂亮。

他们喊她"胡女"，她也知道自己洁白的皮肤、微卷的头发、高耸的鼻梁、碧玉一样的眼睛，和这里的汉人不一样。

她连忙趁着他们笑的时候，大着胆子问他们一个爹娘也回答不出来的问题："这里为什么要叫'虾^(há)蟆陵'这么一个怪怪的名字？我来了这么久，怎么也没有看到一只蛤蟆呢？"

这些人爆发出一阵大笑，解释给她听："汉朝时有个非常有名的经学大师董仲舒葬在这里，汉武帝非常尊重他，每次从他的陵墓前经过的时候都要下马，这里以后就叫"下马陵"了。你们胡人听不清长安话，才叫"虾蟆陵"的，哪里有什么蛤蟆呢？"

然后，这些人就开始讲她不感兴趣的话题了，都是哪里又打仗了，哪个藩镇节度使又想造反了，还有什么党争、宦官之类的，她就跑开不再听。

她的家里有一把很奇怪的东西，像是半个切开的梨，上面有四条线，她经常见娘用手指拨弄那四条线，就会发出非常清脆悦耳的声音。

娘告诉她：这是乐器，叫作琵琶，上面这四条线，叫作弦。

她又问娘："为什么要叫'琵琶'，而不是别的什么名字？"她的娘回答不上来。

不过，她后来还是知道了答案，那是她的师傅曹纲告诉她的。

"琵琶"这两个字上面都有两个"玉"，意为二玉相碰发出的悦耳碰击声。"琵"字下面的"比"，是指这些琴弦并列在一起的样子，而"琶"下面的"巴"字，不正是琴附着在演奏者身上的样子吗？

对啊，琵琶真的是必须抱在怀里弹，和中原的琴瑟一点儿都不一样，而且声音那么清脆，真的很好听呢！

不过这个总是爱问为什么的小姑娘，没有像当年知道"虾蟆陵"的答案后那样欢呼雀跃。她的多被捉去做壮丁，娘跟着去军营里做饭，他们一走就杳无音信了。

她的庶母，那个从小就很疼爱她的阿姨，没有办法，把她送到教坊里去弹琵琶，她自己带着弟弟在家里艰难度日。

她很快就凭着自己的美貌和才艺，成为教坊里的一姐。

少年不识愁滋味啊，她怎知自己尽管色艺双绝，却终究是地位低下的歌伎？

她怎知那些京都的富二代为她和^(hè)拍子击碎了多少首饰，行酒令时洒了多少酒，弄脏了多少衣服？她怎知那些人争着送她礼物，为她争风吃醋，仅仅是因为她的美貌而并不是真心爱她？她怎知她也会从十三岁的豆蔻年华渐渐地年老色衰，一切繁华不过是转瞬即逝的美丽幻影？

她只知道"今年欢笑复明年，秋月春风等闲度"。

就这样在灯红酒绿、浑浑噩噩中挥霍着自己的青春，直到她听说阿姨死了，弟弟从军去了的消息，她忽然意识到，在这个世界上，她一个亲人也没有了。

曾经万众瞩目，最终难逃"门前冷落鞍马稀"的结局，她草草找了个商人嫁了。只要有个家，有个能安身的地方，就好。

而她的家，就在这条船上。她不过是商人的外室，她的丈夫每个月都会从长安拿到贩茶的通行证，经过江州这里，和她小聚两天，然后到浮梁（今江西景德镇）贩了茶叶，从水路返回长安卖掉。

她所能做的，就是守在这条船上，等待，回忆，消磨时间。

三

816 年的这天夜晚，浔阳江上格外清冷。

秋天原本就是让人感到悲伤的季节，"秋"天的"心"，怎一个"愁"字了得！

看到在江水里被浸泡着的那轮越发惨白的月亮，白色的荻花在夜色中点染着丝丝凉意，她忽然觉得内心一阵恐慌和无助，但是她并不知道该做些什么，她的命运也由不得自己把握。

她很想有个人可以说说话，仅仅是说说话就好，可是她找不到。

她的丈夫，不过是拿出做生意的一些钱给她生活下去，然后从她这里获得他商途寂寞的一点儿安慰，何曾认真倾听过她说的话？

百无聊赖中，她抱起那把一直和她不离不弃的琵琶，信手弹了起来。

孤独像是这黑夜里一片黑色的睡莲，在无尽的黑色里，尽情地蔓延开来。

她不知道这江上居然有人听到了她的琵琶声，她更不知道这听的人当中居然有人听懂了她内心的孤独，这小小的抱在怀里的乐器，仅仅凭借它的四根弦，就能把心事诉说。

她听到有人在船外边问：是谁在弹琵琶？

她没有作声，今夜，她只为自己演奏。

孤单，是一个人的狂欢。

可是那个人似乎并不想放弃，他似乎急切地想听她弹琵琶。

他在船外絮絮地说，他是要送一个朋友到远方去。他来自长安，听到她弹的琵琶曲是长安旧乐，感觉很亲切，很想邀请她弹奏给朋友听，他会付给她相应的报酬。

她有些犹豫。

她不再是当年的歌伎，她要考虑她的身份，怎么能随随便便给一个陌生人弹奏呢？

可是那个人并不打算放弃，他一再说自己真的是很喜欢听琵琶演奏的人，再说，送别朋友的酒宴上没有音乐真的很遗憾！

罢了，就当是为他弥补一个遗憾吧！

她听到外面的人很高兴地说要重新开席的声音。然而，自己毕竟已经三十多岁了，和当年十三岁的那个自己相比，怎可同日而语？

她这样一个落魄的人，怎么可能找到当年那样意气风发的自己呢？

那边已经在催促了，她不得已，怀抱着琵琶，半遮着这张已经有了岁月沧桑痕迹的脸，来到了船的外面。

月亮升高了一些，还是那样森冷的惨白，不带一丝温度。

她轻轻地拨动琴弦，弹什么曲子呢？

微微皱了一下眉，就弹《霓裳羽衣曲》吧，那曲子是当年唐玄宗所作，杨贵妃的霓裳羽衣舞也是盛极一时。外地来的人到教坊里若是不听这首曲子，那是白来了一趟长安。

她轻拢慢捻，琵琶的声音叮叮当当，像极了玉珠相碰发出的声音，也像极了十三岁的她咯咯娇笑的清脆。

忽然，琵琶的声音激昂了起来，一时之间，忽而急切，忽而舒缓，就像是她当年头上戴的珠宝散了，落在玉盘上的声音。那是她一生中多么令人怀念的时光啊！

可是，命运让她得不到父母太多的眷顾，就连这样最简单的快乐，也要把它夺走。

她的思绪忽而快乐，忽而悲伤，而那琵琶声忽而像是花下的黄莺发出快乐的鸣叫声，忽而又像是冰泉下的水呜呜咽咽。

她的手指在琴弦上时抹时挑，她沉浸在痛苦而快乐的回忆里无法自拔。

想到现在，终年居住在一条船上，她生命的全部意义就是活下去，却连一个可以说说话的人都没有，她的内心像是被一条蛇啃噬着，终于停了下来。

她抬头，发现她的周围除了邀请她弹奏的两位客人外，不知什么时候围了很多条船，这些从来没有听过如此美妙音乐的人，在这样一个不请自来的夜晚，带着耳朵尽情欣赏了一场琵琶演奏音乐会。

此时无声胜有声。

她深深吸了一口气，环顾了一下四周充满期待的眼神。

好吧，今夜，就让泛着粼粼波光的浔阳江做她的舞台，让天上那轮秋月做她的灯光，尽情地把内心的孤独诉说吧！

师傅教给她的难度最大的那首《六幺》，不要说在这偏远的江州，即使是在当年的长安，也是她的压轴之作。

就让她再狂欢一次吧！

于是，我们可以看到千年以前的那场演奏会上，一个女子怀抱琵琶的身影，她神情凝重，手指在琵琶上翻飞。

周围的船上传来掌声和喝彩声，可是她听不见。

她完全忘了周围的一切，她拼尽了全身的力气来弹奏这支曲子，她是在用生命来对待这一场演奏会。

也许，她以后的日子，再也不会有这样的机会，有人来欣赏她最爱的琵琶曲了。

激越的声音像是银瓶乍破，水哗哗地流出来，又像是士兵在战场上刀枪激烈地相撞。

这令人心颤的声音穿过在场所有人的耳膜，穿过船边随风飘荡的荻花，穿过泛着波光的江水，穿过头顶的那轮明月，穿越千年时空，让我们这些后来人的耳朵也享受到了历史上这一场空前的听觉饕^{（tāo）}餮^{（tiè）}盛宴。

忽然，她收起琴拨，当着琵琶槽的中心用力一划，四弦齐鸣，如布帛撕裂，戛^{（jiá）}然而止。

没有掌声，也没有喝彩声，浔阳江上，依然清冷，东船西舫，寂然无声。所有人都陶醉在这袅袅余音中，远远望去，只见江心的那轮秋月静静地俯视着一切。

孤单，是一个人的狂欢。狂欢，也是另一个人的孤单。

四

琵琶女不知道什么时候，已经泪流满面。

觉察到自己的失态，她伸手擦去眼泪，不好意思地解释自己不过是想起了往事而已。

她不知道为什么会告诉他自己的身世，也许都是来自京城？或者因为他懂她的音乐？她居然会对着一个陌生人倾诉自己的心事，这有多丢人！可是她的确这么做了。

而且她说完以后，内心有说不出的轻松。

管他呢，他理解也好，不理解也罢，反正今晚之后，不会再见。就如这滚滚东流的江水，明天的江水已不再是今晚的江水了。

没有想到的是，这个人听完她的话，深深地叹了一口气说："能否请你再为我们弹奏一曲？我不听名噪一时的《霓裳羽衣曲》，我也不听《六幺》，你只弹你最喜欢的曲子就可以了。"

她愣了一下，旋即弹奏了起来。没有任何弹奏技巧，甚至她也不知道自己弹奏的是哪支曲子。

她想到客人说他来到这偏僻的浔阳城已经一年多了，作为北方人，这潮湿溽热的南方气候实在难以适应，很快就生了病。

她也想到他自嘲地笑着说，他来这里这么久，只能听到村子里的笛声和山歌，很久没有听过这像仙乐一样的曲子了。

一个"不得意"的曾经才貌双全的艺人，一个"不得志"的曾经叱咤风云的诗人，他们都曾经拥有过热情燃烧的岁月。而现在，他们被岁月抛弃，被社会抛弃，一样沦落天涯，一样心如死灰，一样凄凉孤独。

她默默流泪，是因为她没有想到，在这个世上，居然有这样一个角落，有人懂她。

他泪湿青衫，是因为这世上居然有人用一支琵琶曲，撬开了他封闭许久的心灵，让他看到，这个世界还有一丝丝温情为他留存。

他难抑心中波涛汹涌的激动，拿起纸笔，一口气写下了名垂千古的《琵琶行》。

白居易和琵琶女都没有想到，江州百姓为了纪念这场伟大的相遇，会建一座琵琶亭。

他们也不会想到，当许多人漂泊无依、孤独寂寞时，遇到一个能和自己产生共鸣的人时，都会不约而同地想到那句话：

同是天涯沦落人，相逢何必曾相识。

感谢这场伟大的相遇，感谢白居易为我们留下这样的诗句。

即使白居易只留下这一首诗，他仍然是个伟大的内心充满人文关怀的诗人，因为他使我们相信，这个世界无论怎样冷酷，它总会为我们留下一抹温情。

它让我们相信，无论自己遭遇什么，这世上总有那么一个角落——有人懂你。

琵琶行

元和十年，予左迁九江郡司马。明年秋，送客溢浦口，闻舟中夜弹琵琶者，听其音，铮铮然有京都声。问其人，本长安倡女，尝学琵琶于穆、曹二善才，年长色衰，委身为贾^(gǔ)人妇。遂命酒，使快弹数曲。曲罢悯然，自叙少时欢乐事，今漂沦憔悴，转徙于江湖间。予出官二年，恬然自安，感斯人言，是夕始觉有迁谪意。因为长句，歌以赠之，凡六百一十六言，命曰《琵琶行》。

浮阳江头夜送客，枫叶荻花秋瑟瑟。
主人下马客在船，举酒欲饮无管弦。
醉不成欢惨将别，别时茫茫江浸月。
忽闻水上琵琶声，主人忘归客不发。
寻声暗问弹者谁？琵琶声停欲语迟。
移船相近邀相见，添酒回灯重开宴。
千呼万唤始出来，犹抱琵琶半遮面。

转轴拨弦三两声，未成曲调先有情。
弦弦掩抑声声思，似诉平生不得志。
低眉信手续续弹，说尽心中无限事。
轻拢慢捻抹复挑，初为《霓裳》后《六幺》。
大弦嘈嘈如急雨，小弦切切如私语。
嘈嘈切切错杂弹，大珠小珠落玉盘。

间关莺语花底滑，幽咽泉流冰下难。

冰泉冷涩弦凝绝，凝绝不通声暂歇。

别有幽愁暗恨生，此时无声胜有声。

银瓶乍破水浆迸，铁骑突出刀枪鸣。

曲终收拨当心画，四弦一声如裂帛。

东船西舫悄无言，唯见江心秋月白。

沉吟放拨插弦中，整顿衣裳起敛容。

自言本是京城女，家在虾蟆陵下住。

十三学得琵琶成，名属教坊第一部。

曲罢曾教善才服，妆成每被秋娘妒。

五陵年少争缠头，一曲红绡不知数。

钿^(diàn)头银篦^(bì)击节碎，血色罗裙翻酒污。

今年欢笑复明年，秋月春风等闲度。

弟走从军阿姨死，暮去朝来颜色故。

门前冷落鞍马稀，老大嫁作商人妇。

商人重利轻别离，前月浮梁买茶去。

去来江口守空船，绕船月明江水寒。

夜深忽梦少年事，梦啼妆泪红阑干。

我闻琵琶已叹息，又闻此语重唧唧。

同是天涯沦落人，相逢何必曾相识！

我从去年辞帝京，谪居卧病浔阳城。

浔阳地僻无音乐，终岁不闻丝竹声。

住近湓江地低湿，黄芦苦竹绕宅生。

其间旦暮闻何物？杜鹃啼血猿哀鸣。

春江花朝秋月夜，往往取酒还独倾。

岂无山歌与村笛？呕哑嘲哳难为听。

今夜闻君琵琶语，如听仙乐耳暂明。

莫辞更坐弹一曲，为君翻作《琵琶行》。

感我此言良久立，却坐促弦弦转急。

凄凄不似向前声，满座重闻皆掩泣。

座中泣下谁最多？江州司马青衫湿。

韩

愈

没错，就是要这样高调地活着！

朋友们，先来玩几个成语小游戏提提神。

1. 看图猜成语。（公众号里有）

2. 一锤定音来填空。（答案不唯一）

A. 弱（　　　）强（　　　）

B. 十（　　　）九（　　　）

C. 口（　　　）食（　　　）

D. （　　　）昏（　　　）暗

E. （　　　）孔（　　　）疮

F. （　　　）居（　　　）出

G. 虚（　　　）（　　　）势

H. 落（　　　）下（　　　）

I. 驾（　　　）就（　　　）

J. 含（　　　）咀（　　　）

K. （　　　）膏（　　　）暑

L. （　　　）秃（　　　）豁

M. （　　　）世（　　　）俗

N. （　　　）单（　　　）只

3. 火眼金睛找错别字。

A. 再接再励

B. 举手头足

C. 动辄得就

D. 营营狗苟

E. 杂乱无张

F. 地大物搏

G. 摇尾起怜

H. 无理去闹

I. 佶屈熬牙

J. 力挽狂岚

4. 根据意思猜成语。

A. 担任职务的时候，把手洗干净。比喻廉洁奉公。

B. 蚂蚁想要摇动大树。比喻不自量力。

C. 盖上棺材盖，才能对这个人的一生做出评价。形容最后下结论。

D. 精神振奋，言论纵横，像刮风一样迅猛。形容精神振作，意气风发。

5. 用最快的时间填把"一"和"不"分别填入下面的括号里。

A. 罚（　　　）劝百

B. （　　　）可收拾

C. （　　　）发千钧

D. （　　　）塞不流，（　　　）止（　　　）行

E. 反眼（　　）识

F.（　　）举成名

G.（　　）视同仁

H. 成（　　）家言

I.（　　）文（　　）武

J. 混为（　　）谈

K. 挂（　　）漏万

L.（　　）龙（　　）猪

M. 刺刺（　　）休

N. 牢（　　）可破

O. 细大（　　）捐

P. 食（　　）下咽

Q. 语焉（　　）详

R. 迟疑（　　）断

战绩如何？答案在文末，在你翻到答案之前先透露一点儿，这些成语均出自唐朝大文学家韩愈。对，就是"唐宋八大家"之首的韩愈。

有学者考证他是我国古代流传下来成语最多的文人，他所创造的成语甚至超过了《诗经》，堪称"语言大师"。

在这么多的成语里，韩愈自己最喜欢挂在嘴边的一个是不平则鸣。

一

从小就生活在中原（今河南孟州）的韩愈，他的方言里经常会提到一个字：中。若问"行不行""好不好"，他们会问："中不中？"一般回答也很干脆："中。"

这个"中"，是河南人地处中原的自信和豪爽——得中原者得天下，天圆地方，河南人在正中央！这更包含了中国人的一种处世哲学：中则正，满则覆。

然而，把传播儒家思想作为己任的韩愈，一辈子也没有学会儒家的中庸之道，他偏偏要"不平则鸣"，偏偏要高调地活着，因为对于韩愈而言，低调的含义就是憋屈。

人生在世，短短几十年而已，生命如白驹过隙，何必要活得那么憋屈呢？

韩愈的高调，首先表现在他为自己起的名字上。

这个童年极其不幸的孩子，出生在唐代宗大历三年（768），三岁就没了父母，跟随大哥大嫂生活，没多久大哥也去世了。为避战乱，韩愈随嫂子逃难到宣州（今安徽宣城），"就食江南，伶仃孤苦"是韩愈对整个童年的回忆。

当七岁的韩愈看着嫂子为他取名拿不定主意时，张口在旁边说道："嫂子不必翻书了，大哥叫'会'，二哥叫'介'，都是人字头。我就叫'愈'吧！'愈'乃超越之意，我要超越一切，做人中龙凤！"

三岁看大，七岁看老。

韩愈的高调在他童年时期便露端倪，不过要想"超越"，那可是要付出代价的，君不见"超"字有多么惊险吗？

"走刀口"合成一个"超"字，韩愈的一生从此就走在刀口上，可谓是险象环生，步步惊心。

他"走刀口"过的第一关就是科举考试。

考试要求用骈文写作。"骈"，两马并驾的意思，用在文章中其实就是一种修辞手法：对偶。

从来没有哪个民族像汉族这样，孜孜不倦地把一种修辞用到极致。不仅对联，文章里也是四个字、六个字的句式两两出现，读起来合辙押韵，美丽极了，所以他们也把这种文体叫作"四六文"或者"俪文"。

西晋陆机开创骈文先河，留下著名的《文赋》；南朝梁吴均写下"史上最美骈文"《与朱元思书》；初唐王勃的一篇《滕王阁序》，也是骈文典范。但是发展到后来，连皇帝的奏折都要绞尽脑汁用四个字、六个字一句的形式，无文不骈，无语不偶，不分内容，不看场合，反正就是要对偶、对偶、对偶。

韩愈对此反感至极，他打心眼儿里喜欢孟子的文章——我善养吾浩然之气。什么叫"浩然之气"？它充斥在天地之间，浩大而刚强，它是从内心里爆发出来的正义和力量。

这才是一个男子汉大丈夫活在这人世间应该具有的气势，岂能把自己局限在一方小小的天地里无病呻吟？看吧，一旦有机会，他非要把这种扭曲的文风给扳回来。

可是韩愈，这种文体从东汉开始形成，历经魏、晋、宋、齐、梁、陈、隋七个朝代，到唐朝中期已经有六百多年的时间了，你想凭借一个人的力量来扭转乾坤，可能吗？

管他可能不可能，韩愈只要能想到，就一定会去做。他还要扳回现代道教、佛教盛行的世风，去推行孔孟之道、儒家学说，改变整个社会的风气。

十九岁的韩愈徘徊在陌生而热闹的长安街头，异乡的风吹动着他火热的心，他心潮澎湃地在心里上百次地呐喊："我一定要考上！我一定要改变这一切！我一定要让这座城市的所有人都知道，这世上还有一个叫作韩愈的河南人！"

然而，这个过分自信的河南人落榜了。从十九岁到二十六岁，他考了四次科举考试，才考了个第十三名，中进士后还需要再通过博学宏词科的考试才有做官的资格，信心满满的韩愈又是三试不中，败下阵来。

他不满有人明目张胆地宣扬自己走了后门，一气之下，给宰相写了三封信，结果如石沉大海，音信全无。

韩愈在一封信里说自己是"龙"，"非常鳞凡介"，能"变化风雨"，既然韩同学这么牛，还写这封信干吗？

韩愈接下来笔锋一转。

再牛的龙，也需要水呀，没有了水，那就是小泥鳅一条，所以希望宰相大人在"一举手一投足"之间，给俺洒洒水吧。如果你不给我洒水，我也不求你，若俯首帖耳，摇尾而乞怜，非吾志也。

嘿，到底是你求人家，还是人家求你呀，不回你的信，已经算是"宰相肚里能撑船"了。

年轻人，你这么高调，先去感受感受生活给你的磨难吧。

你最崇拜的孟子不是说过这样一句话吗？上天要降大任给一个人的时候，这个人是要先受尽磨难的。

要想有高调生活的权利，必先有憋屈生活的经历。

二

韩愈憋屈的生活开始了，从在节度使那里做幕僚，过"人在屋檐下，不得不低头"的生活，到费尽周折回到京城，做四门学博士（相当于大学讲师），他憋屈了六年。

这六年里，他经历了嫂子去世、孩子出生、亲友来投、困顿潦倒、理想暗淡、报国无门的磨难，依然没有在生活面前低头，依然坚持他的原则：不平则鸣。

韩愈生活在中唐时期，安史之乱后，国家一下子由盛世转入衰败。大唐盛世的繁华宛如还在昨天，怎么说不行就不行了呢？

无论是朝廷，还是民间，都陷入了巨大的迷茫之中，他们把对现实的失望转入对来世的期待，此时，佛老之学对人的精神麻痹起到了作用。

并不是说道教不好，道教讲究"道法自然"，要和大自然和谐相处，作为中国本土宗教绵延发展几千年，自然有它的魅力所在。可是，当皇帝都在炼仙丹，追求长生不老，甚至把道家创始人老子（李耳）说成是自己的祖先，耗费大量人力、物力在名山大川建道观，这样真的很好吗？

也并不是说佛教就不好，但是，当佛教像是疯长的藤蔓缠绕在中国这棵大树上时，庙宇寺院遍布全国各地，走到哪里都是拜佛念经的声音，上自达官，下至百姓，拿着佛教的"四大皆空"当作自己逃避的理由，"不耕而食，不织而衣"，不打仗，不种地，不结婚，不纳税，这样真的很好吗？

现在是必须把儒家的正统地位提到日程上了，韩愈提出要学习先秦散文，发展"古文运动"，他要用他的笔作为刀枪、剑戟，去打出一片新天地！

他提出了"文以载道"的主张，孔子不是说"言之无文，行之不远"吗？文章先要做到要有内容，这样你所提倡的"道"别人才会去看。

韩愈先提出，要想写好文章，必须多读书："读书患不多，思义患不明。患足己不学，既学患不行。"（《赠别元十八协律六首》）也就是说，要做到"多读，深思，虚心，躬行"。

韩愈

135

人生处万类，知识为最贤。儒家一直把"学习"放在第一位，《论语》的第一篇就是"学而时习之，不亦说乎"，韩愈作为一代巨儒，自然把"学习"放在第一位。

接下来，他就提出了"辞不足，不可以成文"（《答尉（yù）迟生书》）的说法，如果写文章的人没有积累足够的词汇量，就好比一个人身体各部分不齐备一样，所以读书的时候一定要做摘抄。

但是，做摘抄不是为了让你引用，你写文章的时候"必出于己，不袭蹈前人一言一句"（《南阳樊绍述墓志铭》），要做到"师其意，不失其辞"（《答刘正夫书》），否则就是"剽（piāo）贼"了。

怪不得韩愈为我们留下来那么多成语，他提倡"陈言务去"，他说"因循二字，从来误尽英雄"。所以，在语言上，一定要创新，创新，再创新。

然而，过分追求创新，也会从一个极端走向另一个极端。韩愈及其追随者，后来文风过于奇崛，这也是"古文运动"在唐代并没有完全发展起来的其中一个原因吧。

他还告诉我们，文体不同，写作方法也不尽相同的道理。比如，对待记叙文，就一定要提纲挈领，抓住要点；对待议论文，一定要找到论点，探索内涵。所谓"记事者必提其要，纂言者必钩其玄"（《进学解》）是也。

等到知识积累到一定程度，又掌握了一些写作手法，那么写作是"当其取于心而注于手也，汩汩然来矣"（《答李翊书》）。文思泉涌，得心应手，这是多么行云流水，让人羡慕啊。

文从改中出，韩愈对文章的要求是"丰而不余一言，约而不失一辞"（《进学解》），词句要丰富但没有一个累赘的字存在，语言要精练但不能缺少一个该有的词。

但是，最重要的一点是——文以载道。

文章写得再好，没有中心是不行的，中心是一篇文章的灵魂。决定中心的是写文章的人的道德，文如其人，道德高尚才是根本。

对一篇文章而言，语言形成气势，人品决定高度。

"根之茂者其实遂，膏之沃者其光晔。"（《答李翊书》）这就好比文章是果实，那么道德就是根；文章是灯光，而道德就是灯油。

一时之间，众人云集，要拜韩愈为师，却招来众多非议。

在那个门第第一、耻学于师的时代，韩愈要以他敢为天下先的勇气，抨击时弊，弘扬世道，抗颜为师，不顾不解的眼神，不听刺耳的讽刺，不管善意或恶意的劝诫，高调地行走在这人世之间！

三

孟子曰："君子有三乐……父母俱存，兄弟无故，一乐也；仰不愧于天，俯不怍于人，二乐也；得天下英才而教育之，三乐也。"

而现在，韩愈高举"古文运动"的大旗已颇见成效，越来越多的人围在他的身边，和他探讨文章的写法，拜他为师。韩愈乐意指点他们，"得天下英才而教育之"，何乐而不为呢？

个性耿直、无所避忌的李翱^{（áo）}一生追随韩愈，学习先秦散文，韩愈还为他做媒，把侄女嫁给了他。

和韩愈亦师亦友的皇甫湜^{（shí）}更是忠心实践他所提出的每一种文学主张。

韩愈帮助在驴背上苦苦思索是"推"字好还是"敲"字好的贾岛，才有了后人津津乐道的"鸟宿池边树，僧敲月下门"的"推敲"故事。

比韩愈大十七岁的孟郊，风格内敛，他写下的《游子吟》家喻户晓，然而，他非常欣赏韩愈奔放的文风，常常称呼韩愈为老师。

而比韩愈小二十二岁的李贺，更是对韩愈佩服得五体投地，这个被称为"诗鬼"的青年，应试不第，而当时已是"文章巨公"的韩愈亲自前来安慰。

我们熟知的《早春呈水部张十八员外》一诗，可谓家喻户晓：

> 天街小雨润如酥，草色遥看近却无。
> 最是一年春好处，绝胜烟柳满皇都。

标题中的"水部张十八员外"，就是韩愈的弟子张籍。他在兄弟辈中排行十八，时任水部员外郎。他还有一句很有名的诗："还君明珠双泪垂，恨不相逢未嫁时。"

我们称赞韩愈对早春时节小草的观察细致入微，却往往忽略了韩愈为什么那么喜欢带着料峭春风的早春，说它"最"是一年春好处，甚至超过了"烟柳满皇都"的盛春时节。

如果一个人像经历寒冬的小草一样破土而出，看着希望的绿色一点点在心中蔓延，那么，什么样的繁花似锦能替代"草色遥看近却无"的美丽呢？

韩愈还曾经为张籍写过一首《调张籍》。"调"原本是调侃，韩愈用开玩笑的口吻写这首诗给他，里面却出现了具有非凡意义的句子：

> 李杜文章在，光焰万丈长。

"李杜"并称，在中国诗歌史上比肩而立，恍若两座无人可以超越的大山，这种地位的确立，原来竟是来源于韩愈和他的弟子开玩笑的一句诗。

…………

向他学习的那些人自称"韩门弟子"，韩愈大方接受。而和他同时代的白居易，和他一起发动"古文运动"的柳宗元，也提携了不少人，他们怎么没有"白门弟子""柳门弟子"呢？

因为以前从来没有过这事呀，自魏文帝曹丕实行九品中正制，形成门第观念之后，那些士族子弟不需要学习就可以做官，他们"尊家法而鄙从师"。唐代之后，制度废除了，可是影响仍在。比如韦家和杜家，势通天子，"长安韦杜，离天尺五"，不需要读书也可以做高官。

再说了，"位卑则足羞，官盛则近谀"。年龄差不了多少，官位比你低吧，好像是在巴结你；官位比你高吧，称你为老师的话，那多不好意思。

韩愈，你这么高调，不怕人家说你想拉帮结派，培植自己的政治势力吗？你这是冒天下之大不韪呀！

韩愈才不管，**人要是做什么事都前怕狼后怕虎，畏首畏尾，还能成什么气候？** 再说，孔子说了，"三人行，必有我师焉"！

他提笔，唰唰唰地写下了一篇文章，这篇文不加点、一气呵成的文章，就是在散文中占据重要地位的——《师说》。

> 古之学者必有师！师者，所以传道授业解惑也！闻道有先后，术业有专攻！弟子不必不如师，师不必贤于弟子！无贵无贱，无长无少，道之所存，师之所存也！……

句句如黄钟大吕，震耳欲聋。它们从唐代夹带着韩愈如潮的文风呼啸而来，直到现在，这些思想都在启发着我们、引领着我们。

韩愈，一篇《师说》万古扬，百代之师放光芒。

四

就在韩愈一路高歌猛进的时候，他听从妻子卢氏的建议，给自己取了个字：退之。

若是他真能做到不那么高调，也不至于后来栽那么大的跟头。看看那篇咄咄逼人的《杂说四》吧，发的牢骚就如排山倒海一般：

世有伯乐，然后有千里马。

真是笑话，明明是先有千里马，才有伯乐，怎么可能先有伯乐，再有千里马呢？

可是，韩愈偏偏要这么说，就是先有伯乐，才有千里马。

要是没有伯乐，千里马在那些喂马的人手里早已被虐待死了，还能等到被发现的那一天？

你们说那些喂马的人蠢不蠢哪？他们手里拿着鞭子，斜着眼睛看着千里马，说："这天底下就没个千里马，千里马那都是传说！"（执策而临之，曰："天下无马！"）

我说哥们儿，咱能不能别执策而"临"之？这个"临"字让人感觉忒不舒服。你瞅瞅，这个字右边就是一个人，左上角像是人的眼睛，左下角是器物，整个字就像一个人在俯视下方。

你还以为你君临天下呢吧！咱把这个字换成"看"，中不中？

韩愈在气势上的一泻千里，后人称之为"韩文气盛"，而他直接去戳穿封建科举制度的不合理性，使得他的立足点很高，这就叫作"气盛言宜"。

二十多年以后，韩愈已经从四门学博士做到监察御史，又做到中书舍人，终于有了给皇帝草拟诏书的权力。这一年，他四十九岁，伯乐出现了。

谁？唐宪宗。他派韩愈做军队参谋长，协助宰相裴度去讨伐淮西的叛军！

你写的《论淮西事宜状》，不是把节度使的叛乱分析得头头是道吗？好吧，这次就看看你这匹千里马到底是不是纸上谈兵。

然而，韩愈还真是不辱使命，成功地协助裴度平定了叛乱，晋升刑部侍郎，著名的《平淮西碑》就写于这个时候。

"事修而谤兴，德高而毁来。"（《原毁》）当一个人的事业走向巅峰，就会有人来诽谤你，就算是德行高尚又能怎样？自有蝇营狗苟之人来毁坏你的声誉。

就在韩愈因为他的碑文被抹去，又让别人重写而烦心的时候，朝廷上发生了一件事。

元和十四年（819），唐宪宗在京城里掀起了一阵信佛狂潮，他迎奉法门寺佛骨舍利，结果韩愈半路杀来，高调出手。

我们都知道，韩愈发展"古文运动"的目的有两个：一是反骈文、写散文，二是排佛老、兴儒道。

韩愈不仅使这次规模宏大的迎佛骨盛会草草结束，还在他的《谏迎佛骨表》里说"迎佛骨"会折寿，把唐宪宗气得一下子把他贬官到八千里外的潮州（今广东潮州）。你到那里"不平则鸣"去吧！

俗话说，"福无双至，祸不单行"。当韩愈走到陕西蓝田时，寒风呼啸，大雪纷飞，他得知他的家人因受株连被赶出京城，而被他视若掌上明珠的女儿因病得不到医治，死在路上。

含在嘴里怕化了，捧在手心怕飞了，就这样宠着长到十二岁的女儿，因为自己的一封奏折说没就没了，韩愈人生中唯一的一次流泪，就是对着绵延的秦岭号啕大哭。

苍天啊，茫茫无际的苍天！为什么要让我经受这样的打击！

"彼苍天者，曷^(hé)其有极！"（《祭十二郎文》）

他已经年过五十了呀，和他从小一起长大的侄子也在十年前去世，"两世一身，形单影只"（《祭十二郎文》），怕只怕自己也要死在那遥远的潮州了。

他对前来为他送行的侄孙韩湘（传说八仙过海中的韩湘子），写下了一首七律：

左迁至蓝关示侄孙湘

一封朝奏九重天，夕贬潮州路八千。

欲为圣明除弊事，肯将衰朽惜残年。

云横秦岭家何在？雪拥蓝关马不前。

知汝远来应有意，好收吾骨瘴江边。

韩愈没有死在潮州，他在那里仅仅待了八个月，可是潮州人说："韩愈走后，潮州山水皆姓韩。"

在这里，他驱鳄除害，写下令后人津津乐道的《祭鳄鱼文》；他自出俸禄，重建州学，在当地推广普通话；他关心农桑，赎放奴婢，把中原文明带到潮州这南蛮之地……

韩愈治潮，功在当代，利在千秋。

韩愈走时，潮州百姓倾城出动送刺史。从此，潮州城外鳄溪改名韩江，笔架山改名韩山，他植下的橡树被叫作韩树。甚至一千多年以后，潮州还在用他的号"昌黎"来命名街道、学校。

一生推行儒家学说的韩愈，他的高调是"事业无穷年"的孜孜不倦，他的高调是"业精于勤荒于嬉，行成于思毁于随"的严谨，他的高调就是儒家"修身，齐家，治国，平天下"的一生信念。

五

长庆四年十二月二日（824年12月25日），五十七岁的韩愈去世。

韩愈的诗集里，有一首很美很美的诗，叫"幽兰操"，旁边有一行小字："孔子伤不逢时作。"

> 兰之猗猗，扬扬其香。
>
> 不采而佩，于兰何伤。
>
> 今天之旋，其曷为然。
>
> 我行四方，以日以年。
>
> 雪霜贸贸，荠麦之茂。
>
> 子如不伤，我不尔觏。
>
> 荠麦之茂，荠麦有之。
>
> 君子之伤，君子之守。

我们仿佛看到，在白茫茫一片的大地上，漫天雪花飘飘洒洒，一个踉跄的身影在踽(jǔ)踽独行。

有王者之香的兰花默默绽放，没有人闻到它的香气，它该是怎样寂寞呢?

抬头，看到一片青绿，繁茂不输天空大雪。他笑了，荞麦可以迎贸贸雪霜而萌发，我为什么不可以!

他光脚披发，奔跑在一片洁白的世界，身后的脚印慢慢连在一起，组成了一串模糊的名字:孔子、孟子、董仲舒……最后终于重叠在一起，渐渐清晰成两个大字:韩愈。

…………

就在韩愈去世之后整整第二十个年头，唐武宗李炎下令拆毁寺院，推倒佛像，强迫僧侣还俗。

这件事和北魏太武帝拓跋焘、北周武帝宇文邕，还有后周世宗柴荣的灭佛事件合起来，就是历史上有名的"三武一宗灭佛事件"。

时间又过去了二百年，北宋文坛领袖欧阳修振臂高呼，麾下立刻聚集了苏洵、苏轼、苏辙、王安石、曾巩等一批优秀的文学家，他们一定要把韩愈和柳宗元倡导的"古文运动"进行到底!

"唐宋八大家"至此聚首，他们的文章大放光芒，流传千古。

宋哲宗元祐七年（1092），苏轼仰望着潮州人世代瞻仰的韩愈雕像，提笔写下了一行令所有人都心潮澎湃的大字:**"文起八代之衰，而道济天下之溺，忠犯人主之怒，而勇夺三军之帅。"**

没错，这，就是一生高调的——韩愈!

【附答案】

1.

A. 日上三竿

B. 飞黄腾达

C. 坐井观天

D. 俯首帖耳

2.

（答案不唯一）

A. 弱（肉）强（食）

B. 十（生）九（死）

C. 口（多）食（寡）

D. （天）昏（地）暗

E. （百）孔（千）疮

F. （深）居（简）出

G. 虚（张）（声）势

H. 落（阱）下（石）

I. 驾（轻）就（熟）

J. 含（英）咀（华）

K. （焚）膏（继）晷

L. （发）秃（齿）豁

M. （愤）世（嫉）俗

N. （形）单（影）只

3.

A. 再接再（厉）

B. 举手（投）足

C. 动辄得（咎）

D. （蝇）营狗苟

E. 杂乱无（章）

F. 地大物（博）

G. 摇尾（乞）怜

H. 无理（取）闹

I. 佶屈（聱）牙

J. 力挽狂（澜）

4.

A. 洗手奉职

B. 蚍蜉撼树

C. 盖棺论定

D. 踔^{（chuō）}厉风发

5.

A. 罚（一）劝百

B.（不）可收拾

C.（一）发千钧

D.（不）塞不流，（不）止（不）行

E. 反眼（不）识

F.（一）举成名

G.（一）视同仁

H. 成（一）家言

I.（不）文（不）武

J. 混为（一）谈

K. 挂（一）漏万

L.（一）龙（一）猪

M. 刺刺（不）休

N. 牢（不）可破

O. 细大（不）捐

P. 食（不）下咽

Q. 语焉（不）详

R. 迟疑（不）断

［韩愈部分成语含义及出处］

日上三竿：太阳升起有三根竹竿那样高。形容太阳升得很高，时间不早了。也形容人起床太晚。出自韩愈《岁华纪丽·卷一》："日上三竿。古诗云：日上三竿风露消。"

飞黄腾达：飞黄，传说中神马名；腾达，上升，引申为发迹，宦途得意。形容骏马奔腾飞驰。比喻骤然得志，官职升得很快。出自韩愈《符读书城南》诗："飞黄腾踏去，不能顾蟾蜍。"

坐井观天：坐在井里看天。用来比喻和讽刺眼界狭窄或学识肤浅之人。出自韩愈《原道》："坐井而观天，曰天小者，非天小也。"

俯首帖耳：狗见了主人那样低着头，耷拉着耳朵。形容卑屈驯服的样子。出自韩愈《应科目时与人书》："若俯首帖耳，摇尾而乞怜者，非我之志也。"也写作"俯首贴耳"。

弱肉强食：原指动物中弱者被强者吞食，比喻弱的被强的吞并。出自韩愈《送浮屠文畅师序》："弱之肉，强之食。"

十生九死：形容经历极大危险而幸存。出自韩愈《八月十五夜赠张功曹》诗："十生九死到官所，幽居默默如藏逃。下床畏蛇食畏药，海气湿蛰熏腥臊。"

口多食寡：吃饭的人多，但是食物很少。出自韩愈《答胡生书》："愈不善自谋，口多而食寡。"

动辄得咎：动不动就受到指责或责难。辄，就，总是；咎，责备。典故：韩愈学识渊博，被任命监察御史，因反对宦官利用"宫室"敲诈百姓，触怒了唐德宗被贬，后在唐宪宗时调回京城任吏部员外郎，他又因华州刺史之事被贬为国子监博士，他作《进学解》感慨自己："跋前踬后，动辄得咎。"

虚张声势：假装出强大的气势。虚，虚假；张，张扬。出自韩愈《论淮西事宜状》："淄青、恒冀两道，与蔡州气类略同，今闻讨伐元济，人情必有救助之意，然皆暗弱，自保无暇，虚张声势，则必有之。"

落阱下石：比喻乘人有危难时加以陷害。同"落井下石"。出自韩愈《柳子厚墓志铭》："一旦临小利害，仅如毛发比，反眼若不相识；落陷阱，不一引手救，反挤之，又下石焉者，皆是也。"

驾轻就熟：意思是做事从轻松的着手，由熟悉的开始。比喻技艺娴熟，毫不费力。出自韩愈《送石处士序》："若驷马驾轻车就熟路。"

含英咀华：品味花的芬芳，后比喻品味、体会诗文中所包含的精华。咀，细嚼，引申为体味。英、华：指嘴里含的花朵。这里指精华，比喻读书吸取其精华。出自韩愈《进学解》："沉浸浓郁，含英咀华。"

不塞不流，不止不行：形容凡事要遵照辩证发展规律，不可急于求成。比喻只有破除旧的、错误的东西，才能建立新的、正确的东西。出自韩愈《原道》："然则如之何而可也？曰：'不塞不流，不止不行。人其人，火其书，庐其居。'"

反眼不识：翻脸不认人。出自《柳子厚墓志铭》："一旦临小利害，仅如毛发比，反眼若不相识。"

一龙一猪：一是龙，一是猪。比喻相似的两个人，高下判别极大。出自《符读书城南》。韩愈给儿子韩符写了一首诗勉励他用功读书，诗中写道，有两户人家各生了一个儿子，长相十分相似，经常在一块儿玩耍，到了十二岁左右，渐渐有了差异。三十岁时，一个有了成就像呼风唤雨的龙，一个却像蠢笨无能的猪，简直是天壤之别。后来，韩愈问韩符："你到底是想成为呼风唤雨的龙，还是蠢笨无能的猪？"韩符听后，用功读书，成了有用之人。

细大不捐：小的大的都不抛弃，形容所有东西兼收并蓄。常指收罗的东西多，毫无遗漏。也形容包罗一切，没有选择。出自《进学解》："记事者必提其要，纂言者必钩其玄。贪多务得，细大不捐。"

蚍蜉撼树：比喻其力量很小，而妄想动摇强大的事物，不自量力。韩愈《调张籍》诗："蚍蜉撼大树，可笑不自量。"

踔厉风发：形容精神振作，意气风发。踔厉，精神振奋，言论纵横；风发，像刮风一样迅猛。出自《柳子厚墓志铭》："议论证据今古，出入经史百子，踔厉风发，常率屈其座人。"

樂開山畔
又橫塘
多晚風生
瞥見愈流
永壑〻〻
真綫點
端烟樹殘
樂青湔湖
嘯雲老人

柳宗元

世界以痛吻我，何必报之以歌？

柳宗元似乎一辈子都在犯"二"（傻）：认识了两个把他带到"天堂"又连累他走向"地狱"的姓王的人；遇到两个对他有着重大影响的皇帝，交了两个很"二"的朋友；一生遭到两次贬谪……

处处为别人着想的人，原本就容易活得很累，更何况像柳宗元这样正直、追求完美的人呢？

谁不想过潇洒的生活？面对磨难的时候，柳宗元也很想故作轻松地甩一甩头，淡定地说：世界以痛吻我，我要报之以歌！

世界还真的偏偏爱以痛来吻他，但他真的能做到报之以歌吗？

一

大历八年（773），长安，"安史之乱"结束后的第十年。

别看唐朝经历了这场战乱后已经由盛转衰，那还只是"转"，还没有真正地"衰"，长安依旧是8世纪全世界最繁华、最富庶的国际大都市。

熙熙攘攘的人群里，到处都是来这里追求梦想的人，也有人举家从外地迁到这里，在长安安家落户，随便拿一块砖头一扔，没准儿就能砸着一个贵族。

砖头现在扔到了一户看似普通的姓柳的官宦人家，他们家诞生了一个小男孩儿，这个小男孩儿长大后会用他的笔搅动整个文坛，他会成为一个写大量山水游记的人，一个把寓言故事发展完善的人，整个中国文学史永远也不可能绕开的一个人。

他，就是柳宗元。

从小，父母就告诉他，他们是河东人（今山西运城永济市）。河东有三大姓，柳、薛、裴。

他们祖上，非常有名的一个人是"坐怀不乱"的柳下惠，还有一个，是唐高宗李治第一位皇后王皇后的舅舅。

人无千日好，花无百日红。柳家最风光的时代就是王皇后的时代，那时他们家同时在尚书省任职的就达二十三人之多。可是，随着武则天的上位，王皇后一人败落，全家遭殃。

武则天对王皇后的所有亲戚朋友都进行了毫不留情的打击迫害，从此，"炙手可热势绝伦"的柳家一蹶不振。

尽管柳宗元从来没有回过老家，可是他对那个承载了他们家族辉煌时代的地方充满了向往，他愿意大家称呼他为"柳河东"。

柳宗元是个既懂事聪明又早熟的孩子，他从小就有两个愿望：一是让柳家重新辉煌，二是让柳家人丁兴旺。

这两个愿望对于柳宗元而言，实现起来似乎不那么困难。

十三岁的他替一个高级官员为朝廷写过一封祝贺打胜仗的信；二十一岁时，他就在高难度的科举考试中考上了进士；二十五岁，他通过了高淘汰率的博学宏词科的考试；之后，他从皇家图书馆校对管理员（集贤殿书院正字）到长安下辖的蓝田做公安局局长（蓝田县尉），然后做到国家监察部的高级公务员助理（监察御史里行），一直到文化部兼教育部的高级公务员（礼部员外郎）。

柳宗元在仕途上一帆风顺，此时才三十二岁。

其间，如果不是因为父亲去世需要守丧三年，柳宗元不到三十岁就能完成从普通读书郎到中央级别官员的华丽转身。

而这时，他已经娶了当时文化名人杨凭的女儿，夫妻恩爱和谐，仕途节节高升，他人生的愿望很快就可以实现。

就在此时，美好的世界用炽热而痛苦的嘴唇吻了他一下。

二

二十一岁考进士的时候，柳宗元遇到了一生中最为重要的朋友——比他大一岁的刘禹锡。

柳宗元很喜欢这个朋友，虽然这个家伙有点儿"二"，但是他就像火热的夏天，而自己则是沉郁的秋天。

刘禹锡把他介绍给了太子李诵的侍读王叔文及王伾。

贞元二十一年（805）正月，唐德宗病逝，太子李诵即位，他就是唐朝第十位皇帝唐顺宗。

唐顺宗一当上皇帝就重用王叔文和王伾，发动了"永贞革新"。

他们废除苛捐杂税，罢免贪官污吏，召回被贬忠臣，废除扰民害民的"宫市"，还将上千名宫女放出皇宫，让她们自由选择生活。

当时的老百姓拍手叫好，欢呼大喜。

但是，革新只进行了八个月就失败了。

顺宗被迫让位。王叔文贬官后被赐死，王伾被贬后病亡，刘禹锡、柳宗元等八人先后被贬官到很远的地方做司马，这就是历史上著名的"二王八司马事件"。

现在，"二王"已经"卒"了，一个皇帝马上要"崩"了，另一个皇帝唐宪宗李纯登场了。

他当上皇帝以后，也大刀阔斧地改革，但是，他就是不用有理想、有才能的刘禹锡和柳宗元。

他还宣布，无论什么时候大赦天下，"八司马"在他面前就只有八个字：永不赦免，永不录用！

因为柳宗元曾经写过一篇议论立储问题的《六逆论》，触痛了唐宪宗的神经。

一朝天子一朝臣，在政治上头脑简单的柳宗元还没弄明白怎么回事，朝廷就下诏书让他卷铺盖卷走人了。

从天堂到地狱的路要走多久？

八个月。

长安就是他的天堂，永州（今湖南永州）就是他的地狱。

来到永州之后，他一直在反省自己，为什么自己一心为国，反而落得个这样的下场？还是太一帆风顺了啊！

年轻时没有经历过挫折的人，如果没有人引路，做大事时很容易栽大跟头。

结果，他还在这里孜孜不倦地找自身原因呢，他那个朋友刘禹锡，此时正没心没肺地在偏远的朗州（今湖南常德）高声为秋天唱赞歌：

秋 词

自古逢秋悲寂寥，我言秋日胜春朝。

晴空一鹤排云上，便引诗情到碧霄！

大家都说秋天容易悲伤，我咋看不出来哩？我就是觉得秋天好，比春天还好！

我一看到万里晴空，一只鹤凌空飞起，我就特别想作诗！

柳宗元看了朋友托人捎给自己的这首诗，心情开朗了一些，他能想象到刘禹锡手背在身后吟诗的样子，他的表情一定是：

世界以痛吻我，我非要大唱反调！

柳宗元也很想大声唱歌，于是，他约了几个朋友陪他一起游玩，他们来到了城郊的小石潭。

这里真美呀，水声叮咚，如鸣佩环，尤其是那水中游动的鱼，好像在和游人逗乐，真有意思！

> 潭中鱼可百许头，皆若空游无所依。日光下澈，影布石上。怡然不动，俶尔远逝，往来翕忽，似与游者相乐。

可是他就是唱不出来，你看那四周：

> 四面竹树环合，寂寥无人，凄神寒骨，悄怆幽邃。以其境过清，不可久居，乃记之而去。

唉，这地方也太凄凉了，不行，不能待了，得赶紧回去。

回去以后心情好了吗？没有。他把这件事记下来，就是《至小丘西小石潭记》。他游遍了永州的美景，写下了著名的《永州八记》，可是他依然无法高歌。

看到附近的那条冉溪，他给改名叫"愚溪"，为什么呢？

因为我就是太愚蠢了，才会犯那么愚蠢的错误，才会被贬官到这里来，你跟着我这个愚蠢的人在一起，不叫"愚溪"叫什么？

还有那座小丘，改名愚丘！

那眼泉水，改名愚泉！

那条小沟，改名愚沟！

三

有时候，一念起，天堂未必就是天堂；一念落，地狱也未必就是地狱。

此时的柳宗元固执地认为，永州就是地狱，他不知道，他在这地狱中将要度过难熬的十年。

十年啊，母亲病逝，女儿夭折，家中失火，柳宗元可谓是家破人亡，他才三十多岁就浑身是病，记忆力也严重衰退。

即便如此，柳宗元依旧在反省自己哪里做得不好，依旧处处为他人着想。

小时候，为他人着想是一个大大的泡泡，光宗耀祖，封妻荫子。

长大后，为他人着想是一道长长的彩虹，改革弊政，中兴大唐。

而现在，为他人着想是一声幽幽的叹息，繁衍后代，延续香火。

他的妻子难产死后，他一生没有再娶，他们夫妻感情甚笃，他觉得再娶对不起妻子，也对不起把自己当儿子一样对待的老丈人。

可是他又不能没有后代，他做梦都能梦到他们家的墓园无人看守，上面长满了杂草，而那些牛啊羊啊，在墓园里践踏，他怎么对得起长眠于地下的先人呢？

在唐朝，贵族是不允许和普通百姓通婚的。可是，这不尴不尬的贵族身份，有什么用？

为了不让柳家绝后，他先后和两位身份低微的女子同居过。第一位为她留下一个女儿，那个十岁的女孩儿跟随他到永州没多久就夭折了，第二位为他生下了两个儿子和两个女儿。

柳宗元觉得没有给她们任何名分。对不起她们，就写文章很隐晦地表达自己的愧疚之情。

除了这些，他还要为这里的老百姓着想。虽然他并没有什么实权，但毕竟还是永州司马。

永州看着风景很美吧？池塘遍布，荷叶田田，其实里面不是虫子就是毒蛇。

柳宗元看到一个姓蒋的捕蛇人，非常诧异，这些毒蛇别说去捕它们，平常躲都躲不及啊！

可是蒋氏告诉他，毒蛇虽毒，但它可以治很多病，可以拿这个来抵税。所以尽管自己的祖父、父亲都是被毒死的，他仍然选择留在这里，至少他比那些为了躲避赋税，整日战战兢兢、如履薄冰的邻居还好一些。

柳宗元忍不住悲叹：

孔子曰："苛政猛于虎也。"吾尝疑乎是，今以蒋氏观之，犹信。呜呼！孰知赋敛之毒有甚于蛇者乎！故为之说，以俟夫观人风者得焉。（《捕蛇者说》）

是的，我没有权力，我不受重用，我现在沦落到只能考虑传宗接代的事了，可是我还是要发出我的声音，希望朝廷能够听到，这样，我才能对得起我的良心。

世界以痛吻我，我还是要报之以歌吧？

结果他收到了一位朋友的信，那位朋友说：

如果世界以痛吻你，你一定要嗷嗷叫！

他终于要出场了，那个比刘禹锡更"二"的朋友。

四

说他是朋友，那是因为他和柳宗元在文学上很有共同语言。

他俩都很反对现在的文风，骈文过分讲究形式美了，你看那先秦散文，才是真正的以内容取胜。

于是，他们提倡"古文运动"并亲自实践，不承想，一不小心开创了一个文学新时代，他们比肩而列"唐宋八大家"。

这个朋友，就是韩愈。

那时，他们两个还有刘禹锡，都在礼部做员外郎，平时聊聊诗歌、文章什么的，非常愉快。可是，忽然有一天，韩愈被贬官到了遥远的阳山（今广东阳山），韩愈就开始怀疑他俩。

他们政见不同，韩愈最讨厌王叔文，觉得这个人就是靠要阴谋上位的小人。他怀疑是柳宗元和刘禹锡把他对王叔文有偏见的话传了出去，以至于皇帝找了个碴儿，把他贬走了。

要是别人，绝不会把这种猜疑说出来，有可能将来找个机会狠狠地报复一下。可是韩愈，他才不，他不仅说，还把心里的猜疑写成诗，送给刘、柳二位。

当刘禹锡和柳宗元看到那句"或虑语言泄，传之落冤雠"，都气乐了，这世上怎么还会有这么逗的人？

这有什么好奇怪的，韩愈的座右铭本来就是四个字：不平则鸣。

韩愈的人生轨迹，和柳宗元正好是相反的。此时的韩愈，正在京城施展手脚，准备实现他的人生抱负。可是，现在他忽然给柳宗元寄来一首诗，表示自己交错了朋友，把柳宗元责备了一番。

柳宗元是何等聪明之人，岂能看不出韩愈激发他好好生活下去的苦心！

一帆风顺时的祝福不过是锦上添花，而身处逆境时，哪怕是一声关切的责骂，都是雪中送炭，令人备感温暖。

好吧，韩愈，你不是会嗷嗷叫吗，你不是会拿动物开涮吗？一会儿说你是千里马不受伯乐赏识了，一会儿又说你是搁浅在水坑里的龙了，你以为我不会叫吗？

柳宗元一口气写了几篇寓言故事，大家争相传阅，都说柳宗元不愧是大师，这下那些贪官污吏可被讽刺得抬不起来头了吧？

柳宗元没有表态，他说，我只讲故事。

韩愈明白，柳宗元的故事是讲给别人听的，可是他自己，还是深陷在自责中无法自拔。

是啊，你说贵州的那头驴技穷了，只知道虚张声势，是讽刺那些浮夸的没有什么本事的官员。可是你知道吗？那头驴明明就是柳宗元自己啊，当初如果不是那么爱显摆，被敌人抓住弱点，还会是今天的下场吗？

> 噫！形之庞也类有德，声之宏也类有能。向不出其技，虎虽猛，疑畏，卒不敢取。今若是焉，悲夫！（《黔之驴》）

还有那只麋鹿，最傻，连谁是敌人、谁是朋友都分不清，你说它被狼狗吃掉亏不亏？一点儿都不亏！（《临江之麋》）

还有那晕头晕脑的永某氏之鼠，不就是王叔文和王伾干的事吗？仗着自己受皇上宠信，居然开始收受贿赂了，这是干事业的

人该做的事吗？最后死了怪谁呢？（《永某氏之鼠》）

韩愈在心里默默地叹息，柳宗元如果仅仅是讽刺那些贪官，绝不会为他写的这三篇寓言取名为"三戒"，因为孔子说过"君子有三戒"。

他知道，柳宗元的重点在于前两个字：君子。

他不仅要做君子，他还要做谦谦君子。放心吧，他永远都学不会嗷嗷叫。

五

十年后。

柳宗元忽然收到一封诏书，要他们这八个远看"司马"一个，近看"死马"一匹的人回到长安。

长安！朝思暮想的长安！

问春从此去，几日到秦原。

凭寄还乡梦，殷勤入故园。

（《零陵早春》）

十年的春风，从这片陌生的土地上吹过，今天，终于要带我回到家乡！

柳宗元彻夜未眠，百感交集，他多么想大展宏图，大干一场！

这一次，他不为光耀门楣，不为江山社稷，不为任何人，只为证明自己，他要为自己好好地精彩地活一回！

然而，柳宗元回去后，仅仅一个月——

美好的世界用炽热而痛苦的嘴唇又吻了他一下。

原因是刘禹锡，那个处处爱唱反调的"二货"作了一首诗：

戏赠看花诸君子

紫陌红尘拂面来，无人不道看花回。

玄都观里桃千树，尽是刘郎去后栽。

这玄都观里有这么多桃树，都是我老刘走了以后才栽的吧？朝廷上的那些权贵，都是我走了以后你们才提拔的吧？

唐宪宗原本就不待见他们，刘禹锡的这首诗一出来，皇帝身边的小人就抓住把柄了，得，这下八个人全都升官了——发配到更远的地方。

刘禹锡你不是能吗，给你分到播州（今贵州遵义）去吧。

柳宗元此刻会怎样？他好不容易从地狱来到了天堂，这回又要去地狱。他会怨恨刘禹锡吗？

如果真是那样，就不是柳宗元了。

他不仅没有责怪刘禹锡，反而给唐宪宗上了一封奏折，希望和刘禹锡换一下地方，让朋友去条件稍好一些的柳州（今广西柳州）。播州太远，刘禹锡的母亲已经八十多岁了，怎能经得起这样的折腾？

人非草木，孰能无情？柳宗元和刘禹锡的这份友情感动了很多人，大家纷纷上书为刘禹锡求情，最终刘禹锡改去连州（今广东连州）。

呜呼！时穷乃见节义！不到最艰难的时刻，怎能看出谁是真正的朋友？

刘禹锡心中有些后悔，他这个爱唱反调、做事不考虑后果的毛病害了自己也就罢了，还害了朋友。

柳宗元却微笑着安慰他：

你心中的天堂未必就是天堂，而你心中的地狱也未必就是地狱，天堂与地狱，全在乎你心中的一念起、一念落罢了。

他把自己在永州时作的一首诗送给刘禹锡，告诉他，曾经认为是地狱的地方，其实也带给他许多宁静的力量。

渔　翁

渔翁夜傍西岩宿，晓汲清湘燃楚竹。

烟销日出不见人，欸^(ǎi)乃一声山水绿。

回看天际下中流，岩上无心云相逐。

他们在衡阳分手时，依依不舍，几度唱和，相约将来告老还乡之后，做邻居，抱团养老，共度晚年。

可是他们没有等到那一天，仅仅四年后，柳宗元在柳州病逝。

当噩耗传到刘禹锡那里的时候，他"惊号大叫，如得狂病"，他手捧着柳宗元当年写给他的赠别诗，泪如雨下，泣不成声。

重别梦得

二十年来万事同，今朝歧路忽西东。

皇恩若许归田去，晚岁当为邻舍翁。

他们"万事同"了二十年，然而永远也等不到"当为邻舍翁"的这一天了。

六

柳宗元去世的那一天，是元和十四年（819）十一月廿八日，那时，韩愈正从他被贬官的潮州前往袁州赴任。

马车上，他看着柳宗元写的那篇《骂尸虫文》，笑出了眼泪。

这个老朋友越来越有意思了，他在文中说"聪明正直者为神"，听说他去年和几个朋友在一起喝酒，曾经说过"吾弃于时，而寄于此，与若等好也。明年吾将死，死而为神。后三年，为庙祀我"。

听听，这说的都是什么话！"我被这个世界抛弃，寄生在这里，明年我就要死了，死后会成为神，你们一定记得祭祀我呀。"

韩愈摇摇头，想着等安顿下来，给朋友写一封信。

柳宗元的那篇哲学论著《天对》他看了，他知道柳宗元是在向屈原的《天问》致敬，刘禹锡也写了三篇《天论》来和柳宗元呼应，可是他和他们的观点不太相同，他也准备写一篇文章来表达一下心中的想法。

忽然有信使拦住了马车，韩愈听到了一个让他不敢相信自己耳朵的消息：柳宗元因病去世了！就在他奉旨前往长安的路上！

韩愈的心里一下子空了，柳宗元才刚刚四十六岁呀，怎么就离开了呢？说好的一起搞"古文运动"呢？

韩愈不禁抬头仰望天空：苍天啊，你难道不能让一个好人多活几天吗？

他知道，柳宗元在柳州，释放奴婢，兴办学堂，开凿水井，开荒种地，种柑植柳，治病救人，短短四年时间，柳州那些避难的百姓纷纷回乡，他们说，是柳大人把地狱变成了天堂。

柳宗元一生处处为人着想，就在他人生的最后四年，他还给和他一样同呼吸、共命运的"八司马"写过一首诗：

登柳州城楼寄漳汀封连四州

城上高楼接大荒，海天愁思正茫茫。

惊风乱飐芙蓉水，密雨斜侵薜荔墙。

岭树重遮千里目，江流曲似九回肠。

共来百越文身地，犹自音书滞一乡。

是的，聪明正直者为神。

他死之后，柳州百姓果然在罗池建庙来祭祀他们心目中的神，并称柳宗元为"柳柳州"。

柳宗元像神一样永远活在了人们的心中。

刘禹锡后半生对柳宗元一直念念不忘，这个一生豁达、从不把伤痛放在心上的人，多次写文章悼念朋友，读来令人肝肠寸断：

呜呼子厚，卿真死矣！终我此生，无相见矣！

之后，刘禹锡倾尽余生之力，整理了好朋友所有的诗文，这才有了传之后世的宝贵的《柳河东集》。

韩愈为他写下《柳子厚墓志铭》，记录了柳宗元一生的风雅与深情、旷达与忧伤。

柳宗元留下来的孩子，据史料记载和专家研究，分别被韩愈、刘禹锡、朋友崔群、表弟卢遵抚养。

其中，刘禹锡抚养的柳宗元的大儿子多年后考中进士。柳家有后，柳宗元地下当心安矣！

七

世人把柳宗元与韩愈并称"韩柳"，与刘禹锡并称"刘柳"，与王维、孟浩然、韦应物并称"王孟韦柳"。柳宗元的名字和他们并列，每一次他的姓氏都是放在后面。

柳宗元即使在世，也绝不会介意这些吧，他一生都对自己要求极高，又处处为人着想，他欣赏刘禹锡的"唱反调"，也欣赏韩愈的"嗷嗷叫"，可是有些事情，是永远学不来的。

世人看到的柳宗元是满世界的凄凉和悲伤，而柳宗元的心里，是满世界的宁静与祥和。

他痛苦，但他情感真实；他孤独，但他内心平静。

世界以痛吻我，何必报之以歌？

面对生活，他从来就不是一个歌者，他在"不断反省自己"与"为他人着想"中完成了自我心灵的救赎。

一千多年过去了，每当下雪的日子，我们都会在白茫茫的冰雪世界中想到一个人，想到一个披着蓑、戴着笠的老渔翁，他坐在一片冰清玉洁之中，此刻他的眼里、心里，就只有那根长长的钓竿。这钓竿，再也不会像千年前的姜子牙，为他钓来王侯和江山，却可以为他钓来——最纯洁、最晶莹、最令人无欲无求、超脱凡尘的一个新世界。

他的世界，名字叫作：江雪。

> 千山鸟飞绝，万径人踪灭。
> 孤舟蓑笠翁，独钓寒江雪。

千万孤独，刻骨铭心……

杜

牧

如何安放矛盾的人生？

历史上还有哪位诗人像杜牧一样活得如此矛盾？

你说他是风流诗人，他一定会和你急：人家明明是爱国诗人好不好？

你说他是晚唐著名诗人，他一定会拿白眼翻你：人家明明是军事家好不好？

你说他是富贵公子哥，他一定会撇着嘴说：人家明明是吃过苦的好不好？

你说他是"牛党"或者"李党"，他一定会暴跳如雷：党、党、党，党什么党？老子哪个党都不是！

你说他很有英雄豪杰的侠气，他一定会羞答答地低下头：我承认，我有时候也会有点儿小懦弱……

哎呀，太矛盾了！太纠结了！太分裂了！

这到底是怎么回事呢？

别急，我们且慢慢道来。

一

先说杜牧的风流。

杜牧的风流那是众人皆知的,想掩盖都掩盖不住——当然,杜牧这家伙压根儿也没想遮遮掩掩,相反,他还写了不少诗来证明自己的风流。

风流才子,风流才子,不风流,还叫才子吗?

杜牧的那些诗,每一首后面都有一个故事。

NO.1

先看看这首流传最广的诗吧!

遣 怀

落魄江南载酒行,楚腰纤细掌中轻。

十年一觉扬州梦,赢得青楼薄幸名。

整首诗里就看到了两个字:忏悔。

真的悔悟了吗?未必。

还不是因为老领导牛僧孺的那个小本本吗?

原来,那时杜牧在淮南节度使牛僧孺手下做掌书记,相当于秘书。他每次去妓院,牛僧孺都派保镖悄悄保护并做了记录。唉,也不知道谁是谁的秘书。

现在要离开了,不得^(děi)写一首诗,表示一下自嘲,给老领导点儿面子?

NO.2

杜牧这次离开扬州,是要调回京城做监察御史。

回到京城长安了耶，终于不用"落魄江南"了呀！

要不要写一首诗好好表达一下自己欢欣雀跃的心情？

没空！杜牧忙着呢，忙着给歌伎告别。

赠　别

娉娉^(píng)袅袅^(niǎo)十三余，豆蔻梢头二月初。

春风十里扬州路，卷上珠帘总不如。

赞美人没有一个"美"字，别情人没有一个"你"字，还为后世形容少女贡献了一个成语"豆蔻年华"。

杜牧，春风十里，都不如你啊！

NO.3

赠别诗写一首怎么够？给一个人写怎么够？来，再欣赏一首。

赠　别

多情却似总无情，唯觉樽前笑不成。

蜡烛有心还惜别，替人垂泪到天明。

所有的离愁别恨都交给一支蜡烛来完成，这手法，绝了！

估计杜牧写离别诗上瘾，不信，往下看。

刘秀才和歌伎分手，他替他写一首：

远风南浦万重波，未似生离别恨多。

（《见刘秀才与池州妓别》）

吴秀才和歌伎分手，他替他写一首：

万里分飞两行泪，满江寒雨正萧骚。

（《见吴秀才与池州妓别，因成绝句》）

难道刘秀才和吴秀才自己没有长手吗？

NO.4

杜牧回到京城以后，被分到洛阳做监察员。

在那里，他遇到了被遗弃的歌伎张好好当垆卖酒。

杜牧认识张好好的时候，刚考中进士不久，在江西观察使沈传师那里做办公室主任。

那时张好好刚刚十三岁，"翠茁凤生尾，丹脸莲含跗"，就像是新长出翠尾的凤凰，又像是初开的红莲花。

结果杜牧还没有看够，这朵娇艳的红莲花就嫁给了沈传师的弟弟做妾。

杜牧对张好好的命运感慨不已，提笔为她写下一首五言长诗。

现在，杜牧手书的这幅《张好好诗》收藏于北京故宫博物院。

书卷上盖满了历代收藏者的印章，除了艺术家皇帝宋徽宗，还有那个"盖章狂魔"乾隆的玺印。

有人说，杜牧当年一定是看上了张好好，因为被领导的弟弟抢了先，所以心里酸溜溜的。

酸也酸出个国家一级保护文物，看来杜牧还是多吃几回醋比较好呀！

NO.5

关于杜牧，还有一个极其不靠谱的传说。

说他游湖州时，认识一民间美貌女子，只有十几岁，杜牧与她的母亲相约过十年来娶。

十四年后，杜牧到湖州来做市长，发现这个女子已经嫁人，孩子都生了两个了。

于是，他怅然写下一首诗：

叹　花

自恨寻芳到已迟，往年曾见未开时。

如今风摆花狼藉，绿叶成阴子满枝。

估计杜牧只是在叹息春天的逝去吧，却被别人穿凿附会了这么一个故事。

谁让你风流呢？

二

不过，因此在杜牧的额头上盖一个"风流诗人"的印章，还真是不公平。

人们总是习惯给别人贴标签，却遮住了发现真相的眼睛。

杜牧写女子，不仅有风流韵事，还有表达对女子同情的诗。

比如那首著名的——

秋　夕

银烛秋光冷画屏，轻罗小扇扑流萤。

天阶夜色凉如水，卧看牵牛织女星。

唉，这世上最无聊的职业恐怕就是做宫女了。

这种类型的诗还有很多，著名的《杜秋娘诗》也是其中之一。

如果给杜牧的诗歌分分类，不仅有女子题材的诗，还有忧国忧民诗、咏史怀古诗、写景抒怀诗、酬答寄赠诗。

你看，杜牧写风流韵事的诗从类别上来说，只占了他所有题材里的五分之一都不到，怎么能随随便便说人家是"风流诗人"呢？

至于杜牧为什么写诗的题材这么杂，这要从他生活的时代说起。

小杜同学出生于贞元十九年（803）。这时的唐朝身上长着三个大毒瘤：藩镇割据、宦官专权、朋党之争。

边疆时不时还有吐蕃、回鹘来捣蛋，使得我大天朝面临着大厦将倾之灾。

翻开历史大事记，用"兵荒马乱"来形容 803 年，一点儿都不为过，不仅各地都在起兵作乱，而且那一年，刚好还赶上关中大旱。

小杜同学的命怎么那么苦呢？

还好，还好，他出生的时候，他的爷爷杜佑，刚刚当上宰相。

杜佑不仅是个政治家，还是个史学家。

他曾经用三十六年的时间，编了一本约一百九十万字的史书，叫作"通典"。这本书一不小心开创了史学界的先河——专门记载历代的规章制度，被称为"政书"。

你们说牛不牛？

还有更牛的，杜牧和"诗圣"杜甫同为晋代名将杜预之后，虽说这关系忒(tuī)远了些，但至少也能傍上名人，带来不少流量。

小杜同学家在长安还有一套别墅，叫"樊川"。

京城的房价那得多贵啊！白居易三十多岁的时候才在郊区渭南买了一套房子，这位同学生下来就住别墅，这还不够牛？

一个人是不是真的牛，不是看你的外在条件，而是看你的实力，自己牛才是真的牛。

杜同学在诗人辈出的唐朝，能和李商隐并称"小李杜"，和前辈李白杜甫齐名，手里还是有两把刷子的。

杜同学十三岁的时候就开始研究孙子兵法，后来写了十三篇《孙子注解》。

他二十三岁的时候写了一篇《阿房宫赋》，刚一发表，立刻引起轰动，阅读量一小时之内就破了"10万+"。

六王毕，四海一。蜀山兀，阿房出！

瞧瞧这碾压一切的气势，看看这生龙活虎的力量！

二十五岁，他又写了一首阅读量"10万+"的五言古诗《感怀诗》，表达他对藩镇问题的见解，一跃而成为京城闻名的网红诗人。

那时长安的流行语就是：

荡荡乾坤大，瞳瞳日月明。

二十六岁，去参加科举考试，被主考官内定为第五名进士，他立刻写了一首诗：

及第后寄长安故人

东都放榜未花开，三十三人走马回。

秦地少年多酿酒，已将春色入关来。

这么高调！第五名还不是被举荐来的吗？

是举荐来的，唐朝原本流行举荐制，以杜牧的才华，第五名
还是屈才了呢！

杜同学为什么这么牛？看看他写的一首诗就知道了：

旧开朱第门，长安城中央。

第中无一物，万卷书满堂。

你以为他在炫耀家里的大别墅？

错！那时因为他的爷爷和父亲相继病死，家道中落，从小没
有吃过一点儿苦的小杜同学，还曾经挖过野菜给弟弟吃。

可是，虽然穷，虽然"第中无一物"，却有"万卷书满堂"。

书，才是最宝贵的财富。

如果没有那万卷诗书做后盾，他能这么牛吗？

三

既然杜牧这么牛，那还矛盾什么，纠结什么，分裂什么？

个人命运再怎么好，总是无法摆脱他所生活的大环境啊！

就像一株小树，培育它的土壤再怎么肥沃，可是如果天天不
见太阳，天天都是狂风暴雨，它还能长成参天大树吗？

杜牧原本打算要长成参天大树，成为国家栋梁的。

他的志向是：

平生五色线，愿补舜衣裳。

（《郡斋独酌》）

听听，听听，这和老杜的"致君尧舜上，再使风俗淳"多么相似！

于是，他埋头写啊写，写了好多论文。唉，又不评职称，写那么多论文干吗？

杜牧写的那些论文，翻译过来就是：《论削平藩镇在当今社会发展阶段的重要性》。

你确定你不是在为自己拉仇恨：《关于巩固我大天朝国防工作的若干条建议》。

你当人家武将都是吃干饭的，要你一个文人在这里指手画脚：《反腐工作已迫在眉睫，要大老虎和小苍蝇一起打！》

你要把人家吃到嘴里的肉夺出来，你就不怕不明不白地不在了？

怕。

年轻的时候是初生牛犊不怕虎，但是真正你死我活的政治斗争到来的时候，又有几个人不怕？

大和九年（835）十一月，朝廷发生了"甘露之变"。简单说，这是一场皇帝和宦官夺权的斗争，结果皇帝失败了。

自此，宦官势力越发嚣张，他们"迫胁天子，下视宰相，陵暴朝士如草芥"。

那时，杜牧刚好被分到洛阳，就在他为张好好掬一捧同情之泪的时候，却不知，长安城一夜之间，新添了多少孤魂野鬼。

和他同朝为官的朋友李甘，因为这场政变被贬官，后来冤死。

杜牧痛心疾首，后悔自己当时为什么没有上书劝谏，在诗中痛骂自己是个胆小鬼（"胆薄多忧惧。"）。

事实上是这样吗？

《新唐书·杜牧传》中评论杜牧："**刚直有奇节，不为龊龊**^{（chuò）}**小谨，敢论列大事，指陈病利尤切至。**"

看来，杜牧在自己的政治操守上是有洁癖的人啊！

可是矛盾马上又来了，你说他政治上有洁癖，可是为什么在"牛李党争"中不牛不李呢？

他是心在"李"，身在"牛"。

他曾经在军事上给李德裕提过建议，被李德裕采纳了，后来还成功了，但李德裕就是不重用他，据说是因为他看不惯杜牧太风流。

牛僧孺和杜牧的父辈是朋友，他一生都对杜牧好，甚至杜牧逛妓院他还要派保镖，但杜牧又不支持他在政治上的主张。

是不是很矛盾、很纠结、很分裂？

还让不让人好好活了？

好在，还有诗。

诗歌，能为你烦恼的人生带来光亮。

四

好啦，现在就让我们跟着杜牧同学进入一段愉快的诗歌之旅吧！

还记得他写的哪五类诗吗？开始抢答！

女子题材诗、忧国忧民诗、咏史怀古诗、写景抒怀诗、酬答寄赠诗——回答正确！

女子题材的，前面已经领教过了，下面欣赏一首忧国忧民的。

早 雁

金河秋半房弦开，云外惊飞四散哀。

仙掌月明孤影过，长门灯暗数声来。

须知胡骑纷纷在，岂逐春风一一回？

莫厌潇湘少人处，水多菰米岸莓苔。

把战争中流离失所的老百姓比作惊飞四散的鸿雁，这种写作手法叫什么？叫作比兴——《诗经》里常见的手法。

下面登台的，是咏史怀古诗。

杜牧咏史怀古的时候，或直接议论，或借古讽今，或怀古伤今，花样繁多，令人目不暇接。

看看他是怎么发议论的。

赤 壁

折戟沉沙铁未销，自将磨洗认前朝。

东风不与周郎便，铜雀春深锁二乔。

周瑜费那么大劲儿，取得了赤壁之战的胜利，杜牧却说是一场东风的功劳，还要把人家老婆锁到曹操的铜雀台上。

周郎若泉下有知，急乎，气乎，怒乎，发疯乎？

题乌江亭

胜败兵家事不期，包羞忍耻是男儿。

江东子弟多才俊，卷土重来未可知。

大家都说项羽在乌江自刎是壮举，可杜牧偏偏说他是窝囊废，干吗要死，干吗不卷土重来呢？真是瞎逞英雄！

项羽若泉下有知，急乎，气乎，怒乎，发疯乎？

杜牧的议论，够别出心裁吧？

"借古讽今"这个写作手法上的小九九，杜牧早就很熟练了。还记得他二十三岁写的那篇《阿房宫赋》吗？

秦人不暇自哀，而后人哀之；后人哀之而不鉴之，亦使后人而复哀后人也。

看着是在为秦国的灭亡痛心疾首，实际是给现在的皇帝看哪！

再看这首：

过华清宫

长安回望绣成堆，山顶千门次第开。

一骑红尘妃子笑，无人知是荔枝来。

这胆大包天的杜牧啊，竟然把皇帝的祖宗唐玄宗拿出来，讽刺他们太骄奢淫逸！还想不想活了？

还有一种手法，叫"怀古伤今"，就是触景生情，想想古人，再想想现在。

比如：

泊秦淮

烟笼寒水月笼沙，夜泊秦淮近酒家。

商女不知亡国恨，隔江犹唱《后庭花》。

听到秦淮河酒家的歌女唱歌，心里就不舒服。这可是南朝那个荒淫误国的陈后主所作的《玉树后庭花》啊，这不是亡国之音吗？

大家有没有发现杜牧的诗有什么共同点？

他特别爱写七言绝句！没错，杜牧的撒手铜就是七言绝句。他的写景抒怀诗和酬答寄赠诗大多也是七言绝句。

看看这首著名的写景抒怀诗：

山 行

远上寒山石径斜，白云生处有人家。

停车坐爱枫林晚，霜叶红于二月花。

白云"生"处，多么传神！用春花来衬秋叶，古往今来第一人哪！

再看这首：

江南春

千里莺啼绿映红，水村山郭酒旗风。

南朝四百八十寺，多少楼台烟雨中？

如此朦胧迷离的江南，也没有让杜牧忘记发两句感慨。

关于酬答寄赠诗，杜牧还因为给朋友写了一首诗，而带火了一个旅游景点。

寄扬州韩绰^(chuò)判官

青山隐隐水迢迢，秋尽江南草木凋。

二十四桥明月夜，玉人何处教吹箫？

扬州若是做城市宣传片，杜牧就是当之无愧的形象代言人。

灰暗压抑的晚唐，因为有了杜牧的诗，绽放出了一丝迷人的光彩。

五

因为独特的写诗风格，杜牧的诗得到了"五多"待遇：

点赞多，转发多，关注多，洗稿多，抄袭多。

这个不难理解，因为杜牧的诗很新奇呀，他追求"诗有惊人句"，和老杜"语不惊人死不休"很相似吧？

你知道人家杜牧是怎么称呼太阳的吗？恐怕我们脑壳想裂了也想不到这个词：跳丸。

跳丸相趁走不住。

（《池州送孟迟先辈》）

这不就是太阳东边升起西边落下嘛，跳什么丸！

你知道他是怎么描绘大雨的吗？

神鞭鬼驭载阴帝，来往喷洒何颠狂。

（《大雨行》）

天，看完整个人都要癫狂了。

除了用语新奇，他的构思也很新奇。

比如这首：

紫薇花

晓迎秋露一枝新，不占园中最上春。

桃李无言又何在，向风偏笑艳阳人。

诗中出现"紫薇花"这三个字了吗？没有。可是句句在描写紫薇花。

于是杜牧有了一个外号：杜紫薇。

他的写作手法也很新。

将赴吴兴登乐游原一绝

清时有味是无能，闲爱孤云静爱僧。

欲把一麾江海去，乐游原上望昭陵。

一般人写诗，都是"托物起兴"，而杜牧这首，却是"托事于物"来起兴，达到了"言已尽而意有余"的效果。

至于《赤壁》《题乌江亭》等，那是观点新。

杜牧就属于那种"不创新就会死"的人，他"用语新，构思新，手法新，观点新"，自然是唐诗界的一股清流，受到"五多"待遇，当然不奇怪啦！

"小李杜"中的小李，属于狂点赞类型的：

刻意伤春复伤别，人间惟有杜司勋。

（李商隐《杜司勋》）

明朝著名文艺批评家胡应麟属于"狂转发"类型的：

晚唐绝"东风不与周郎便，铜雀春深锁二乔"……皆宋
人议论之祖。（《诗薮^(sǒu)》）

北宋欧阳修、王安石、苏轼、黄庭坚、贺铸等，都属于"自
己关注也要逼着别人必须关注"类型的。

而且，欧阳修和苏轼都曾经洗过杜牧的稿。

欧阳修的"柳絮已将春去远，海棠应恨我来迟"，是不是有杜
牧"如今风摆花狼藉，绿叶成阴子满枝"的痕迹？

苏轼的"人似秋鸿来有信，事如春梦了无痕"，是不是有杜牧
"恨如春草多，事与孤鸿去"的感觉？

王安石更过分，他简直要直接抄袭：

至今商女，时时犹唱，后庭遗曲。

（《桂枝香》）

哎哎，干吗呢干吗呢，你们可都是文学大家啊，怎么能这样呢？

唉，别说北宋这帮人，就是南宋的陆游、杨万里、辛弃疾、姜
夔、刘克庄，也都是这"五多"的疯狂追随者。

姜夔甚至跑到杜牧生活了十年的扬州，写下了一堆仰慕的词句：

杜郎俊赏，算而今重到须惊。

纵豆蔻词工，青楼梦好，难赋深情。

（《扬州慢》）

十里扬州，三生杜牧，前世休说。

（《琵琶仙》）

东风历历红楼下，谁识三生杜牧之。

（《鹧鸪天》）

除了唐朝、北宋、南宋的诗人，还有元代的元好问、明代的王守仁、清代的王士祯……

文学史上这样大规模的"洗稿"事件还真是少见，如果你问他们为什么会这样，他们一定会异口同声地说：因为我们喜欢杜牧啊！

哦，My God！

如果你好心劝杜牧要维权，他一定会毫不在乎地给你一个蒙娜丽莎般的微笑：

随便抄吧，你洗稿的速度永远赶不上我创新的脚步！

六

会昌四年（844），四十二岁的杜牧在池州（今安徽池州）担任刺史。

那年清明节，他经过杏花村时，天下起了蒙蒙细雨。他想喝杯酒暖暖身子，却看不见一个酒家，找不到一个可以问路的人。

幸亏遇到一个牧童给他指了指杏花村的方向。

一首诗从他的心底流淌了出来：

清　明

清明时节雨纷纷，路上行人欲断魂。

借问酒家何处有？牧童遥指杏花村。

路上行人为什么会"欲断魂"呢？因为天阴下雨？因为思念逝去的亲人？

不，这路上的行人，就是杜牧自己。

因为唐朝自安史之乱后，经济受到了严重的破坏，出现了"荒草千里"的萧条景象。

这就是他要生活的土地，这就是他要来治理的池州，这就是当时社会的一个缩影。

可是，面对日薄西山的大唐，他有心，却无力。

"公道世间唯白发，贵人头上不曾饶。"

唐宣宗大中六年（852），长安，樊川别墅。

杜牧坐在一个火盆旁边，拿起他所有的诗文，一篇一篇看过去，不满意的，丢进火盆，烧掉。

仅剩下的十分之二三，交给自己的侄子，编撰成《樊川文集》。

尽管杜牧才五十岁，但他知道，自己大限已到，于是提笔写了一篇短文：《自撰墓志铭》。

他按照传统的写法，规规矩矩地交代姓名、出生地、家族、履历、妻、子、卒日、寿年、葬地等，什么手法也没用，什么创新都没有，然后静静地死去了。

一切繁华，终究归于平淡。

回望杜牧一生，他曾经担任过监察御史、刺史、吏部员外郎等职，但他才高气傲，豪迈不拘小节，常常遭遇排挤，仕途非常不顺畅。

他辉煌过，落魄过，得意过，失意过，痛快过，痛苦过，风流过，平淡过……更矛盾过，纠结过，分裂过。

他是如何安放他矛盾的人生的呢？

在那篇看似平淡无奇的《自撰墓志铭》中，有一段奇怪的描写，是一个梦，一个关于死亡征兆的梦。

其中有这么几句：

> 十一月十日，梦书片纸"皎皎白驹，在彼空谷"，傍有人曰："空谷，非也，过隙也。"

意思是，他梦见他在纸上写下了《诗经·小雅·白驹》里的一句话："皎皎白驹，在彼空谷。"可是旁边有人说："你说空谷，真的空吗？恐怕是白马从缝隙里穿过吧？"

这个"白驹过隙"的典故，出自《庄子·知北游》：

> 人生天地之间，若白驹之过隙，忽然而已。

现在，这个典故作为一个成语流传了下来，形容时间过得飞快。

是啊，一眨眼的时间，一辈子就过去了。

无论你活五十岁，还是一百岁，无论你是春风得意，还是生不逢时，无论你矛盾不矛盾，纠结不纠结，分裂不分裂，又有什么关系呢？

时间，对谁都是公平的。

如何安放矛盾的人生？答案就从杜牧的这句诗中去寻找吧——

> 人生直做百岁翁，亦是万古一瞬中。

温庭筠

男人最大的魅力不是家财万贯，不是貌比潘安，
而是……

"儿啊，以后白天你就不要再出门了。"

"为什么啊母亲，我每天都要出门散散步的。"

"这，昨天隔壁大娘说他家孙子一看见你就哭。"

"母亲，我懂了，他们都说我长得丑，还给我起外号，把我比作那个捉鬼的钟馗。母亲，我虽然长得丑，但我一定要成为这世界上最有魅力的男人，您等着瞧！"

说话的少年，就是晚唐诗人温庭筠（812—866）。

他接下来做的事情令所有人刮目相看。

他穿着很邋遢，从来不讲究。

他考试作弊，自己考完还主动帮别人答卷子，简直是人见人爱的考场活雷锋。

他名声不好，整日和歌伎混在一起，给她们填一些"艳词"来传唱，被很多人看不起。

上看下看，左看右看，温庭筠都和"魅力"二字相隔十万八千里。

《新唐书》和《旧唐书》里对他的评价是"薄行无检幅"，说他是一个"潦倒失意，有才无行之文士"，而他写的词不过是"侧辞艳曲"。

别说魅力了，他的人品和作品也被全面否定，到底是怎么回事？

这要从几个关键词说起。

一

关键词一：宫斗。

宫斗？这怎么还上演起宫廷剧了？

是啊，人生如戏，每个人都是这舞台中的一分子，不知道什么时候你就会不那么闪亮地登场，踉踉跄跄、避之不及地成为主角。

在温庭筠生活的短短半个多世纪里，他经历了七个皇帝，这七个皇帝中有三个都死于宦官之手。

皇帝、宦官、妃嫔、太子、大臣、节度使、边塞少数民族纷纷登场，一台大戏令人惊心动魄。

太和九年（835）十一月二十一日，扣人心弦的一幕发生了——唐文宗暗中发动剿灭宦官的行动，结果事情败露，反而被宦官挟制起来，史称"甘露之变"。

他想铲除的那个宦官头子仇士良，把持朝政二十余年，猖狂到杀死二王、一妃、四宰相。

文宗的妃子杨贤妃在宦官授意下，给文宗吹枕头风，说太子天天"唱卡拉OK"，不务正业。文宗迫不得已废掉了太子李永。之后，太子莫名其妙死去，死后被封谥号：庄恪（kè）太子。

一个皇帝，连自己的亲生儿子都保不住，儿子死了，他只能迁怒于那些无辜的下人，这是怎样一种痛彻心扉的无奈！

开成五年（840）正月初四，文宗病死在大明宫太和殿，年仅三十二岁。

在那个年代，当皇帝真是高危职业。

那么，温庭筠又是怎么登上这个舞台的呢？

温庭筠十八岁从家乡苏州来到长安，二十四岁时和年龄相仿的庄恪太子成为朋友，当文宗迁怒于那些下人的时候，他正好不在长安，否则他也难逃大难！

太子死后，没想到温庭筠竟自投罗网，他写下了许多怀念太子的诗篇，其中就有影射"甘露之变"的内容。

在这样恐怖的形势下，他居然有胆子写这样的诗文，真是初生牛犊不怕虎吗？

就在此时，文宗驾崩，宫廷又起政变，温庭筠才算躲过一劫。

俗话说：大难不死，必有后福。温庭筠是不是以后要走运了呢？

No！他的悲剧人生才刚刚拉开序幕。

二

关键词二：克星。

温庭筠从小就是远近闻名的神童。《唐才子传》中说他："少敏悟，天才雄赡，能走笔成万言。"

想想吧，一个少年，万把字的文章，他不费吹灰之力，一挥而就，这要让多少人羡慕得哭晕在更衣室呀！

温庭筠有个非常好听的字，叫"飞卿"，可是大家都喊他"温八叉"。别误会，这可不是"母夜叉"的"叉"，而是叉手的"叉"，温庭筠习惯在思考的时候把双手交叉在一起。

唐代以赋取士，每赋八韵。温庭筠双手交叉八次，好了，一篇四五百字的赋就写完了。这速度，堪比曹植七步作诗。

多么令人羡慕嫉妒恨的聪敏！

温庭筠还有个特殊的本事。如果你给他拿一根小姑娘头发上的皮筋儿，他能给你弹出一个调调。如果你给他一个空的矿泉水瓶子，他能给你吹出一曲美妙的音乐。"有弦即弹，有孔即吹"，你说厉不厉害？

这还不算，除了诗、词、赋、音乐之外，他还写过小说，连茶叶方面的专著他竟然也写过！

先天长得丑，后天才华补！

所以，温庭筠少年时在家乡参加考试名列前茅，一点儿也不让人感到意外，于是他准备去京城长安参加科举考试。

他先来到扬州。扬州的娱乐业在全国首屈一指，温庭筠简直看花了眼。

就在这时，他遇到了人生中的克星，他的表兄姚勖（xù）。姚勖为了奖励他，赠给他一些钱，结果温庭筠把钱都花在了烟花柳巷。

姚勖大怒，拿鞭子打了温庭筠一顿并把他赶走了。

一个初次离家、才华横溢的少年，在那样一种社会风气中，就算做错事，能有多十恶不赦，非要用这种方式来惩罚他？就这样，温庭筠的坏名声传开来，使得他在京城的科举考试中落第。

其实，温庭筠刚到长安，就受到了一群仰慕他的粉丝的追捧，甚至还有一个渤海国王子殷勤地向他请教诗词的写法。

温庭筠在渤海王子回国的时候为他写下的诗句，现在读来，仍然能感受到作为一个唐朝诗人的底气：

盛勋归旧国，佳句在中华！

不过，晚唐时代不比盛唐，国力的衰弱，使得"时代的精神已不在马上，而在闺房，不在世间，而在心境"。

一个开放的大气磅礴的时代已经过去，时势衰颓，留给文人书写的，也只剩下了爱情。

此时，"词"这种文学形式在民间渐渐繁盛，写词要求"依声填词"。温庭筠不知道，他杰出的音乐才能和超凡脱俗的才华就是为这个时代而生，他即将成为一代宗师！

然而，他还需要继续遭受磨难。

三

关键词三：男闺密。

"北漂"的生活不容易，温庭筠一边等着下次考试的机会，一边找工作，同时给歌女填词作曲赚些生活费。

"爱情"这种题材是最受欢迎的。温庭筠用女子的口吻、女子的心情来写离别、写相思、写爱慕、写闺怨，一夜之间成了长安城的红人，大街小巷都在传唱他写的词。

新添声杨柳枝词·其二

井底点灯深烛伊，共郎长行莫围棋。

玲珑骰^{（tóu）}子安红豆，入骨相思知不知？

这是一位深情而又聪明的少妇，她的丈夫要出远门，她想说的其实就是三个字：早点回。

可是，她用了大量的谐音来表达自己的难舍难分、柔情蜜意。

"井底点灯深烛伊"，为什么要在井底点灯呢？因为井底之灯，必是深处之烛，而"深烛"，就是"深嘱"呀！

"共郎长行莫围棋"，"长行"既暗示了丈夫即将远行，同时这也是一种掷骰子的游戏，而"围棋"就是"违期"的谐音。

"玲珑骰子安红豆，入骨相思知不知"，他们玩游戏时用的骰子，刻在上面的颗颗红点，就好比红豆一般，代表了深入骨髓的思念。

所以，这首诗翻译过来就是：

> 今日与君共游戏，只掷骰子不下棋。
> 我想深深嘱咐你，切记早归莫违期。
> 细看手中玲珑骨，颗颗红豆是何意？
> 声声呼唤郎啊郎，妾心相思记心里。

可是，这样直白的语言，哪里能表现出少妇的情意缠绵、细腻曲折的心思呢？

此后，"玲珑骰子安红豆，入骨相思知不知"成为当时最火的流行歌曲，长安的大街小巷都能听到人们在唱这首词，而用骰子做的各种项链、手链等饰品也立刻风靡京都。

更漏子

玉炉香，红蜡泪，偏照画堂秋思。
眉翠薄，鬓云残，夜长衾枕寒。
梧桐树，三更雨，不道离情正苦。

一叶叶，一声声，空阶滴到明。

这是一个贵妇，她白天对着"玉炉香"发呆，晚上望着"红烛泪"难眠。听着外面单调的雨打梧桐叶的声音，一叶叶，一声声，令她更加辗转反侧、愁肠百结。

温庭筠用他的笔抒写女子的情思，无论是唱着他的词的歌伎，还是普通人家的女儿、宫廷里的贵妇，都被他凄婉的文字、忧伤的曲调打动，在这些女子的心里，她们的心事，她们的落寞和哀伤，只有他最懂。

温庭筠，是长安所有女子心中的男闺密。

四

关键词四：站队。

温庭筠的远祖是唐初宰相温彦博，温庭筠要振兴自己的家族，就必须走科举这条路。

可是，他一出生，"牛李党争"就开始了，牛僧孺和李德裕争了四十年，影响了太多文人的命运。

和温庭筠并称"温李"的李商隐，与世无争，根本不想选择站在哪一边，最后还不是落得个声名狼藉。

温庭筠和李商隐不一样，他在心里暗暗发誓，如果让他选择，他一定要站到李德裕这一边。因为他曾经见识过李德裕的风采，深深地为李德裕的气度和政治才能所折服。

然而，他想多了，他压根儿就没有资格站队。

机会来了！开成四年（839），温庭筠二十八岁，他在京兆府考试中名列第二！

他终于可以扬眉吐气了，让那些说他丑的人都来见识一下什么叫作"魅力"吧！

可是，接下来让所有人都大跌眼镜的一件事发生了：在礼部任命官员的考试中，他竟然弃考了！难道温庭筠脑子进水了吗？

温庭筠自己对"等第罢举"这件事讳莫如深，只说是生病。据推测，应该是受庄恪太子事件的影响。城门失火，殃及池鱼呀！

从那以后，那个好好学习、天天向上的学霸开始放纵自己。他和当朝宰相令狐绹的儿子令狐滈^(hào)天天混在一起，这个人是典型的纨绔子弟，私底下买官卖官，被人称作"白衣宰相"。

温庭筠呢？反正坏名声已经落下了，就不在乎让这个名声更坏。但是，他从心底看不起令狐滈，甚至连他爹令狐绹他也看不起。

唐宣宗非常喜欢《菩萨蛮》，令狐绹为了讨皇帝开心，就让温庭筠帮他写，宣宗看了那些词大喜，赞叹不已。

令狐绹于是让温庭筠帮他写了十四首《菩萨蛮》，并且嘱咐他说，一定不要说出来这些词是他写的。

如果温庭筠答应，这是多么好的一个机会！

一个"牛党"的领袖伸来了橄榄枝，干吗还要在乎"原创"的版权问题呢？令狐绹能给他带来的好处，不知道比他的稿费，要多出多少倍！

可是，温庭筠竟然把这件事说出去了！多么幼稚的文人的傲娇和自负呀！

然而，这世间的得与失谁又能说得清楚？

十四首《菩萨蛮》，让一个文人的政治生命被终结了，而一个划时代的"花间词祖"即将诞生。

菩萨蛮

水精帘里颇黎枕，暖香惹梦鸳鸯锦。江上柳如烟，雁飞残月天。

藕丝秋色浅，人胜参差剪。双鬓隔香红，玉钗头上风。

那些等着被人爱的女子，和他这个等着被人赏识的文人是多么相似啊！

为什么，温庭筠词里的离别总是那样残忍，不是夏天，不是秋天，更不是冬天，偏偏是在那样美丽的春天呢？

因为他非常清楚，为了一个根本就很虚无的政治理想，在最好的青春年华里，他亲手把未来埋葬了。

江上柳如烟，雁飞残月天……

五

关键词五：转运。

温庭筠离开了长安，离开了这个让他留恋不已也伤心不已的城市。

他漂泊的脚步来到过边塞，来到过江淮，也来到过吴越，他的梦里时时会出现家乡苏州的美景，那些荷花，那些莲藕，还有，那些划着小船的江南女子。

梦江南

千万恨，恨极在天涯。

山月不知心里事，水风空落眼前花，摇曳碧云斜。

千万恨，千万恨，可是走到天涯海角又能怎样？只有让心事像眼前这被风吹起的粼粼波纹，摇落所有的惆怅，在暮色中随风散去吧！

望江南

梳洗罢，独倚望江楼。

过尽千帆皆不是，斜晖脉脉水悠悠，肠断白蘋洲。

词中的女子含情脉脉，她的心上人犹如悠悠江水，一去不复返，她禁不住肝肠寸断。

殊不知，写词的那个人，想到自己每日奔波流浪，连个给他提供工作机会的人都找不到，也是寸断肝肠啊！

大中二年至九年（848—855年），也就是温庭筠三十六岁至四十四岁这八年间，温庭筠赌气地回到长安，不断地参加科举考试，不断地扰乱考场。

八年！这个男人真是疯了！

是啊，他是疯了，为什么科举考试不是凭着真才实学，而是靠着那些权贵的推荐？为什么他在考场上帮别人答卷，别人都考中，偏偏他没有考中？

为什么做什么事都要"拼爹"？普通老百姓考个试都这么难吗？

他义务当"枪手"出了名，最多的一次居然帮了八个人，因此获得外号"救数人"。

闹得最凶的一次，是一个官员子弟提前搞到了试题，请温庭筠代为作答，然后被录取。这件事惊动了皇帝，主考官被贬官，相关人员都受到了处罚，当年录取的十人也全部作废。

没想到，温庭筠居然时来运转了——他接到一道奇怪的圣旨：他被贬官到随县（今湖北随县）做县尉！

真是笑话！温庭筠一介布衣，何来贬官之说？也许是因为他的确太有才华，或者皇帝也不想每年科举考试都有人在这里胡闹吧？

四十五岁的温庭筠百感交集，人生已经过了一大半，他竟然用这种方式获得了官职。

他早早地起床，背起行囊出发了。残月还挂在半空，空气清冷清冷的，途经商山（陕西商洛市东南）的时候，他听到鸡叫的声音，他还看到，板桥上有着一层薄薄的清霜，上面还有比他起得更早的人留下的足迹。

他忽然想起江南的家，想起长安的大雁，想起自己这么多年在外漂泊的辛酸，忍不住吟诵出一首诗：

商山早行

晨起动征铎，客行悲故乡。

鸡声茅店月，人迹板桥霜。

槲叶落山路，枳花明驿墙。

因思杜陵梦，凫雁满回塘。

他没有想到，这首诗竟然被那么多人喜爱，就连北宋的欧阳修都为这首诗痴迷不已，尤其是"鸡声茅店月，人迹板桥霜"一句，让这位文坛领袖为之着迷到了要去模仿的地步。

温庭筠是不是可以从此过上他想要的生活了呢？

没有，他根本没去随县。

六

关键词六：贵人。

事情是这样的。温庭筠听说徐商到达了襄阳，立刻投奔他而去。

徐商是谁？他是山南东道节度使，随县属于他的管辖范围，所以，他把前来投奔的温庭筠留任为巡官也不算抗旨。

温庭筠很早以前就很仰慕徐商，徐商也非常欣赏温庭筠的才华，温庭筠找到他，可谓是千里马遇到了伯乐。

这五年里，温庭筠快乐得像个孩子。

他经常在工作之余和段成式互相写诗调侃。

今天你写《嘲飞卿七首》，"曾见当垆一个人，入时装束好腰身"，明天我写《答段柯古见嘲》，"彩翰殊翁金缭绕，一千二百逃飞鸟"，玩得不亦乐乎。

温庭筠和段成式、李商隐写的骈文，在晚唐并称"三十六体"，因为他们三个在家族里排行都是十六。李商隐也经常和他有书信往来。

其间，唯一令温庭筠难过的是，李商隐去世了，年仅四十七岁。

后来，徐商调离襄阳，温庭筠在咸通四年（863）冬天又重新回到长安。途经扬州的时候，五十多岁的温庭筠遭遇了人生中的奇耻大辱。

温庭筠被人给打了，毁了容，还断了牙齿！

《旧唐书·温庭筠传》记载：

咸通中，失意归江东，路由广陵，心怨令狐绹在位时不为成名。既至，与新进少年狂游狭邪，久不刺谒。又乞索于扬子院，醉而犯夜，为虞侯所击，败面折齿，方还扬州诉之。令狐绹捕虞侯治之，极言庭筠狭邪丑迹，乃两释之。自是污行闻于京师。庭筠自至长安，致书公卿间雪冤。属徐商知政事，颇为言之。

这段话颇有令人怀疑之处。为什么偏偏是令狐绹在扬州的时候发生了这件事？为什么说温庭筠"久不刺谒"，就是令狐绹来扬州那么长时间他不去拜访，到底是谁对谁心存怨恨？

温庭筠到扬子院"乞索"，扬子院是管盐铁的部门，明明是到那里寻求入幕，找工作而已，为什么文中两次提到"狭邪"一词？

欲加之罪，何患无辞！才子在政客面前，尊严扫地，体无完肤。令狐绹，才是温庭筠一生最大的克星。

温庭筠在长安闲居了一段时间之后，他人生中的贵人徐商举荐他任国子助教，也就是在大学里做讲师。

然而，他只在这里做了一年，就发生了一件事，就是这件事把他推向了死亡的悬崖。

咸通七年（866），温庭筠主持考试，参加考试的一千三百余人中，有五百人是官员子弟，八百人是平民子弟。

温庭筠没有采纳任何人的推荐，他按照"公平、公正、公开"的原则，把选拔出来的举人文章全部张贴出来，在当时引起轰动。

温庭筠竟然以一己之力，在向唐朝的科举制度宣战！最终的结果是，他被贬为方城县尉，病死在前去赴任的路上，终年五十五岁。

七

关键词七：魅力。

就这样，温庭筠度过了他潦倒失意的一生。

他"命"不好，出生在日薄西山的晚唐；他"运"也不好，遭遇到他人生中的两个克星。

朋友说他"凤凰诏下虽沾命，鹦鹉才高却累身"，可他自己偏偏要"经济怀良画，行藏识远图"。

他一生郁郁不得志，没有学会和这个世界妥协，只好把自己藏在音乐里，藏在"词"里，"自笑谩怀经济策，不将心事许烟霞"。

有人说，温庭筠的词里有很多阻隔的意象，"帘""幕""纱窗""烟""梦"等多次出现，给人的感觉总有一种落寞。有人说，温庭筠的词过于艳丽，不是"金"，就是"翠""红""碧""黄"。

他词中最常用的就是"水晶帘""玻璃枕""鸳鸯锦""翠翘""屏山""红烛"。他描写的女子经常是"画眉""弄妆""匀脸""倚栏""卷帘""流泪"等。

王国维在《人间词话》中说温词"'画屏金鹧鸪'，飞卿语也，其词品似之"。

大家也说"温词绮艳"。绮艳吗？是的。因为世界太灰暗，人生太灰暗，那就把一切的美好和灿烂留在词里吧，至少，这是他自己可以做主的天地。

菩萨蛮

小山重叠金明灭，鬓云欲度香腮雪。懒起画蛾眉，弄妆梳洗迟。

照花前后镜，花面交相映。新帖绣罗襦，双双金鹧鸪。

士为知己者死，女为悦己者容。

可是，再打扮还有什么意义呢？那个爱她的人始终没有出现，这就是那位美丽女子的命运，这就是空有一身才华的温庭筠的命运。

温庭筠带着满心的遗憾死去了，可是他不知道，他的朋友、他的学生、他的同事，还有那些歌女，他们都去参加了他的葬礼。

他也不知道，他唯一的儿子后来当上了官，很大一部分因素是出于皇帝对他的补偿心理，他的女儿嫁给了朋友段成式的儿子，生活非常幸福。他若地下有知，当心安矣。

他更不知道，在他去世七十四年后，后蜀赵崇祚编选《花间集》，开卷便是温庭筠词六十六首。中国词史上第一个重要流派"花间词派"诞生，从此成为"婉约词派"的直接源头。

他的粉丝都是大腕级人物——北宋欧阳修、南宋陆游，至于李煜、柳永、晏几道、李清照，更是他的隔代的门人弟子。

明代戏曲家汤显祖评点《花间集》，明朝文人间一时掀起温词热，人人读花间，少长诵温词。

清朝乾隆末年，一统词坛百余年的常州词派把温词视为经典。

最令人感动的是，清代顾予咸、顾嗣立父子重新笺注温诗，父死子继，终成《温飞卿诗集笺注》。

直到当代，词学大家唐圭璋、袁行霈、叶嘉莹、俞平伯、浦江清等，无不解读评点温词，曲尽其妙；作家施蛰存读温词，作《读温飞卿词札记》；作家李金山为他作《花间词祖温庭筠传》；相关内容的硕士博士论文浩如烟海，收录温诗、温词的选本不计其数……

这，就是温庭筠的魅力。

他做到了，他证明了：男人最大的魅力不是家财万贯，不是貌比潘安，而是守住一条做人的底线，拥有一颗柔软的心。

鱼玄机

在春天埋下一颗爱情的种子

我站在刑场上，看着明晃晃的大刀在秋日的阳光下闪着刺眼的光，闭上了眼睛。

我并不后悔什么，只是希望，我脖子上的那条骰子项链，能和我连同那株牡丹花，还有我的青春、我的爱情——

一起埋葬。

第一章：初遇

"卖花啰，卖花！牡丹花，有人要吗？"我挽着一篮子花，大声叫卖着。

父亲死了以后，母亲带着我搬到了位于长安东北角的平康里，这里房租低廉，我们靠给那些妓女洗衣缝补生活。

阴冷潮湿的住所，母亲沉默忧郁的脸和巷子深处传来的琵琶声、歌声、笑声交织在一起，就是我的整个童年回忆。

"小姑娘，你的花怎么卖？"

一个浑厚而有磁性的声音从身后传来，有着阳光般的温暖，像极了父亲。

我猛然转头，看见一个面貌极丑的中年男人站在那里，脸上带着一丝淡淡的微笑。

我失望极了。我怎么那么傻，人死岂可复生？父亲，是永远也回不来了，而我，永远不再是那个骑在他脖子上作威作福的任性丫头。

"你可是小才女鱼幼微？"他的声音把我从回忆中拉了出来。

"不敢当。"我冷冷回答，为他唤起我的温情而暗暗恼火。

"你看看你的花都开败了，谁还会买你的花呢？"他笑着说。

"我的花有没有人买关你什么事？"我心中烦躁，自然没好声气。

他的笑容并没有因为我的恶劣态度而减少一分："若是你能以这些牡丹为题作出一首诗来，我就全买下了。"

我立刻睁大了眼睛："此话当真？"

他伸出小手指要和我拉钩，我横了他一眼，低头去看篮子里的牡丹花。

那些牡丹没有了刚刚开放时的鲜艳和美丽，可是，难道因为这样，就可以湮没它们的香气和高贵吗？

我沉吟了一下，缓缓念道：

卖残牡丹

临风兴叹落花频，芳意潜消又一春。

应为价高人不问，却缘香甚蝶难亲。

红英只称生宫里，翠叶那堪染路尘。

及至移根上林苑，王孙方恨买无因。

念完，我把篮子往他面前一送，一只手伸了出来："拿来！"

他掏出一些碎银，放在我的手心，望着我，恳切地说："你想做一株高贵的牡丹，移根上林苑，就跟着我学写诗吧！"

我把银子在手里掂了掂，笑道："你是谁？凭什么教我？难道你写诗能比我父亲更好吗？"

他像变戏法似的不知从哪里摸出一根笛子，放在唇边吹了起来，那是我从未听过的一首曲子，忧伤中透露着丝丝倔强^{（jué jiàng）}。

"想知道这首曲子的名字吗？"他凝视着我的眼睛。

我撇撇嘴："谁稀罕知道！"

他笑了："倔丫头！这首曲子就叫——卖残牡丹。"

原来，他，他竟然把我刚才的那首诗谱上了曲子！"依声填词""依词谱曲"，这世上还有几个人有这样的本事！

我惊喜道："你可是写'玲珑骰子安红豆，入骨相思知不知'的那个温庭筠？"

他没有回答，挥挥手，微笑着转身离开了。

"哎，你的花儿——"

"你留着吧，我自会找你的——"

我咬了一下嘴唇，心中暗道："学就学，我本来就不该属于这里。红英只称生宫里，翠叶那堪染路尘！让那些不识货的人后悔去吧，我鱼幼微，凭什么要和狗尾巴草生活在一起？我为什么就不可以是一株国色天香的牡丹？"

回去后，我在狭窄逼仄的小屋里，种下了一颗牡丹花籽，日日浇水，盼望它早些发芽、开花。

那一年，我十一岁。

第二章：恋爱

我不知道自己是不是爱上了他，那个又老又丑的男人。他比我大三十多岁，足以做我的父亲。

他总是说我的聪明倔强中有他年少时的影子，可是我不喜欢他这么说。

我越来越喜欢写诗，名气也越来越大，竟然有人出钱来买我写的诗了，这可比我卖花要强得多。

我并不在乎这些，我只知道有他在的时候，我的心里就无比踏实和温暖。

我从来不在他的面前掩饰我的野心，经常握着拳头对他说："我就是要做牡丹花！"

他总是宽容地笑笑，有时候会伸手刮一刮我的鼻子："傻丫头，你是一朵野生的牡丹花。"

我终于决定向他表白了，于是偷偷写了一首诗给他：

冬夜寄温飞卿

苦思搜诗灯下吟，不眠长夜怕寒衾。

满庭木叶愁风起，透幌纱窗惜月沈。

疏散未闲终遂愿，盛衰空见本来心。

幽栖莫定梧桐处，暮雀啾啾空绕林。

我直呼他的字"飞卿"，而不叫他师父，他那么聪明，我不相信他看不懂我的诗！

我忐忑不安地等着他的回信，可是，我什么也没有等来，他甚至许久不来教我写诗了。

"嵇君懒书札，底物慰秋情？"我知道，他是在刻意疏远我。

他到底是爱我，还是不爱呢？

我恨恨地在纸上写下他的名字，又恨恨地把纸撕得粉碎。

春日暖暖的一天，我坐在种下牡丹的花盆前痴痴地望，那样阴暗的地方，它居然长出了一个小小的绿绿的芽，我有点儿想哭。

他来了，脸色很憔悴，一见我就哑着嗓子说："跟我来。"

我跟着他穿过川流不息的人群，来到崇真观南楼边。原来，今天是新科进士放榜的日子。

我在长长的榜单里寻找他的名字。

"别找了，没有我。"他难过地说，然后指着最前面的状元的名字道，"你不是想要做一朵牡丹花吗？他可以满足你的愿望。"

我拼命地摇头："我才不要！跟着你，就是做一棵狗尾巴草也心甘情愿！"

他使劲地按住我的肩膀："幼微，你冷静一下。我了解你，如果今生做不了牡丹，你会遗憾一辈子的！"

这已经是他第八年留在长安参加科举考试了，明明才华过人，然而就是不被录取。

他的倔劲儿上来了，故意在考场上捣乱，结果被皇帝打发到了遥远的随县。

"状元有什么了不起！他们谁都比不上你！我若是男人，我也可以做状元！"

我哭着夺过旁边一个书生的笔，唰唰唰地在那个状元的名字下写下了一首诗：

游崇真观南楼睹新及第题名处

云峰满目放春晴，历历银钩指下生。

自恨罗衣掩诗句，举头空羡榜中名！

写罢，我把笔一摔，泪眼蒙眬之中，我依稀看到那个状元的名字：李亿。

温庭筠走后，李亿成为我的丈夫。

那一年，我十四岁。

第三章：女冠

我以为我找到了真正的爱情。

他是那样高大帅气，又是那样温柔体贴。所有的宴会他都会带上我，我的聪敏、漂亮、多才，令他在朋友面前赚足了面子。

他经常在我耳边对我说："幼微，你是我今生的最爱，我会尽我所能护你一世周全。"

人世悲欢一梦，如何得作双成？我迷失在他的甜言蜜语中，渐渐地淡忘了那个苍老而又萧索的背影。

直到有一天，他脸色苍白地捧着一封信，我才知道，原来他早已娶妻，而我，不过是他的妾而已。

我没有责怪他，以我的寒门身份，做妾是改变命运的唯一出路。他的正妻是家世显赫的河东裴氏，以李亿的身份，也是高攀。

我低笑着安慰丈夫，我会尽到做妾的本分，不会让他为难。

可我压根儿没有想到的是，我和他的妻子裴氏见的第一面，就挨了一顿毒打！

当妒忌的裴氏指挥着家丁，用鞭子打我的脸的时候，李亿，那个三个月来和我同床共枕的人，那个在我的耳边许下山盟海誓的人，在旁边哆嗦得像是一片风中的树叶，他甚至没敢抬头看我一眼。

李亿在裴氏的监督下，当着我的面写下了一封休书。

"焚香出户迎潘岳，不羡牵牛织女家"，于我终归是一场梦。

我一瘸一拐地回到平康里那个荒凉简陋的家。狗尾巴草在风中摇曳，而我的牡丹，只剩下孤零零的一根枝丫，没有阳光，它怎么可能开花！

忽然，我的耳边传来一个浑厚而有磁性的声音："小姑娘，你的花怎么卖？"

我猛然回头，可是，什么都没有。我颓唐地坐在花盆前，抱住肩膀，轻声抽泣起来。

我的耳边又响起一个中年男子和一个女孩子的对话声："你不是想要做一朵牡丹花吗？他可以满足你的愿望。"

"我才不稀罕！跟着你，就是做一棵狗尾巴草也心甘情愿！"

"幼微，你冷静一下。我了解你，如果你今生做不了牡丹，你会遗憾一辈子的！"

我捂住耳朵，眼泪簌簌地落下来。

我终于明白，原来在我的心里，永远都住着一个温庭筠。

他是师父，是父亲，是朋友，更是——爱人。

我要去找他，踏遍千山万水，也要找到他！

听说他到了江陵，我追了过去，可是，刚到那里，就听说他得罪了权贵，被人打了，已经离开这里，去了长安。

我心如刀绞，可是身无分文。

李亿在鄂州做官，我给他写了一封信，随信附上了一首情意缠绵的诗。

江陵愁望寄子安

枫叶千枝复万枝，江桥掩映暮帆迟。

忆君心似西江水，日夜东流无歇时。

什么"忆君心似西江水，日夜东流无歇时"，我的目的，不过是找他要一笔钱。

李亿很快回了信，信中诉说他是多么爱我，等他妻子的气消了，就把我接回去。

我冷笑了一声，把信扔进了火盆。我感兴趣的，是随信带来的那个小匣子，里面的银子才能真正改变我目前的处境。

李亿的妻子发现她的丈夫还在和我来往，气得半死，利用关系把他安排到扬州做官去了。

这个懦夫，临走连告别一声的勇气都没有。

他抛弃了我，抛弃了那个"楼上新妆待夜，闺中独坐含情"的鱼幼微，那么，我的生命中从此再也不会和这个人有任何瓜葛。

送别

水柔逐器知难定，云出无心肯再归。

惆怅春风楚江暮，鸳鸯一只失群飞。

回到长安，打听到温庭筠做了国子助教，我不想去打扰他得之不易的平静生活，于是，抱着花盆进了咸宜观，做了一名女道士，女道士还有个称呼，叫"女冠"。

从此，世间多了一个"鱼玄机"，而鱼幼微，她已经死了。

那一年，我十六岁。

第四章：情人

我在道观前写了几个大字：鱼玄机诗文候教。

我来这里不过是找个安身之所，世界之大，也只有在这里，我才可以主宰自己的命运。

我为什么要过道观清苦的生活？难道男人可以三妻四妾，女人就只能逆来顺受吗？

"霞彩剪为衣，添香出绣帏。"咸宜观里门庭若市，我楚云湘雨，夜夜欢歌。

我不允许身边没有人，我不允许自己安静下来，因为我知道，只要我一个人的时候，空虚就会张开大口，将我吞噬。

我非常清楚，那些男人哪里是来和我谈什么诗文，他们垂涎的不过是我的美色！

可是，这又有什么关系？我原本不也在利用他们吗？他们填补了我精神的空虚，还给我送来珠宝首饰，我不比哪个良家女子生活得自由！就算那些嫁到深宫里的皇后、嫔妃，她们就一定能得到真正的爱情吗？

我，就是一株盛开的野牡丹！我，就是要"梦为蝴蝶也寻花"！

来到咸宜观后，我就打碎了花盆，把牡丹花移植到了门前的花圃里，它长得越来越好，不比在花盆里强得多吗？

何必在意有没有人喜欢呢？傻瓜才在意别人！我游戏人生，"高堂春睡觉，暮雨正霏霏"，生活得何其快乐！

直到有一天，我遇见他——乐师陈韪。

他吹笛子的样子，一下子迷住了我，我缠着他给我吹《卖残牡丹》，他按照我的记忆吹出来的调子，经常会令我泪失双眸。

那是尘封在记忆里多么甜蜜的味道啊！

我渐渐待他和别人不同，只要他来，我便会闭门谢客。

大家都在说陈羲是我的情人。

情人？呵，我早已不再相信爱情。就像我的一首诗里写的那样：我可以得到这世间的财富，却得不到一个对我真心真意的人。

赠邻女

羞日遮罗袖，愁春懒起妆。

易求无价宝，难得有情郎。

枕上潜垂泪，花间暗断肠。

自能窥宋玉，何必恨王昌？

我不再会为谁遮罗袖，不再会为谁懒起妆，不再会为谁潜垂泪，更不再会为谁暗断肠。

如果有，这个人一定是温庭筠。

一个消息打破了我内心的平静，温庭筠被贬官了。

他将要离开这座城市，而守护了我心中多年的那份安全感也即将崩塌。

远远地，我望见了他，他更老了，五十多岁的年纪，看上去倒像是一个耄耋老人。

时光，使我出落成一朵鲜艳的牡丹花，而他，却似一片在枝头摇摇欲坠的黄叶。

我看着他，含泪笑道："卖花啰，卖花！牡丹花，有人要吗？"

然后，我的眼泪终于止不住地恣意流淌下来。

"小幼微，"他开口道，声音有一丝凄凉，"你长大了。"

他伸手把我飘飞的一缕头发挂在耳后，轻轻地说："是我害了你，我不该教你写诗，更不该把李亿介绍给你。"

我拼命摇头："我不怪你，这不是你的错！"

"不，你原本应该是这世上最骄傲的一朵牡丹花，可是现在……"

"应为价高人不问，却缘香甚蝶难亲。你愿意买我的牡丹花吗？"我热切地望着他的眼睛。

"你那样年轻，那样美！而我，行将就木，怎么忍心将这朵牡丹花摘走？我不配的。"

"难道到今天你还不明白我的心吗？飞卿，你告诉我，你到底有没有爱过我？"我喊道。

他痛苦地望着我的眼睛："幼微，你不要逼我。"

说罢，他从脖子上摘下一条项链，放到我的手里，说："以后我们不要见面了，多多保重。"

我低头看手中的那条项链，那是一个骨头的骰子，里面镶嵌了一颗红豆。

再抬头，我只看见一个落寞的背影，阳光照在他的身上，身后的那个影子，好长、好长。

我的耳边响起遥远而清脆的声音："你可是写'玲珑骰子安红豆，入骨相思知不知'的那个温庭筠？"

我握住那条项链，泪如雨下。

那一年，我二十六岁。

第五章：毁灭

"鱼玄机，你杀了人，你可知罪？"咸宜观里来了一群如狼似虎的差役。

我敛住笑容，放下手中的酒杯，点点头。

在周围人诧异的目光中，我被套上枷锁，押了出去。

我神情恍惚，犹似还在梦中。

是的，那天我发疯似的鞭打我的婢女绿翘。

可是，我为什么要打她呢？我拼命摇头，想要回忆起那一天发生的事情。

时间在向后倒退。

我外出回来，发现陈韪和绿翘在一起，陈韪吓跑了，我就开始鞭打绿翘，然后把她打死了。

可是，我为什么要打她？她好像说，陈韪爱的是她而不是我。

不是就不是吧，我那天为什么会像疯子一样？是我太在乎陈韪吗？

不对不对，还是有哪里不对。

我用手使劲地捶打脑袋，可是，那里面昏昏沉沉，我什么都想不起来了。

忽然，我的手碰到了脖子里的骰子项链，一颗红豆映入了我的眼帘。

红豆，红豆！我想起来了！

温庭筠死了！他病死在了前去赴任的路上！

我一口鲜血喷了出来，然后晕倒在地。

这件事惊动了皇帝唐懿宗，他的女儿同昌公主刚刚因病死亡。他不耐烦地挥了挥手，不想听一个女冠因为争风吃醋而杀人的事。

我直接被判死刑，秋后问斩。

有许多人在为我喊冤，他们说，按照唐朝法律："诸奴婢有罪，其主不请官司而杀者，杖一百；无罪而杀者，徒一年。"

那么多主人擅自杀死奴婢，当事人无一被斩。只有我，是个例外。

然而，这正是我想要的结局。

我毕竟杀了人，绿翘就算是一棵狗尾巴草，而我，也不过是一朵野地里开败了的残牡丹。

我们的命运，生来低贱，注定要为一朵真正的牡丹花陪葬。

"天教心愿与身违。"就算我心比天高又能怎样？终究还是躲不过命运的安排……

第六章：尾声

刑场外，密密麻麻的人群里，看不到他的面容。

我轻轻地唱了起来：

> 君生我未生，我生君已老。
>
> 君恨我生迟，我恨君生早。
>
> 君生我未生，我生君已老，
>
> 恨不生同时，日日与君好。

歌声在长安城的上空越飘越远。

易求无价宝，难得有情郎。希望来生，我和你，不再青丝对白发，不再沧桑对红颜。

我埋下了一颗爱情的种子——

在春天……

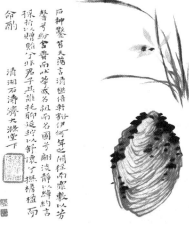

石神鑿苦天造言清戀倚軒谿伊何年之閒程仍寵敷以芳
馨芳約含蕃而此榮或名袒而名圉兮嗣淡靜以緯約吉
採掇以贈貽奇非君子其誰托卿延紆以舒遠了無橫植而
命爾

清湘石濤濟大滌堂下

欧阳修

活得有趣，才是最好的人生状态

最好的人生状态是什么？

自然是活得有趣啦！

"有趣"的反义词是"无趣"。

试问：你希望自己活得无趣吗？当然不。

谁喜欢一潭死水的自己，谁不想活得风生水起。

也许你会说，可是我没办法有趣呀！我穷，我丑，我学业不顺、工作不顺、婚姻不顺，一切都不顺。

上天总是苦我心志，劳我筋骨，也没有降大任于我。我喝凉水塞牙缝，放屁砸脚后跟，打个哈欠还扭了腰，连瘟神见了我都得躲着走。

我就是个倒霉蛋，实在没办法活得有趣。

可历史上偏偏就有个巨无霸的倒霉蛋，别人遇到的困难叫"挫折"，叫"磨难"，他遇到的困难，叫"变态的羞辱"。

他竟然活得有趣极了！

这个人，就是北宋文坛领袖、"唐宋八大家"之一——欧阳修。

一

生来有趣的人并不多见，有趣的灵魂需要修炼。

欧阳修不但不是个有趣的人，而且长相不好、身体多病、命运多舛⁽ᶜʰᵘǎⁿ⁾，脾气还很倔、很火暴。

欧阳修出生在宋真宗景德四年（1007），吉州永丰人（今江西永丰）。老爸给他起名叫"修"，字"永叔"，没有别的要求，就是希望儿子健健康康、福寿绵长。

可小修小朋友一点儿都不像是个福寿绵长的人，他长得太瘦弱，还遗传了他老爸的高度近视眼。

小时候家里穷，他连支笔都买不起，只能拿一根荻草在沙滩上写写画画。

可惜，"沙滩画荻"的生活，在小修四岁以后也成了奢望——他的老爸生病去世了。

老妈不得不带着他投奔随州（今湖北随县）的叔叔。

好在叔叔很看重小修，对他寄予厚望，觉得家族振兴的事都要靠这个侄子了。

然而，小修同学参加科举考试并不顺利，考了两回都没有考上。直到二十四岁那年，他忽然开窍，连中三元——监元、解⁽ʲⁱè⁾元和省元。原本很有希望考上状元的，可惜因为主考官认为他"锋芒毕露"，要"挫其锐气"，给了个第十四名。

这里面有个小插曲，据说在殿试之前，小修同学给自己做了一身新衣服，准备在"状元颁奖典礼"上发表获奖感言时穿的。

谁知道，在广文馆有个叫作王拱辰的同学，身材高大，在考试前一天穿着那件明显不合身的衣服跑来跑去，还大喊："看，我考上状元啦！"

结果他还真考上了状元，也不知道他有没有穿那件"露脐装"去走红地毯。

第十四名也是二甲进士及第呀，绝对是未婚少女的抢手货。很快，小修同学就洞房花烛了。

按说公务员也考上了，小修同学也成了欧阳先生了，接下来就该规规矩矩上班，生个大胖小子，赡养老妈，再慢慢地升官，实现叔叔的愿望了吧？

可这家伙接下来的表现，一点儿都不让人省心。一是不好好上班，总是跑出去玩；二是给中央官员写信，指责人家不好好工作；三是怒怼大学生，说他们写的文章太烂。

这样的人能叫有趣？这叫有病吧！

二

人这一辈子，无论再倒霉，总是会有幸运的时候。

欧阳修的幸运，在于他遇到了两个对他的一生影响很大的人。

一个是他的上司钱惟演。

欧阳修在洛阳工作，洛阳可是北宋的"西都"啊，钟灵毓^(yù)秀，人文荟萃。

欧阳修一来就迷上了这里，城市这么美丽，青春这么美好，上什么班哪！

天天处理烦琐的公务有意思，还是欣赏美景、吟诗作赋有意思？

于是，他就和几个"狐朋狗友"集体翘班，游山玩水去了。

老板竟然还派厨子给他们做饭，派歌女给他们唱歌助兴！

天哪，天底下怎么会有这样的老板？这不科学！

老板还传话给他们，不用急着上班，活儿都派人替你们干了，只管欣赏美景，多作几首好诗回去就行。

怪不得欧阳修的诗文里有那么多关于洛阳的赞美和回忆！

戏答元珍

春风疑不到天涯，二月山城未见花。

残雪压枝犹有橘，冻雷惊笋欲抽芽。

夜闻归雁生乡思，病入新年感物华。

曾是洛阳花下客，野芳虽晚不须嗟。

好一句"曾是洛阳花下客，野芳虽晚不须嗟"！之后经历了人生起起伏伏的欧阳修，怎能不怀念这段美好时光？

钱惟演最终还是离开了洛阳，欧阳修禁不住感慨：人生总会面临离别，只是不知道，这一分手，未来有谁可以和我一起赏花呢？

浪淘沙

把酒祝东风，且共从容。垂杨紫陌洛城东。

总是当时携手处，游遍芳丛。

聚散苦匆匆，此恨无穷。今年花胜去年红。

可惜明年花更好，知与谁同？

三

有趣的人，一定是有真性情的人，过于理性，很难做到有趣。

欧阳修现在离"有趣"二字还差着十万里的距离，但他拥有真性情，就有可能成为一个有趣的人。

他的真性情表现在哪里呢？

钱惟演要离开的消息刚刚传来，他就收到了家书，他的夫人留下一个早产的儿子撒手西去，年仅十七岁。

欧阳修悲恸欲绝，不禁回忆起他们新婚宴尔时的甜蜜：

南歌子

凤髻金泥带，龙纹玉掌梳。

走来窗下笑相扶。爱道画眉深浅、入时无。

弄笔偎人久，描花试手初。

等闲妨了绣功夫，笑问鸳鸯两字、怎生书。

早晨，新娘子对镜梳妆完毕，跑到丈夫的书房里去。一会儿问问他眉毛画得好不好看，一会儿依偎在他的身边摆弄他的笔砚，一会儿又拿起笔学着描花，一会儿又叽叽喳喳地问"鸳鸯"两个字怎么写。

就这样，妻子忘了绣花，丈夫忘了读书。

沉醉在爱情中的人，只要你看看我，我看看你，就十分美好。

而现在，欧阳修唯一的愿望就是，希望这是一场永远没有醒来的梦。

愿日之疾兮，愿月之迟，夜长于昼兮，无有四时。（《述梦赋》）

人生是一场不断说再见的旅程，要么生离，要么死别。

那么多人同时离开，钱惟演调离，妻子死去，朋友任满，而欧阳修，也即将离开这里，到汴京去上任。

洛阳啊，洛阳！这里，有多少他的青春、他的欢乐、他的热情？

他一时难以接受，含着泪写下了一首离歌：

玉楼春

尊前拟把归期说，欲语春容先惨咽。

人生自是有情痴，此恨不关风与月。

离歌且莫翻新阕，一曲能教肠寸结。

直须看尽洛城花，始共春风容易别。

如果不是真性情，怎能写下这字字含泪、声声滴血的词句！

王国维在《人间词话》里说，永叔"人生自是有情痴，此恨不关风与月"，"直须看尽洛城花，始共春风容易别"，于豪放之中有沉着之致，所以尤高。

真性情的人有时候会做出一些违反常理的事情。

比如，欧阳修曾经冒冒失失地给当时的谏官写了一封言辞激烈的谴责信。

他说人家在其位，不谋其政，作为谏官，自然要给皇帝提建议，可是一个多月过去了，也没见提一条建议。

这个无辜"躺枪"的谏官是谁？

他就是比欧阳修大十八岁，后来写下"先天下之忧而忧，后天下之乐而乐"的范仲淹。

欧阳修到汴京之后，他们很快成了忘年交。

后来，在范仲淹提出改革朝政时，这个小迷弟不仅为他摇旗呐喊，还不惜赔上自己的政治前途，超级够意思！

这是怎么回事呢？

四

有趣的人，一定是有思想、有主见的人，人云亦云，很难做到有趣。

欧阳修现在离"有趣"二字还有着十万里的距离，但他很有思想，就有可能成为一个有趣的人。

北宋时期，政府官僚机构非常臃肿。

范仲淹一针见血地指出，改革，必须要从宰相用人的制度开始。

于是，他给宋仁宗画了一张《百官图》，里面详细地列出了各职能部门的主要官员名单，谁是正常升迁的，谁是越级提拔的，清清楚楚，一目了然。

这可把宰相吕夷简气坏了，他执掌朝政二十余年，朝中遍布他的党羽，他怎能咽下这口恶气？

于是，他给范仲淹扣上了"越职言事，勾结朋党，离间君臣"三顶大帽子。

范仲淹立刻回击，连写四封奏章，但是言辞太过激烈，宋仁宗为了避免矛盾，把范仲淹贬官了。

有个叫作高若讷(nè)的谏官，他在公众场合说范仲淹该被贬官，欧阳修专门写了一篇文章骂他不知羞耻。

这篇文章，就是著名的《与高司谏书》。

高若讷就一夜之间上了热搜，红到国外去了。

以后说别人坏话，最好看看在场有没有文人，尤其是有才、有个性的文人，不然一不小心就臭名昭著了。

欧阳修马上被贬官到了夷陵（今湖北宜昌夷陵区）。

此时，他的第二任妻子也生病去世了。

景祐三年（1036）的元宵节特别寒冷，但夷陵的街头特别热闹。

而立之年的欧阳修独自站在那里，看着璀璨的灯火，心中禁不住一阵酸涩。

这可是中国人的"情人节"啊！

越热闹，越孤独。

他用一首词记下了这浪漫的夜晚，也记下了他心中最深处那无法触碰的痛。

生查子·元夕

去年元夜时，花市灯如昼。月上柳梢头，人约黄昏后。

今年元夜时，月与灯依旧。不见去年人，泪湿春衫袖。

五

有趣的人，一定是有着平常心的人，太焦虑烦躁，很难做到有趣。

来到夷陵的欧阳修，决定要把自己修炼成一个有趣的人。

为什么要把自己不开心的事说出来让别人开心呢？

欧阳修一边整顿吏治、健全规章制度，一边调整自己的心态。

这时，他随身携带的六卷书引起了他的注意。

影响欧阳修一生的另一个人终于要出场了！

这个人，就是位列"唐宋八大家"之首的韩愈。

欧阳修十岁那年，和小朋友玩捉迷藏的时候，在一个邻居家里发现了六卷残破的《昌黎先生集》。

他随手翻了一下，立刻被吸引了——《杂说》《师说》《送穷文》《毛颖传》《获麟解》，每一篇都那么有意思，他竟然还给鳄鱼写过信。

老天爷呀，这个人太有趣了！

他的文章明明写得这么好，可为什么到现在都没有人提起呢？

原来，韩愈早在唐朝中期就开始反对过分讲究形式的骈文，发起"古文运动"，并身体力行，和柳宗元一起创作了大量的散文。

可惜他过分强调创新，以至于他去世后，无人继承他的衣钵，骈文又霸占了文坛二百多年。

好在，命运安排十岁的欧阳修和他相遇了。

一定要振兴文化传统！欧阳修为自己定下了这个任重而道远的目标。当然，还要做一个有趣的人。

眼泪为自己流，微笑给别人看。

欧阳修的文学修养越来越高了。他有一首词特别有名，把一位闺中少妇的幽怨描绘得入骨三分，以至于后来的"婉约派"女神李清照崇拜得不得了，模仿了很多次。

蝶恋花

庭院深深深几许，杨柳堆烟，帘幕无重数。

玉勒雕鞍游冶处，楼高不见章台路。

雨横风狂三月暮，门掩黄昏，无计留春住。

泪眼问花花不语，乱红飞过秋千去。

一个人有了目标之后，时间就会过得很快。

四年的贬谪生活转瞬即逝，欧阳修又回到了汴京，他没有想到，一场"变态的羞辱"正在等着他。

他还能做一个有趣的人吗？

六

有趣，是一场惊喜的意外。

庆历三年（1043），是振奋人心的一年。

宰相吕夷简因年老多病辞去相位，以范仲淹为首的"庆历新政"在十月正式拉开序幕。

一时间，贪官污吏纷纷出局，"不求有功，但求无过"混日子的官员也逐渐被清理。

坐卧不安的官员们又重新拾起"朋党"的刀子，说范仲淹结党营私，频频在宋仁宗耳朵边吹风。

欧阳修立刻决定要化被动为主动，他写下了一篇不朽之作：《朋党论》。

> 大凡君子与君子以同道为朋，小人与小人以同利为朋，此自然之理也。

小人以个人私利为最高追求，翻手为云，覆手为雨，他们那也叫"朋党"？他们不配！

> 然臣谓小人无朋，惟君子则有之。

说我们是朋党，对啊，我们就是朋党，我们是君子之党，因为我们心中有着共同的追求！

欧阳修看透了小人的本质，却低估了小人的智商。

小人，往往比君子显得更聪明。因为君子的脑细胞都用在了事业上，小人的脑细胞都用在了整人上。

很快，范仲淹等一波干将纷纷以各种理由调离朝廷，而欧阳修，竟然被控告他和外甥女私通，并且企图侵吞外甥女的家产！

这些人怎么会如此无耻？简直是丧心病狂！

庆历五年（1045）十月二十二日，欧阳修被贬官到了偏远的滁州（今安徽滁州）。

屋漏偏遇连夜雨，他八岁的女儿不幸夭亡。

回忆以前，女儿"暮入门兮迎我笑，朝出门兮牵我衣"，而现在，"暮入门兮何望，朝出门兮何之"？

欧阳修悲恸欲绝，他不知道如何迎接每一次日出，也不知道如何送走每一个黄昏。

但是，他没有改变自己雷厉风行的做事风格，他一来，政府机关马上减少了三分之二的办事人员。

他的管理理念是两个字：宽、简。

"宽"不是放纵，而是不苛刻；"简"不是疏忽，而是不烦琐。

做官，先要"不扰民"，然后为老百姓带来真正的便利。

欧阳修在滁州西南面的丰山上建了一座丰乐亭，并把这里建成了一个免费的游览区。

当负责种花事务的办事员拿着公文来请示他的时候，他居然在公文后面直接回复了一首诗：

谢判官幽谷种花

浅深红白宜相间，先后仍须次第栽。

我欲四时携酒去，莫教一日不花开。

市长难道不是应该在公文后写"同意"吗？怎么能写"种花要以我每次去喝酒都能看到花开为最高标准呢"？

欧阳修终于慢慢走出了痛苦的阴影。

这时，琅邪山的和尚智仙在山麓建了一座亭子，邀请欧阳修提个名字。

欧阳修提笔写下了三个大字：醉翁亭。

从此，欧阳修就经常来这里办公。

他一点儿架子都没有，办完公还和大家一起爬山、野宴，喝醉了就歪在草地上呼呼大睡。

这个市长，太令人意外，太有趣了！

可是，欧阳修不是才四十岁吗？怎么给自己起个号叫"醉翁"呢？

千万别被他迷惑了，"老"是外在的，"醉"是外在的，只有老百姓的"乐"才是他心心念念追求的啊！

所以他的这句话才会流传千古：

醉翁之意不在酒，在乎山水之间也。

世人都认为他醉了，只有他自己知道，他比以往任何时候都更清醒。

在滁州，欧阳修熬过了最黑暗的夜，终于要把晚上做的梦，在早晨醒来时——实现。

七

有趣的最高境界，是热爱生活，活出自我。

还记得他想要拯救文坛的梦想吗？那就现在开始吧！

挣脱了世俗干扰的欧阳修，才华渐渐凸显出来。

他写诗，提出了"诗穷而后工"的诗歌理论：

画眉鸟

百啭千声随意移，山花红紫树高低。

始知锁向金笼听，不及林间自在啼。

他写词，着重抒发自我的人生感受：

踏莎^(suō)行

候馆梅残，溪桥柳细。草薰风暖摇征辔。

离愁渐远渐无穷，迢迢不断如春水。

寸寸柔肠，盈盈粉泪。楼高莫近危阑倚。

平芜尽处是春山，行人更在春山外。

他写散文，《醉翁亭记》《丰乐亭记》语言平易近人。

他写论说文，《朋党论》论证充分，逻辑严密。

他的名作《秋声赋》，开创了文赋的先河。

他还把一些逸闻趣事都记录下来，整理成一本笔记《归田录》，我们熟知的小故事《卖油翁》就出自这本书，它对后世的笔记小说产生了深远的影响。

他晚年写的随笔《六一诗话》，以访谈的形式论诗，创立了文学批评史的新题材……

尽管他之后在政治上起起伏伏，顺利的时候担任过刑部尚书、兵部尚书、太子少师，倒霉的时候又一次被污蔑，说他和长媳有染，还被一个非常看重的学生落井下石……

但是，已经看透人生的欧阳修早已不在乎这些了，因为在他的心里，还有一个文学复兴的梦。

他撰写了今存最早的金石学著作《集古录跋尾》，主持修订了《新唐书》，独自撰写了《新五代史》，还写了专门介绍牡丹的《洛阳牡丹记》。

他的书法也深得颜真卿楷书的精髓，著称于世。

欧阳修《致端明侍读留台执事》尺牍，现存台北故宫博物院。

他除了个人的成就非常高，还带动了整个北宋文坛的欣欣向荣。

"唐宋八大家"中宋朝的另外五个人里，苏轼、苏辙、曾巩均是他的学生。

苏洵深得欧阳修的赏识，王安石早年的诗文得到了欧阳修很大的帮助……

韩愈的星星之光，在欧阳修这里终于成为熊熊燃烧的燎原之火。

都说文人相轻，可是欧阳修从来都是欣赏、鼓励、提携。

当看到苏轼的文章时，他惊呼："读轼书，不觉汗出，快哉！老夫当避路，放他出一头地也！"

这就是成语"出人头地"的来历。

欧阳修的抱负、眼界、胸怀，让他成为当之无愧的"北宋文坛领袖"。

风靡一时的"西昆体"渐渐被淘汰，而欧阳修怒怼大学生写的晦涩难懂的"太学体"，也慢慢退出了舞台。

欧阳修是一个全才，但他使人羡慕的，是他在经历了这么多苦难之后，还能活得如此有趣。

他调侃自己的文章：

> 余生平所作文章，多在三上：乃马上、枕上、厕上也。

他自我解嘲是个酒鬼：

> 遥知湖上一樽酒，能忆天涯万里人。

他鼓励年轻人要多玩：

> 行乐直须年少，尊前看取衰翁。

他很喜欢颍州（今安徽阜阳市颍州区）这个地方，给朝廷写了无数道请求，希望来这里养老，终于，他在六十五岁那年实现了愿望。

他欣喜若狂，一口气写了十首采桑子来赞美颍州的西湖，每一首都以"西湖好"来开头："轻舟短棹（zhào）西湖好"，"春深雨过西湖好"，"画船载酒西湖好"，"群芳过后西湖好"，"平生为爱西湖好"……

啧啧啧，真是有才任性呀！

一起来欣赏一下流传最广的第四首吧——

采桑子

群芳过后西湖好，狼藉残红。飞絮濛濛。垂柳阑干尽日风。

笙歌散尽游人去，始觉春空。垂下帘栊。双燕归来细雨中。

这个老头啊，还是那么爱热闹！整日里宴饮笙歌，即使是群芳过后的西湖，在他眼里都是那么美好！

而且，这个老头太臭美，竟然插了满头的花跑来跑去！

浣溪沙

堤上游人逐画船，拍堤春水四垂天。绿杨楼外出秋千。

白发戴花君莫笑，六幺催拍盏频传。人生何处似尊前！

八

熙宁五年（1072），在颍州只享受了一年退休生活的欧阳修去世了，享年六十六岁。

这可真是"梦回枕上黄粱熟，身在壶中白日长"啊！

后世人一提到欧阳修，必定会想到"六一居士"这个号，此"六一"可不是儿童节，但这个可爱老头的解释，倒是颇有几分童趣，他说：

> 吾家藏书一万卷，集录三代以来金石遗文一千卷，有琴一张，有棋一局，而常置酒一壶。

别人问他怎么还少一个"一"，他得意地回答：

以吾一翁，老于此五物之间，是岂不为六一乎？

唉，简直就是个老顽童嘛！

老顽童欧阳修虽然生活随意，但他对自己一生孜孜以求的文学改革事业异常严肃。

他要把这个使命交到弟子苏轼手里。

他握住苏轼的手，语重心长地交代：

我所谓文，必与道俱。见利而迁，则非我徒！

二十年后，苏轼成为文坛一致拥护的领军人物，甚至成为整个宋朝文人的代表，他来到颍州欧阳修故居的门前，郑重告慰老师：

虽无以报，不辱其门。

如今，一千多年过去了，重读欧阳修留下的《欧阳文忠公集》时，仿佛还能看到一个头上插满了鲜花的老头儿在笑嘻嘻地向我们挥手：

我亦只如常日醉，莫教管弦作离声。

再见了，朋友们！不用告别，我只是喝醉了——而已。

苏

①轼

每一个失意的人，都要经历的三重境界

"呱！呱！呱！"

窗外的柏树像贪婪的巨人，吸走了所有的阳光，御史台内死一般地寂静。

只有乌鸦的叫声，让人感觉这阴森森的地方还有生命的存在。

"啪！"一间牢房里传出食盒落地的响声。

呼啦啦，枝头的乌鸦都四散飞走了。

苏轼呆呆地望着地上的鱼，心里想，不是和儿子约好只有坏消息才送鱼吗？

原来，变法派中的小人妒忌苏轼才华太高，利用他反对变法，还有他给皇帝写的《湖州谢上表》中的几句牢骚话，要置他于死地。

儿子为他四处奔走，这天把送饭的任务交代给朋友，忘记了说鱼的事情。

苏轼颓然地靠在潮乎乎的墙壁上，想起了他被那些衙役像拖猪狗一样拖走的一幕，想起了他被如狼似虎的差役审问加侮辱的经历。

连乌鸦这种"不祥之鸟"都可以享受自由，可是他，一个天才的文人，一个妙笔生花的文学大家，却要经历这样的折磨！

此时的苏轼，正在经历人生中最大的一次风浪：乌台诗案。

一

谁见幽人独往来，缥缈孤鸿影。

当一个人的精神备受摧残，物质又极端贫困的时候，他的人生要么就此沉沦，要么触底反弹。

元丰三年（1080）正月初一，汴京城里张灯结彩，爆竹喧天，家家户户都沉浸在新年的喜庆氛围中。

四十四岁的苏轼，被无罪释放，在御史台差役的押解下，前往被贬官的第一站——黄州。

人到中年，一大家子人要养，却要官没官，要钱没钱，要房没房，有一个官名：黄州团练副使。

待遇就是：没有编制，没有工资，没有上班的权利，甚至，还不能辞职离开这里。

一句话：自生自灭去吧。

刚开始的时候，苏轼和儿子苏迈寄居在定慧院，父子两人就在那里蹭和尚的斋饭吃。

后来，他家二十多口人也过来和苏轼团聚，实在不好蹭饭了，一家人就挤在一座废弃的驿站——临皋亭里。

那段时间，苏轼生活得很拮据。

他和夫人每个月在屋梁上挂三十串钱，每天早晨用叉子挑一串钱下来当作当天的费用，然后把叉子藏起来，免得有剁手的冲动。

即使如此节俭，现在这些钱，也只够家里人勉勉强强用一年。

物质的贫困还不足以击垮苏轼，使得苏轼几近崩溃的，是来自精神上的巨大压力。

是的，崩溃，一点儿也不夸张。

他在给朋友的信中说："处患难不戚戚，只是愚人无心肝尔，与鹿豕^(zhì)木石何异！"

任谁无端经历从天而降的牢狱之灾，经历一百三十多个担惊受怕的日日夜夜，都不可能不做噩梦。

更何况这些小人这次闹这么大动静，都没有置苏轼于死地，他们一定不甘心。

要是在自己身边安排个特务什么的，怎么办？

所以，苏轼唯恐自己这张"不吐不快"的嘴闯祸，白天都是蒙头睡觉，只有晚上才敢出来透透气，散散步。

他也唯恐自己这支笔再闯祸，那么爱写诗的苏轼，基本不再写诗文了，实在憋不住，就写写在当时很不入流的词。

一个春寒料峭的夜晚，东坡独自到江边散步。

一钩斜月挂在梧桐树光秃秃的枝丫上，一只孤雁从此飞过，它在这些树梢上方徘徊，最终，悄无声息地落在了沙滩上。

它为什么不和其他的大雁在一起呢？

它的家人在哪里？

它为什么不在树上睡觉，而是选择孤独地栖息在这荒凉的沙滩？

顿时，他感觉自己的灵魂和这只孤雁产生了强烈的共鸣，他狂奔回寺庙，抓起笔，写下了他来黄州后的第一首作品：

卜算子

缺月挂疏桐，漏断人初静。谁见幽人独往来，缥缈孤鸿影。

惊起却回头，有恨无人省。拣尽寒枝不肯栖，寂寞沙洲冷。

那一晚，他捧着这首词，看着天空的残月，一点一点从眼前消失，直到天亮。

"拣尽寒枝不肯栖，寂寞沙洲冷。"

恐惧不可怕，可怕的是恐惧后的寂寞。

二

谁道人生无再少，门前流水尚能西。

人至寂寞深处，唯一能和自己心灵相通的，就只有这大自然中的日月星辰、一草一木、一花一鸟，还有，脚下那坚实的土地。

苏轼决定，从今以后，就做一个安安静静、面朝黄土背朝天的农夫。

大不了就像陶渊明那样，豆苗除掉，杂草留下，还能如何？

眼看快撑不下去了，朋友帮着他找知州申请了一块废弃的营地，在城东门的一个坡地上，大约有五十亩。

苏轼一看，头都大了。

地理位置偏僻不说，关键是杂草丛生，到处都是瓦砾。

一上来就是除草、捡石头块，苏轼以前哪干过这个呀？"我生无田食破砚"，现在呢？腰都要累断了。

幸好有热心的邻居来帮忙，再加上家里人多，几个月的时间，总算开荒成功。

种什么好呢？苏轼第一想到的，就是种竹子。

　　宁可食无肉，不可居无竹。无肉使人瘦，无竹使人俗。

　　唉，俗人就俗人吧，你看这个"俗"字，一个人字旁一个谷，人若是不吃五谷杂粮，还怎么活下去？

　　世间之人皆为俗人。从此，苏轼脱掉长衫，换上裋衣，戴上草帽，和农民在田间地头谈论天气对庄稼的影响，谈论怎么除掉蝗虫，谈论水稻何时抽秧拔节，何时分蘖结穗。

　　此时的苏轼，从外表上看，已经是一个地地道道的农民了，既然在东面的坡地上做农民，干脆给自己取个号，就叫作"东坡"吧。

　　他把陶渊明的《归去来兮辞》涂改了一番，一边犁田，一边敲着牛角高声地唱：

　　归去来，谁不遣君归？觉从前皆非今是！

　　他给邻居请他吃的点心命名为"为甚酥"，给请他喝的酒命名为"错着水"。

　　黄州的猪肉很便宜，他发明了后来闻名天下的"东坡肉"，还写下了大名鼎鼎的《猪肉赋》。

　　丰收的时候，他一口气写下《东坡八首》，过足写田园诗的瘾。

　　他在坡地的对面还盖了几间房子，盖成之日，大雪纷飞，房子便有了一个好听的名字：雪堂。

　　他在雪堂里招待朋友，谈笑有鸿儒，往来——很多很多白丁。

日子一天天过去了，东坡决心下半辈子就定居在这里了。

一日，东坡前往蕲水访友，游清泉寺之时，他发现那条兰溪的水竟然是向西流的，他兴奋地作了一首词——

浣溪沙

山下兰芽短浸溪，松间沙路净无泥，潇潇暮雨子规啼。

谁道人生无再少，门前流水尚能西，休将白发唱黄鸡！

干吗要活得战战兢兢、如履薄冰，溪水尚可西流，人生为什么不可以酣畅淋漓地活一回呢？

其实，东坡一直在试图摆脱过去的阴影，此刻离他真正豁达起来还有一段距离。

三

回首向来萧瑟处，归去，也无风雨也无晴。

人生遭遇苦难，不是所有人都能做到云淡风轻、一笑了之的，此时一定要牢记四个字：莫向外求。

东坡虽然没有什么实权，但是他在黄州做得最多的一件事就是救人。

黄州、鄂州、岳州一带有"溺婴"的陋俗，很多孩子一生下来，因为养不活，就被按进水盆里淹死了，尤其是女婴。

东坡对此深感痛心，便与朋友创建"育婴会"，带动当地大户捐钱捐粮，还借助官府的力量，布告乡里，严肃律法，终于使此陋俗得到了遏止。

黄州曾经爆发过一场瘟疫，好友巢谷给了东坡一张祖传秘方，告诉他可解瘟疫之毒，但同时告诫他万万不可外传。

然而，东坡失信了，他用这张秘方挽救了黄州及附近百姓的生命。

后来，东坡专门写了一篇《圣散子叙》，表达了对巢谷的歉意，巢谷因此也流芳百世。

元丰四年（1081），北宋和西夏发生战争，大宋数十万大军惨败。

东坡听说这个消息，心痛不已。

他没有资格给朝廷上书。于是，他就给那些身居要职的朋友写信，提建议，出主意，还写下了"白骨似沙沙似雪，将军休上望乡台"的诗句。

"道理贯心肝，忠义填骨髓。"对国家忠心耿耿，对百姓尽心尽责，一个读书人的良知要求他必须这么做。

可是东坡知道，有一个人，他一直没有真正拯救成功。

这个人，就是他自己。

他开始埋头做学问，手抄《汉书》，撰写《论语说》五卷，立志完成他父亲没有写完的《易传》，还苦练书法和画画。

后来被称为中国古代三大行书之一的《寒食帖》，就是在此时完成的。

他依然无法走出内心的阴霾。

一次，东坡和朋友喝酒到半夜，走到家门口敲了半天门，都没有人开。

于是，他信步走向江边，面对浩渺无际的烟波长叹一声：

小舟从此逝，江海寄余生。

一个经历过苦难的人必须要经历一场脱胎换骨的涅槃，才能真正获得内心的平静。

元丰五年（1082）三月七日，东坡和朋友喝了几杯小酒，蹬上一双芒鞋，手持竹杖，到距离黄州三十里的地方去看一块地，准备把它买下来。

走到半路，忽然天色转阴，风雨骤然而至，大家都赶忙找地方避雨，只有东坡还在雨中高声吟唱。

雨很快就停了，太阳又冒出了头。

东坡回头望向他们刚刚经过的山坡，刚才那里还风雨萧瑟，现在已经是一片安宁。

灵感倏忽而至，他缓缓地念了出来，这就是后来打动了无数人的——

定风波

莫听穿林打叶声，何妨吟啸且徐行。

竹杖芒鞋轻胜马，谁怕？一蓑烟雨任平生。

料峭春风吹酒醒，微冷，山头斜照却相迎。

回首向来萧瑟处，归去，也无风雨也无晴。

所有的风雨已经过去，东坡的内心开始触底反弹。

四

人生如梦，一樽还酹江月。

无论达官贵人，无论平民百姓，最终的结局都是一样。既然

到人世间走一回，就尽情地享受这天上的明月、山间的清风吧！

黄州有一处名胜，名曰：赤壁。

文化界一般认为这里并不是三国时周瑜大破曹军的古战场，但是不重要，不论是或者不是，这里都将诞生文学史上的名篇《前赤壁赋》《后赤壁赋》，以及《念奴娇·赤壁怀古》。

黄州将要成全一位伟大的文学家苏东坡，苏东坡也必不会辜负这座城。

元丰五年（1082），黄州赤壁，等来了一位外表落魄、形容枯瘦的中年人。

孔子曰："四十五十而无闻焉，斯亦不足畏也已。"一个人到了四五十岁的时候，还没有在社会上做成点儿事，他的一辈子差不多也就这样了。

苏东坡现在已经四十六岁了，能预见的未来，就是在黄州终老，做一辈子农夫。

他本就是一个对大自然特别热爱的人，原来公务繁忙的时候，尚且要抽时间尽情游览当地名胜，现在有大把的时间，更是不会放过任何一个游览的机会。

赤壁这个地方，他不止一次来这里。

在他写的关于赤壁的"两赋一词"中，有"清风徐来，水波不兴"的静美，有"惊涛拍岸，卷起千堆雪"的壮美，有对周瑜"雄姿英发"的仰慕，有对曹操"一世之雄"的凭吊，有对"寄蜉蝣于天地，渺沧海之一粟"的人生短促无常的叹息，有对"故国神游，多情应笑我，早生华发"的无奈现状的感慨……

但是，它们都有一个共同的意象：明月。

众所周知，中国的诗人都有"明月情结"。不可想象，如果李白、杜甫、王维、苏轼的诗歌里没有了月亮，会是怎样黯淡无光。

可是这一年的月亮，在苏东坡的诗文里格外有分量。

在儒家文化中，月亮明亮而不失柔和，和儒家倡导的"温良恭俭让"非常契合。

在道家文化中，太阳为阳、为雄，月亮为阴、为雌，非常符合道家"知其雄，守其雌"的思想。

在佛家文化中，月亮的圆满空净又符合了"皎月圆，行于虚空，清净无碍"的圆融相通。

东坡，终于在儒、释、道三者合一的文化中，在大江乱石清风明月之中，和苦难达成了和解，达到了"天人合一"的境界。

人生如梦，让我们举杯，共读东坡词，祭奠一下元丰五年那一晚的明月吧！

念奴娇·赤壁怀古

大江东去，浪淘尽，千古风流人物。

故垒西边，人道是，三国周郎赤壁。

乱石穿空，惊涛拍岸，卷起千堆雪。

江山如画，一时多少豪杰！

遥想公瑾当年，小乔初嫁了，雄姿英发。

羽扇纶^(guān)巾，谈笑间，樯橹灰飞烟灭。

故国神游，多情应笑我，早生华发。

人生如梦，一樽还酹江月。

五

人生不如意事十之八九，不是每一个人都会一帆风顺。失意的时候，我们可以想想苏东坡，想想他在困顿时思想经历的三重境界，你的人生就会豁然开朗。

第一重境界：谁见幽人独往来，飘渺孤鸿影。

寂寞不是孤独，孤独可以享受，而寂寞，是无人能诉，更无人能懂的内心的荒凉。

第二重境界：谁道人生无再少？门前流水尚能西。

没有谁天生豁达，失意时，要学会自己排解，只有自己能帮自己。

第三重境界：回首向来萧瑟处，归去，也无风雨也无晴。

当真正从痛苦中走出来之后，你才会发现，一切的痛苦甚至包括欢乐，都没有那么浓烈，曾经发生的一切，不过如此。

苏轼到黄州一共四年零三个月，他经历了"寂寞—排解—豁达"的过程。

东坡在黄州，读老子，读庄子，读《易经》，读《金刚经》，读《维摩诘经》……

他发现，中国的文化，除了儒家的"仁"，还有道家的"无"，佛家的"空"。

原来，生命还可以用另一种思想来解读。

世事一场大梦，人生几度秋凉。

（《西江月》）

黄州是苏轼人生的转折点，因为有了"乌台诗案"的发生，才有了苏轼堪称绝唱的"两赋一词"。

　　更是由于佛道思想的影响，以后又屡遭贬谪的苏轼在将来的政治风浪中多了一份宠辱不惊的淡定和从容。

　　人生如梦，一樽还酹江月。"天人合一"的境界，也许不是人人可以达到的，但读懂了东坡，你就会放下烦恼，读懂生命，活得更加通透自在。

苏轼

②

穿越千年嫁东坡

这世上有一种爱，叫作"执子之手却无法与子偕老"。

这世上有一种爱，叫作"相濡以沫却无法共度白头"。

这世上有一种爱，叫作"心心相印却无法生死相许"。

这是怎样的一种无奈和悲哀！

可是，这种无奈和悲哀，他一次又一次地经历。他不仅一生大起大落，还要在爱情上不断地经历生离死别。当他和他所爱的女子阴阳两隔，他要如何擦干眼泪，继续微笑上路，把他钟爱的诗词，把他温暖的文字洒满人间。

他是这人世间最才华横溢的诗人，他是这人世间最多情而专情的丈夫，他也是这人世间最单纯、最使人心疼的孩子……

东坡啊——

如果时光真的可以穿越

我愿舍弃生生世世的轮回

回到千年之前

嫁给你

陪伴你在萧瑟的风中

微笑 泪流

一生相伴，一世守候

…………

一

十年生死两茫茫，不思量，自难忘。

千里孤坟，无处话凄凉。

纵使相逢应不识，尘满面，鬓如霜。

夜来幽梦忽还乡，小轩窗，正梳妆。

相顾无言，惟有泪千行。

料得年年肠断处，明月夜，短松冈。

这一年的东坡，年已不惑，他的妻子王弗已经离开他整整十年了。

十年前的他，意气风发，对人生充满瑰丽的想象。那时他还不叫"苏东坡"，他的名字是苏轼。

皇祐六年（1054），一个春日融融的清晨，阳光掠过奔腾的岷江，穿过绵延的竹林，把微笑洒向四川青神县的中岩书院。十九岁的苏轼和老师以及他的同伴正围在一个清澈的小池塘边，望着眼前这群听到呼唤声就聚拢来的鱼儿，微笑着为这个小池命名"唤鱼池"。

他不知道，他的这个举动成就了他美满的姻缘。

正在小轩窗边梳妆的王弗刚巧让丫鬟给父亲送来一张字条，上面赫然写着三个字：唤鱼池。

老师摸着胡子笑了。苏轼惊喜万分，他扭头向那个少女望去，看到了十六岁的王弗羞红的脸颊，红似桃花，灿若云霞。

王弗聪敏，她能在苏轼背书想不起来的时候给他提示，寒窗苦读，红袖添香，是这对才子佳人留在记忆里最美好的一幕。

王弗善识人，她能给予这个认为"天下无一个不是好人"的丈夫劝告。她曾经要丈夫远离一个叫章惇的朋友，苏轼不信。多年以后，当章惇要加害苏轼的时候，他才想起妻子的"幕后听言"，用心良苦。

二十二岁的苏轼以一篇《刑赏忠厚之至论》，从卷帙浩繁的考生试卷中脱颖而出。从此，他的才华在北宋文坛乃至后世熠熠生辉，大放光彩。

王弗陪着苏轼到凤翔做官，看着这个风风火火又满身热情的丈夫为凤翔疏浚了造福后代的东湖，使东湖这一池秀水，滋养了凤翔千年的文脉。

她眼看着丈夫为凤翔大旱而奔走祈雨，看着他在大雨落下的那一刻在雨中狂舞，看着他得意扬扬地为刚刚落成的亭子写下《喜雨亭记》。

那时的苏轼，驰骋官场，前途一片光明。而她，也为苏轼生下了可爱的儿子，取名苏迈。

如果不是一场突如其来的病，这将是天地间多么美满的家庭啊！可是，二十七岁的王弗突然去世了，她没来得及对丈夫说上一声"再见"，就匆匆离开了，离开了她深爱的丈夫，离开了她刚刚六岁的儿子。

她不知道做事急躁、莽撞的丈夫没有了她的陪伴，他的有话不说出来就"如鲠在喉"的脾气，为他招来了多大的麻烦！

苏轼一路走来，可谓跌跌撞撞，充满坎坷。

宋神宗熙宁八年（1075）的正月二十日夜，在密州担任知州的苏轼忙于救灾，身心疲惫，忽然梦到了他的妻子。

十年了啊，十年的时间，不知道妻子在千里之外的坟墓里是否孤独？纵使有他亲手种下的三万棵青松陪伴，那又是怎样一种凄凉！

"唤鱼联姻"的那一幕犹在昨天，可是时光已经走过了十一个冬去春来。

难忘他们在"冰雪破春妍"的初春对面而坐，喝上一杯暖暖的黄酒；难忘他们在"微雨过，小荷翻，榴花开欲燃"的夏日执子对弈；难忘他们在"荷尽已无擎雨盖，菊残犹有傲霜枝"的秋天品尝酸甜的金橘；难忘他们在"雪花飞融暖香颊，颊香暖融飞花雪"的寒冬呵着手，跺着脚，一边赏雪，一边取暖……

总以为以后的日子还很长很长，总以为相依相偎的期限会是一辈子，总以为自己的深情不用说出口她自然也会明白……可是，一切发生的是那样突然，突然到来不及紧握她的手，去吻干她睫毛上不舍的泪珠。

梦里对镜梳妆的她依然还是那样年轻，仿佛时光永远定格在了十六岁的那年春天，可是镜子里的自己，早已是雪染双鬓，满面沧桑。

他们彼此相望，却连一个字也说不出来，就那样任凭泪水肆意地流，任凭眼泪模糊了双眼，肝肠寸断。

从梦中醒来的苏轼，拿出纸笔。刚刚写下《江城子·记梦》这几个字，他早已是泪流满面，泣不成声。

"殷勤昨夜三更雨，又得浮生一日凉。"窗外，那一丛她最爱的"飞来凤花"开得正艳，时光像流沙从掌心溜走，粒粒带着她的体温，思念，无止无休。

王弗若地下有知，宁肯不要这首被称为"千古第一悼亡词"的《江城子》，宁肯只是与他做一对这世间最普通的夫妻，也要陪伴在他的身边。

陪伴，是这人世间最深情的告白。东坡啊，如果可以，好想穿越千年再一次嫁给你，执子之手，与子偕老。

二

熙宁元年（1068），王弗已经离开苏轼三年了，他们的儿子苏迈就像风中的一株小草，长到了九岁。

苏轼娶了王弗的堂妹"二十七娘"，她比苏轼小十一岁。苏轼为闰月里出生的她取名叫"闰之"，字季璋——排行第四，弄璋之喜。她对苏迈视若己出，并为苏轼生下了两个儿子。

娶了王闰之后，苏轼惊心动魄的一生正式拉开了序幕。因反对王安石变法，苏轼在京城中待不下去了，他自请外放，被派到杭州去做通判。

有了王闰之这个贤内助，太爱游山玩水的苏轼把家放心地交给妻子，像个贪玩的孩子一样，有时一走就是数天。

刚到杭州的那年冬天，他到孤山去拜访僧人朋友，在那里和他们参禅论道，乐而忘返。回到家，他看到不辞辛苦照顾一家老小的妻子，尤其是看到身体羸^(léi)弱，四岁还不会走路的儿子苏迨^(dài)，心中万分愧疚，于是写下了《腊日游孤山——访惠勤、惠思二僧》：

天欲雪，云满湖，楼台明灭山有无。

水清石出鱼可数，林深无人鸟相呼。

腊日不归对妻孥^(nú)，名寻道人实自娱。

她很普通，不像姐姐王弗那样聪敏，也不能在苏轼走弯路的时候给他提醒，可就是她陪伴苏轼走过了一生中的高峰和低谷。

在密州，她默默无语地陪着他"绕城拾弃婴"，办起世界上第一所孤儿院——育婴堂，使数千孤儿免遭涂炭。

在徐州，她提心吊胆地看着他带领全民抗击那滔天洪水，保全了一城生灵，也留下了徐州人为纪念他而建的"黄楼"。

在湖州，她心惊胆战地看着他的丈夫在"乌台诗案"中被人抓走，她哭着抓着丈夫的手不肯放松，苏轼的一句"今日捉将官里去，这回断送老头皮"又使她破涕为笑。

她满心惶惶地看着那些小人在家里翻丈夫写的诗文，一定要找到他"谋反"的证据，她惊慌失措，待他们走后，哭着烧了那些文稿。

苏轼度过了四个月零二十天的"梦绕云山心似鹿，魂飞汤火命如鸡"的狱中生活。出狱后，他没有责怪妻子，拥抱着满面泪痕、形容消瘦的闰之，愧疚地说："额中犀角真君子，身后牛衣愧老妻。"从此，"老妻"成了他对妻子的昵称。

就是这个"老妻"，嫁给他，无论他贫与富；抚慰他，无论他喜与怒；支持他，无论他对与错；追随他，无论他甜与苦。

就是这个老妻，成就了一个"黄州蜕变"的苏轼，成就了一个精神富有的苏轼，成就了一个由"诗人"向"哲学家"转变的苏轼，成就了一个豪放超逸、笑傲人生的——苏东坡。

重获自由的苏轼被贬往黄州做团练副使，薪俸微薄、生活窘迫，那些等着看他哭的人失望了，他不仅没有哭，反而生活得更加有滋有味。

他带领一家人在屋子东面的坡地上开垦荒地，种粮种菜，他要像陶渊明那样做一个文人农夫。如果没有老妻的帮忙，他在面临耕牛生病的时候就会手足无措，王闰之的一碗青蒿汤灌下去药到病除，令苏轼——哦不，苏东坡——对她刮目相看。

他在这里盖起了著名的"东坡雪堂"，从此，男耕女织、挑水浇园的田园生活使得四十三岁的苏东坡获得了极大的心灵自由。

他经常一个人来到赤壁矶的长江边上思考人生，默默看那"大江东去浪淘尽"的壮观。当看到"乱石穿空，惊涛拍岸，卷起千堆雪"的景象，他禁不住联想到那些"千古风流人物"。

就是当年那样叱咤^(zhà)风云、那样英雄气概的周瑜，在漫长的历史面前，在茫茫宇宙面前，又能如何呢？不过是"羽扇纶巾，谈笑间，樯橹灰飞烟灭"。

唉，又何必如此多情呢，不过是早生华发罢了，就让我面对着这滔滔江水，举一杯酒对月而酹吧，"人生如梦，一樽还酹江月"！

如果没有这个老妻在背后的默默支持、不离不弃，哪里有东坡《赤壁赋》里"清风徐来，水波不兴"的怡情山水、洒脱无求？

如果没有这个老妻拿出为他珍藏的一坛美酒，为东坡和朋友夜游赤壁助兴，哪里有《后赤壁赋》里"山高月小，水落石出"的豁然开朗、超脱不群？

如果没有这个老妻支持，《记承天寺夜游》中的那个和朋友在月色下漫步，欣赏"庭下如积水空明，水中藻荇^(xìng)交横，盖竹柏影也"的东坡怎样自我排遣、闲适自得？

就在苏东坡苦尽甘来，重回京城任翰林学士的时候，一辈子跟着他穷困潦倒，担惊受怕，还没来得及享几天清福的王闰之，先他而去了。

"人似秋鸿来有信，事如春梦了无痕。"这人世间的一切就像是一场春梦，走着走着就散了，回忆都淡了。蓦然回首，发现她不见了，突然，他乱了。

已经习惯了每天回到家里看到那个等待着自己的身影，已经习惯了这个总是默默无语的女子跟随了他二十五年的岁月，已经习惯了我挑水来你浇园的夫唱妇随。天地之大，到哪里还能再寻到我的老妻？

"妇职既修，母仪甚孰。三子如一，爱出于天"，悲痛的东坡在写给老妻的墓志铭里，表示要和他的老妻"生不同归死同穴"。

十年后，东坡去世的时候，弟弟苏辙完成了他的心愿。他们永远地葬在了一起。

"飞雪似杨花。今年春尽，杨花似雪，犹不见还家。对酒卷帘邀明月，风露透窗纱。"东坡一生都觉得愧对老妻，三年了，在一个曼陀花飞飞满天的日子里，他没有忘记，如果她还在，应该过的是四十九岁的生日，他为她在河边放生祈福。可是他不知道，她早已习惯了无怨无悔，习惯了为他付出。

我愿意，为你付出一生所有。东坡啊，如果可以，好想穿越千年再一次嫁给你，相濡以沫，共度白头。

三

没有人理解苏东坡在他青云直上，终于可以结束他多年来的漂泊生活，终于可以扬眉吐气的时候，为什么又要站出来反对旧党完全废除王安石的新法。

他们不知道在东坡的心里有一把尺子：对国家和百姓有利的他就支持，有害的他就反对。他把国家和百姓放在心里，唯独没有考虑自己。

苏东坡曾经在饭后拍着肚皮问身边的人："你们说，我的肚子里装的是什么？"有人说是一肚子好酒好肉，有人说是一肚子锦绣文章，侍妾朝云却说："先生是一肚子的不合时宜。"

东坡哈哈大笑，是啊，还有谁像他这样不合时宜呢？

人人皆云东坡乐观，唯有朝云能识他满腹辛酸。

在京城又待不下去的东坡再一次自请外放，先后就任于杭州、颍州、常州、扬州、定州，刚刚不过五年的时间，就在定州任上被他曾经的朋友章惇迫害，被贬往遥远的惠州。

贬官到岭南，就意味着也许无法再活着回来了。那里潮湿闷热，瘟疫横行。得到这个消息的时候，全家人抱头痛哭。东坡苦笑着让他的侍妾离开他，各奔前程。可是朝云不走，执意要陪伴他到天涯海角。

苏先生已经快要六十岁了呀，没有了苏夫人，她不去，谁来照顾他的生活起居？谁来为他唱曲解闷？谁来帮他整理诗词歌赋？

尤其是，还有谁，能理解他豁达乐观的外表下那一颗落寞的心呢？

她忘不了在她十二岁的那年，苏先生到杭州来做官，是他们夫妻把她买回了家。

她原本是个孤儿，冰雪聪明却沦落为歌女。闰之很喜欢她，有了她帮忙照顾一家老小十几口人，闰之的担子轻了一半。

苏东坡也很喜欢这个机灵聪慧的丫头，闲时教她读书写字。她一生都称呼东坡为苏先生，在他累的时候为他唱上一支曲子，驱走他所有的烦恼和一身的疲惫。

她从小就生长在西湖边上，美如春园，目似晨曦。她从十二岁起就目睹了东坡所做的一切，在她的心里，这是世界上最值得她托付终身的人，所以当她长大后闰之提出来要她做苏先生的妾的时候，她觉得一切都是理所当然。

即使一生奔波，那又如何？即使苏先生比她大了二十六岁，那又如何？

东坡毕竟是东坡，在这样的情况下，他居然还能吟诵出"一点浩然气，千里快哉风"这样的诗句！在这个世界上，只有真正快乐的男人，才能带给女人真正的快乐。

来到惠州，朝云跟着东坡学养生，学佛学。东坡喊她"天女维摩"。她听苏先生给她讲"寄蜉蝣于天地，渺沧海之一粟"的含义：人生何其短暂，人就像是这宇宙中一个小小的昆虫，大海中一粒小小的粟米而已。

在经历了人生的大起大落之后，此时的苏东坡已经收敛平生心，达到了我运物自闲的境界。

"惆怅东栏一株雪，人生看得几清明！"然而，她心里明白，苏先生太想过安定的生活了，别看他好似潇洒，说出"休对故人思故国，且将新火试新茶，诗酒趁年华"的话来，其实他早在苏夫人在的时候，就和她商量，等他安稳下来，就回眉山老家，可是苏夫人没有等到那一天。

他写诗说"吾心安处是故乡"，可是，为什么他又在纸上写下"黄菊篱边无怅望，白云乡里有温柔，挽回霜鬓莫教休"（《浣溪沙·即事》）的诗句呢？

他还给自己和朝云的儿子起名为"遁儿"：人生无常，不如归隐。

他还给遁儿写下了一首诗：

洗儿诗

人皆养子望聪明，我被聪明误一生。

惟愿孩儿愚且鲁，无灾无难到公卿。

当他让朝云唱他写的那首《蝶恋花·春景》时，谁知朝云却歌喉将啭，泪满衣襟。东坡不知何故，问其原因，朝云哽咽着说了一句"枝上柳绵吹又少，天涯何处无芳草"，就再也说不出话来。

东坡沉默了，他一生都像这"枝上柳绵"一样漂泊无依，如今都已这把年纪了，还要漂到何时才是尽头？

蝶恋花·春景

花褪残红青杏小，燕子飞时，绿水人家绕。

枝上柳绵吹又少，天涯何处无芳草？

墙里秋千墙外道，墙外行人，墙里佳人笑。

笑渐不闻声渐悄，多情却被无情恼。

明明可以过"明月如霜，好风如水，清景无限"的生活，却偏偏要选择"梦到故园多少路，酒醒南望隔天涯，月明千里照平沙"的凄凄惨惨；明明可以"做个闲人，对一张琴，一壶酒，一溪云"，却偏偏要"拣尽寒枝不肯栖，寂寞沙洲冷"。

何苦来哉？何苦来哉！

东坡知道，朝云眼睛为他下着雨，心却为他打着伞。他自嘲地笑着掩饰过去："我刚刚还在伤春，你又要悲秋了。"

此后，他再也没有听过这首曲子。

无情的命运夺走了遁儿的生命，也夺走了朝云的魂魄，她的身体像秋天的落叶一样单薄、脆弱，一场瘟疫使得对疾病丧失了抵抗力的朝云迅速形容枯槁。东坡知道，这次，他爱的人又一次要走在他的前面。

如果他当初不那么固执己见，如果他当初能够稍微圆滑一点点，是不是就不会发生今天的这一切呢？

她才刚刚三十四岁呀，生命才刚刚绽放它的花蕾，就要凋谢了。"万事到头都是梦，休休，明日黄花蝶也愁。"

东坡把她葬在西湖孤山南麓栖禅寺大圣塔下的松林之中——那里原本不叫西湖，也不叫孤山的，可是朝云本是杭州姑娘，东坡就给这两个地方改了名字。

他在埋葬朝云的坟墓旁边建了一个小小的亭子，并给它命名为"六如亭"，亭子两旁的对联上写着"不合时宜，惟有朝云能识我；独谈古调，每逢暮雨倍思卿"。

失去了红颜知己解语花的东坡，从此"暮鼓朝钟自击撞，闭门孤枕对残釭"。他唯有借酒浇愁。可是，又有什么用呢？世间是非忧乐本来空！

如果朝云得知苏先生六十岁之后居然又被贬官，而且是贬到儋^(dān)州（今属海南岛），在一望无际的大海边真的有个地方名字叫作"天涯海角"，该会是怎样的心痛呀！

因为懂你，所以心痛。东坡啊，好想穿越千年再一次嫁给你，心心相印，生死相许。

四

或许"十一"这个数字是东坡一生爱情的劫数吧,王弗陪伴了他十一年,王闰之比他小十一岁,王朝云做了他的妾十一年之后离他而去。

原本想获得"一"人心,"一"生永不离,结局却是"谁见幽人独往来,缥缈孤鸿影"。

她们从东坡的世界路过,她们就是东坡的全世界。

就在东坡从儋州回来的途中,他写下了令人心酸的自嘲的诗句:"心如槁灰之木,身似不系之舟。问汝平生功业,黄州惠州儋州。"

他孤身一人站在船头,望着漫天杨花在空中飞舞。在东坡眼里,这哪里是杨花,分明"点点是离人泪"。

思念就犹如这滚滚东流的长江水,"欲寄相思千点泪,流不到,楚江东"。

不知她们跟着他一生如雨打浮萍是否后悔过,然而,他是那样真诚地爱着她们:

> 前尘往事断肠诗,侬为君痴君不知。
>
> 莫道世界真意少,自古人间多情痴。

建中靖国元年七月二十八日(1101 年 8 月 24 日),苏东坡卒于常州,享年六十五岁。

东坡啊——

如果时光真的可以穿越

我愿舍弃生生世世的轮回

回到千年之前

嫁给你

陪伴你在萧瑟的风中

微笑 泪流

一生相伴、一世守候

…………

秦

观

一曲相思异地恋，情歌王子颂七夕

每年农历七月初七的"七夕节"，竟然是歌颂异地恋的。

不是吗?

牛郎和织女每年约会一次，踩在超级有献身精神的小喜鹊搭成的鹊桥上，从汉朝开始，到现在也约会了两千多回了。

真是命苦。

这么好的写作题材，中国的诗人怎会放过? 关于"七夕"的诗词数不胜数，最早的应该是"古诗十九首"里的这一首吧!

迢迢牵牛星

迢^(tiáo)迢牵牛星，皎^(jiǎo)皎河汉女。

纤^(xiān)纤擢^(zhuó)素手，札^(zhá)札弄机杼。

终日不成章，泣涕零如雨。

河汉清且浅，相去复几许。

盈盈一水间^(jiàn)，脉^(mò)脉不得语。

唉，看织女哭得这般梨花带雨，还有人敢于尝试异地恋吗？

有！不仅有，还前赴后继，一批又一批。

因为他们都中了一个人的毒，这个人说了一句咒语，那些男男女女就奋不顾身了。

咒语是这样说的：

两情若是久长时，又岂在朝朝暮暮？

说这句话的，就是北宋时期的"情歌王子"——秦观。

说起秦观，其实他的一生挺分裂的，且往下看。

一

秦观第一分裂的，是关于他的形象。

秦观明明是个满脸络腮胡须的大汉，却被人说成"娘炮"。

说他"娘"的是元好问，就是写下"问世间情为何物？直教生死相许"的那位，他说秦观写的是"女郎诗"（似乎他写的也很"娘"啊）。

他的同学晁补之说："高才更难及，淮海一髯秦。"这里的"淮海"说的就是秦观，他有个别号叫作"淮海居士"。

不过这也难怪，谁让秦观的感情比女子还要细腻呢？

看看这首流传甚广的《鹊桥仙》吧——

鹊桥仙

纤云弄巧，飞星传恨，银汉迢迢暗度。

金风玉露一相逢，便胜却人间无数。

柔情似水，佳期如梦，忍顾鹊桥归路。

两情若是久长时，又岂在朝朝暮暮？

这是描绘"七夕"牛郎织女约会情景的诗。此诗一出，立刻秒杀以前所有写七夕的诗。

先不说他在这首诗里埋下了一个小小的梗。"纤云弄巧"，巧妙地告诉大家，"七夕节"以前的名字叫作"乞巧节"，女孩子这天要向织女"乞巧"，学习她织布的高超手艺。

我们只说他的爱情观。

你看，"金风玉露一相逢，便胜却人间无数"，牛郎织女在秋风白露的七夕相会，胜过了多少在尘世间长相厮守却貌合神离的夫妻啊！

与其在一起天天吵架，还不如一年见一次面呢！

不知道秦观是不是第一个提出"距离产生美"这个美学问题的诗人。

干吗要"终日不成章，泣涕零如雨"？干吗要哭哭啼啼，悲悲切切？一年三百六十五天，要哭三百六十四天，多么不值得！

爱情真正的样子应该是："两情若是久长时，又岂在朝朝暮暮。"

天天早晚腻在一起有意思吗？只要感情好，距离不是问题！

就因为这句诗，秦观秒变婚恋专家，把精神恋爱提到了一个前所未有的高度。

二

秦观第二分裂的，是关于他的作品。

在大家的印象里，秦观是专业写词的，但是，翻翻秦观现存的所有作品，词只有一百多首。

而他写的诗有多少呢？四百三十多首。他写的文章也有两百五十多篇。

从数量上来说，他写的诗文要远远超过他写的词。

可是，为什么他写的诗文没有他的词这么有名气呢？

这个话题嘛，我们还是要从头说起。

Long long ago，在很久很久以前，那是皇祐元年（1049）的十二月。

Far far place，在很远很远的地方，那是江苏高邮，一个盛产鸭蛋的地方。

有一户地主家里新添了个大胖小子，这个孩子，就是秦观。

秦观，字少游，这个孩子将来会成为"婉约派"一代词宗。

说他家是地主，那是因为他们家有"敝庐数间""薄田百亩"，秦观小的时候不知道有没有吃很多鸭蛋，但至少他的功课不会考鸭蛋。

这从他老爹给他们兄弟起名字的水平就能看出来。

秦观的两个弟弟，一个叫作"秦觌（dí）"，一个叫作"秦觏（gòu）"，还有个说法，说秦观有个哥哥叫"秦规"。

看到没有？偏旁里都有个"见"字。

见过这么任性的老爹吗？来吧，咱家就这一排儿子，让你一次看个够！

老爹任性咱不怕，就怕任性有文化。

秦观的老爹崇尚儒家思想。秦观从小就熟读儒家经典，可是，他参加了两次科举考试都没有考中。

这事儿都怨王安石。据《宋史纪事本末》记载："神宗熙宁四年二月丁巳，更定科举，从王安石议，罢诗赋及明经诸科，专以经义、论策试士。"

高考政策怎么能说变就变呢，以前不是"以诗文为重"吗？现在倒好，谁的论文写得好，谁就可以被录取。这让经历了"头悬梁，锥刺股"的考生情何以堪！

不过，秦观倒是没有退缩，他迅速调整努力方向，把他对政治上的理想付之于"文"，把对生活的感悟付之于"诗"，把情感的宣泄付之于"词"。

不是说"诗庄词媚"吗？至于后来他的词为什么会越来越有名气，这和他的性格发生巨大的变化有关。

这里不得不说一个人——苏轼。

三

秦观第三分裂的，是关于他的老师。

没错，他的老师，就是苏轼。

苏轼，大名鼎鼎的苏东坡啊！谁能当他的弟子，那要几辈子才能修来的福气哟！

可是，对于秦观而言，真可谓是"成也萧何，败也萧何"。

这是怎么回事呢？

原来，秦观听说大学士苏东坡就在离他们不远的徐州任知州，就提前模仿东坡的书法，练到了以假乱真的地步。

这一天，东坡和朋友去扬州游玩。他们来到了一座寺庙中，发现墙壁上挥挥洒洒写着一首诗，不由得欣赏起来。

可是，看到最后，发现署名居然是"苏东坡"，他着实吓了一大跳，实在想不起来自己什么时候来过这里。

此时，躲在一旁的秦观奉上自己的得意之作，前来拜见偶像。

苏东坡看过之后，哈哈大笑："原来在墙上写诗的是你小子啊！嗯，文章写得不错，有屈原、宋玉之才啊！"

这里秦观也要了个小心机，他知道东坡在徐州的时候抗洪，洪水退后建了个"黄楼"。所以，他歌颂东坡的这篇《黄楼赋》，老苏看了能不高兴吗？

秦观拜师，顺理成章。

有了苏东坡做老师，一时之间，秦观声名鹊起，身价倍增。

他不仅在三十七岁那年考中了进士，而且在老师的引荐下一路攀升，做到了秘书省正字兼国史院编修官，参与撰写《神宗实录》。

想当年，秦观、黄庭坚、晁补之、张耒（lěi）并称"苏门四学士"，他们和老师东坡一起谈天说地，切磋诗文，何其风光！

其间，东坡还给秦观起了个外号，叫作"山抹微云君"，这源自秦观的一首词。

满庭芳

山抹微云，天连衰草，画角声断谯门。

暂停征棹，聊共引离尊。

多少蓬莱旧事，空回首、烟霭纷纷。

斜阳外，寒鸦万点，流水绕孤村。

销魂当此际，香囊暗解，罗带轻分。

谩赢得、青楼薄幸名存。

此去何时见也？襟袖上、空惹啼痕。

伤情处，高城望断，灯火已黄昏。

这个老师真的是很不正经哎！人家明明是在和情人难舍难分嘛，你看人家写的这句"斜阳外，寒鸦万点，流水绕孤村"多么悲伤，你还有心情在这里给人家起外号！

但是，随着苏东坡反对王安石变法，一路遭到打击，"苏门四学士"也都成为残酷的政治斗争的牺牲品。

秦观不懂得在官场上韬光养晦，保存实力，反而处处崭露头角。

现在，他也被迫开启贬官模式。被贬郴^(chēn)州（今湖南郴州）之后，他还被削去了所有的官爵和俸禄，从朝廷命官变成了一无所有的草民。更严重的是，他还被监管起来，失去了最宝贵的自由。

就是在这里，他写下了著名的《踏莎行》。

踏莎行·郴州旅舍

雾失楼台，月迷津渡。桃源望断无寻处。

可堪孤馆闭春寒，杜鹃声里斜阳暮。

驿寄梅花，鱼传尺素。砌成此恨无重数。

郴江幸自绕郴山，为谁流下潇湘去？

秦观哪里是"迷失"了楼台、津渡，他这是"迷失"了自我，"迷失"了人生的方向啊！

王国维读了这首词，提笔在《人间词话》里评论："少游词境最为凄婉，至'可堪孤馆闭春寒，杜鹃声里斜阳暮'，则变而为凄厉矣。"

四

秦观第四分裂的，是关于他的人格。

后来人对秦观的评价，褒贬不一。

有人说秦观作为苏轼的弟子，为什么就没有学一学东坡"一蓑烟雨任平生"的豁达呢?

有人读了秦观的词之后，说他是"古之伤心人也"。

秦观的确没有东坡的乐观豁达，相反，他的词里总是充满了淡淡的愁绪。

浣溪沙

漠漠轻寒上小楼，晓阴无赖似穷秋。淡烟流水画屏幽。

自在飞花轻似梦，无边丝雨细如愁。宝帘闲挂小银钩。

也许在生命中的某一刻，很多人的心中都会升起一种莫名的忧伤，这种情感细微幽渺，转瞬即逝。

然而，敏感的诗人会抓住它，并且把它描绘出来。

我们一般写比喻句，会用具体的事物来比喻抽象的事物，可是秦观偏偏反过来写。

"自在飞花轻似梦，无边丝雨细如愁。"他不说梦似飞花，愁如丝雨，而说飞花似梦，丝雨如愁。

这两句诗一出，立刻成为"婉约派"名句。

写作技巧只是一方面，更重要的是，秦观有一颗难得的感受生命之真的词心。

然而，现代著名作家钱锺书说他写的词是"公然走私的爱情"。

唉，这也活该秦观受到非议，谁叫他总是出绯闻呢！

有一个传说，说苏东坡把自己的妹妹苏小妹嫁给了秦观。新婚当晚，苏小妹三难秦少游。

这个故事虽然很好听，但是，这真的只是个传说而已。

真实的情况是，秦观原有一个妻子，是富商的女儿，但秦观并不爱她。于是，他的风流韵事就层出不穷。

"山抹微云"是写给一个歌伎的。

"两情若是久长时"是写给一个叫作巧玉的歌女的。

还有一个叫作边朝华的侍妾，原本买来给母亲做侍女，谁知道她爱上了才华横溢的秦观，母亲做主，两人结合了。

那时，边朝华十九岁，秦观四十五岁，纳妾这天，刚巧是七夕。

后来，秦观被贬官，不允许带家属，他送给边朝华一句"百岁终当一别离"就离开了她。边朝华后来伤心欲绝，削发为尼，了却了这份情缘。

秦观的"女人缘"是挡也挡不住的，在他被贬官的途中，路过长沙，一位歌女喜欢他写的词，一定要托付终身。

秦观不想连累她，写了一首《阮郎归》相赠。

阮郎归

潇湘门外水平铺，月寒征棹孤。

红妆饮罢少踟蹰，有人偷向隅。

挥玉箸，洒真珠，梨花春雨徐。

人人尽道断肠初，那堪肠已无。

真是字字滴血啊！肠断已是痛苦至极，何况无肠可断？

离奇的是，后来女子梦到秦观逝世，穿着孝服走了几百里前往吊丧，秦观果然已经去世，她回来后就自缢殉情了。

似乎秦观辜负了所有人，爱他的，到最后都没有得到他的人，只是得到了一首词。

而秦观为她们写的每一首词，也都广泛流传。

秦观啊秦观，你究竟有几个好妹妹？你最爱的究竟是谁？

他对谁都是真爱，他对谁都是真心。

是的，秦观一直都是一个很"真"的人。

五

一个人的"真"可能会害了这个人，但是一个人的"真"也可能会成就这个人。

未涉官场之前，他是"认真"，科举落榜，就老老实实回家读书疗伤。

登上仕途之后，他是"天真"，不谙官场规则，四处碰壁，最终伤痕累累。

被贬谪之后，他是执着"守真"，陷在自己所认同的生命状态里不能自拔，颓废绝望，苦苦挣扎。

只有这样，才能理解秦观为什么会这么分裂。

谁都希望自己在遭遇痛苦挫折的时候能够云淡风轻，一笑置之，可是有些人就是放不下。

因为找不到真正的彼岸，于是淹没在了现世的痛苦之中。

秦观就是如此。

他的打击接踵而来。就在他五十岁生日那天，秦观给自己写下了墓志铭和挽词。

谁都没想到，形势发生逆转，元符三年（1100），朝廷大赦天下。秦观在回来时死在了藤州（今广西藤县），终年五十二岁。

"风流不见秦淮海，寂寞人间五百年。"（清·王士禛）

苏东坡听到这个消息后大哭，说："少游已矣，虽万人何赎！"他把秦观的那句"郴江幸自绕郴山，为谁流下潇湘去"题写在了扇子上。

郴江啊郴江，你本来是围绕着郴山而流的，为什么要老远地向北流向潇湘呢？

生活中真是充满了太多的身不由己，自己好端端的一个读书人，本想出来建功立业，谁知竟像这郴江，被迫改变了方向，卷入了一场政治斗争的旋涡。

苏东坡和秦观同升并黜，心有灵犀，秦观的无奈何尝不是他的无奈！

> 韶华不为少年留，恨悠悠，几时休。
>
> （《江城子·西城杨柳弄春柔》）

秦观的感伤词形成了词史上影响巨大的抒情范式。他的每一首词，都弥漫着浓浓的忧愁。

"自在飞花轻似梦，无边丝雨细如愁"，"春去也，飞红万点愁如海"，"便作春江都是泪，流不尽，许多愁"，"困倚危楼，过尽飞鸿字字愁"……仿佛这个世界上，他是最伤心的那个人。

但是，因为出身下层，在官场上又屡遭打击，他的词反而温暖了很多人的心。

秦观的命运，对于他个人而言，何其不幸，然而，对于整个文学的发展而言，又是何其幸运。

六

千百年过去了，人们说起爱情这个话题的时候，总是绕不过秦观的那句：**"两情若是久长时，又岂在朝朝暮暮？"**

写下这千古名句的人，一生经历了很多次的爱恋，得到了很多人的真心，也付出了自己的真情。

到头来，他孤苦伶仃，一个人默默地死在外乡。

所以，什么样的爱情才是人们真正想要的？

是长相厮守，直到白头，还是不惧时空，真心相待？

是平平淡淡，柴米油盐，还是轰轰烈烈，波澜起伏？

忽然想起一首歌，那是根据爱尔兰诗人叶芝的诗改编的：

当你老了

当你老了 头发白了

睡意昏沉

当你老了 走不动了

炉火旁打盹 回忆青春

多少人曾爱你青春欢唱的时辰

爱慕你的美丽假意或真心

只有一个人还爱你虔诚的灵魂

爱你苍老的脸上的皱纹

当我老了 眼眉低垂

灯火昏黄不定

风吹过来 你的消息

你就是我心里的歌

多么希望这首深情款款的情歌能被中国当年的"情歌王子"听见，可惜这只是个美好的愿望罢了，我们只能念着秦观的词，怀念他：

> 惆怅惜花人不见，歌一阕，泪千行。

最后，祝愿每个人都有一首属于自己心里的歌，都能拥有一份——

至死不渝的爱情。

雁引愁心去山銜好月來
李白與夏十二登岳陽樓句
道心寫之

陆
游

"一根筋"不是病，是倔，死倔死倔死倔

"一根筋"不是病，是倔，死倔死倔死倔。

一旦决定的事情，十头牛也拉不回来。不撞南墙不回头，撞了南墙也不回头，就是要撞墙，撞得满头疙瘩，满头疙瘩就成佛了，你看那如来佛祖的画像，不就是满头疙瘩？

陆游就是"一根筋"，成没成佛这个不知道，反正他活得挺长的。他一生经历了六个皇帝，熬死了五个，那些反对他的人、给他穿小鞋的人都死了，他还活着，他活了八十五岁。

他到底在什么事情上犯倔？来看看这首诗就知道了。

十一月四日风雨大作二首·其二

僵卧孤村不自哀，尚思为国戍轮台。

夜阑卧听风吹雨，铁马冰河入梦来。

看看，看看，这是陆游六十八岁的时候写的诗，从诗题可以看出来，这一天是十一月四日，农历十一月，也叫"冬月"，这一天很冷，不仅冷，还风雨大作。

这样的天气适合做什么？睡觉、看书、发呆、烤火，都可以。陆游白天的时候还盖着毛毡抱着猫烤火呢——"溪柴火软蛮毡暖，我与狸奴不出门"（《十一月四日风雨大作二首·其一》）。到了晚上，这"一根筋"的劲儿就上来了。

您说您这浑身是病，守卫边疆的事儿就交给年轻人去做吧，您费那心干吗？这皇帝都把您给罢官了，好好养病，多拿朝廷几年退休工资，不比什么都强？

陆游才不，他做梦都是金戈铁马去打仗。这倔老头儿，一辈子就一个梦想：收复北方，做个英雄。

咱们来看看，为了这个英雄梦，这倔老头儿"一根筋"的一辈子是怎么过来的。

一

宣和七年十月十七日（1125 年 11 月 13 日），淮河上空忽然狂风大作，暴雨如注，河流掀起的巨浪似乎要把小船掀翻。

船上的一位官员指挥着船夫赶紧靠岸，就在这时，船舱里传出一个婴儿的哭声。

是的，陆游出生了。

人家孩子出生，要么神光照室，要么梦日入怀，最不济也要老妈做梦梦到五彩的云、飞翔的鸟、游动的鱼什么的。

陆游这一出生，河里的河妖都来兴风作浪。

这孩子，以后一辈子遇到的都是大事，就和他出生时的天气似的，全是大风大浪。

他出生的这一年，发生了一件大事：辽国灭亡了。辽国灭亡和陆游有什么关系？当然有关系，关系还大着呢！

没听说过"蝴蝶效应"吗？一只南美洲亚马孙河流域热带雨林中的蝴蝶，偶尔扇动几下翅膀，就可以引起美国得克萨斯州的一场龙卷风。

这叫连锁反应。

倒霉的陆游一出生就被辽国灭亡这件事给"连锁"了。

终结辽国的，是位于黑龙江中下游的一个刚刚建立十年的小国——金国。

辽国自 907 年建国，曾经在中国的北方称霸二百多年，没想到被位于白山黑水间的小小的金国给灭了。

1115 年，女真族首领完颜阿骨打称帝，他对群臣说："辽国产铁，铁是非常坚硬的，就把国号叫作金。但是铁虽坚，终亦变坏，只有金不变不坏，所以我们的国号就叫金。"

于是，"金"灭了"铁"。然后，金又马不停蹄，直接南下侵略宋。

陆游出生是几月？ 11 月。

金国攻入开封是几月？ 11 月。

所以，陆游一出生，就一脚踏入了一个乱世。

宋徽宗对待金的侵略，表现出了超人的智慧，他用到了三十六计中的上上计——走为上计，逃跑了！

12 月 23 日，他对儿子说："儿子，你来尝尝做皇帝的滋味如何？老子我到南方散散心去。"

别人家的孩子坑爹，可宋钦宗是被爹坑啊。

宋钦宗鬼哭狼嚎地被摁到了皇位上，于 1126 年改年号为"靖康"。"靖康"这个年号只存在了两年，1127 年，北宋就灭亡了。

野蛮的金国，灭了北宋之后，还把宋徽宗、宋钦宗押往他们寒冷的北地，两个皇帝都做了人家的俘虏，还有三千多个妃嫔、宗室也做了人家的俘虏。这就是"靖康之耻"。

同年五月，侥幸没有被掳走的宋徽宗的第九个儿子赵构在南京（今河南商丘）即位，改年号为建炎，这就是历史上的宋高宗赵老九。

顺便说一句，金国灭了北宋之后，中国的版图上有三个国家并存。

北边的金国，西边的西夏，南边，就是南宋。

乱世出英雄，陆游已经具备了做英雄的条件。

二

其实陆游的出身是很令人羡慕的，他的身世太牛了！

祖父陆佃是王安石的学生，曾任礼部侍郎、尚书右丞，相当于现在的教育部、外交部的副部长，以及国务院副总理。

父亲陆宰也很厉害，他做过吏部尚书，相当于现在的组织部部长。

母亲唐氏，是宋神宗时期宰相唐介的孙女。

陆游两岁时跟随父母回到了老家山阴（今浙江绍兴）。陆游家藏书很多，足以开一个"江南图书馆"了。后来，南宋政府在临安（今浙江杭州）建秘书省，陆家就曾献出珍贵的图书一万三千多卷。

陆游很有条件读书，加上他又是个学霸，很快就成为远近闻名的"小太白"。

十二岁时，因为身世和才华，陆游就做官了，照这势头发展下去，陆游的仕途之路该有多顺畅！

结果，陆游十六岁时发生了一件事，这对他影响特别大——

这一年，岳飞被害。

陆游"一根筋"的倔劲儿就开始显露出来了。他觉得只做一个文人意义不大，还要会武功才对，要文能治国，武能安邦！

于是，他立刻走出书房，遍寻奇士。他拜了一位江湖人称"白猿翁"的老侠士为师，学得了一手精湛的剑术。

"十年学剑勇成癖，腾身一上三千尺。"（《融州寄松纹剑》）厉害吧？青年陆游身手矫捷，穿上一身夜行衣就能飞檐走壁，除暴安良。

不过，这也仅仅是想想而已，他毕竟是名门之后，怎么能穿夜行衣呢？还是要参加考试的。

二十八岁的时候，他参加科举考试，没考上。不是因为他水平不行，而是他遇到了他人生中的第一个小人——秦桧。

倒霉的陆游和谁同一场考试不好，非要赶上和秦桧的孙子一个考场，霸道的秦桧还非要让他孙子得第一。而主考官就是觉得陆游的水平比秦桧孙子的水平高，非要给陆游判第一。

得！这下陆游可惨了，不仅被取消考试资格，还被秦桧扣上了一顶"喜论恢复"的大帽子，而且他一辈子再也没有参加过考试。

陆游的倔脾气也上来了——我就是"喜论恢复"，做一个恢复北方、统一中原的英雄，就是我的梦想，难道因为你一个秦桧就改变初衷了吗？

结果没多长时间，秦桧突然患病死去，这场风波才算平息下来。

陆游曾经写过一首词，来表达他此刻内心的想法。

卜算子·咏梅

驿外断桥边，寂寞开无主。已是黄昏独自愁，更著风和雨。

> 无意苦争春，一任群芳妒。零落成泥碾作尘，只有香如故。

我就是那驿外断桥边的梅花，根本不屑和你们争，就算我被风吹雨打零落成泥，那又如何？我照样散发着属于我的芬芳。

其实，陆游和秦桧的矛盾，实质上是主和派和主战派的一次交锋，宋高宗是主和派的最大靠山。

陆游如果能看明白这一点，以后就不会吃亏，妥妥地还做他的官儿，毕竟他是"官二代"，在南宋这个小朝廷也能活得很滋润。

陆游才不，他是"一根筋"嘛，就要死倔到底。

三

1161年，陆游担任大理寺直，负责司法工作。

这一年，陆游三十六岁。在还是一个少年的时候，他立志要做一个英雄，现在他年过而立，都做到最高人民检察院检察长了，当然要逮着机会给皇帝提建议，以实现自己的梦想。

事实上，他真的说了，好多好多：什么"朝廷不得派遣内侍小臣在外作威作福"啦，"废除极端残忍的凌迟之刑"啦，还有"禁止宦官收养义子"等。

宋高宗听得直打瞌睡。

最后，陆游又语重心长地说："陛下呀，您应该生活节俭才对呀，那些宦官用高价收购来的珍玩给您，那都是为了得到恩宠啊！"

宋高宗赶紧放下手里的珍宝，连连点头。

最后，陆游又声泪俱下地恳求皇帝下令北伐中原，由于太过激动，眼泪都溅到了皇帝坐的龙椅上，有诗为证：

后生谁记当年事，泪溅龙床请北征。

（《十一月五日夜半偶作》）

等到陆游走了以后，赵构随便找了个理由，把这个唠唠叨叨的人给免职了。

就这样，陆游的英雄梦第一次破灭了。

陆游属于那种在一个地方倒下，绝不在那个地方站起来的人，屡败屡战，屡战屡败。

绍兴三十二年（1162）六月，宋高宗传位给宋孝宗，自己做太上皇去了。宋孝宗一当上皇帝，就给岳飞平了反，这让所有主战派的人都看到了希望。

宋孝宗不仅为陆游加官，还亲自召见他，称赞他的诗写得好，赐他进士出身。陆游很高兴，没有参加科举考试，竟然也有进士出身，气死那个气焰嚣张、横行无忌的老贼秦桧！哦，不用气了，那老贼早已变成一具骷髅了。

宋孝宗准备起用老将张浚北伐，他对陆游说："你不是希望'上马击狂胡，下马草军书'吗？你现在就替朕起草一份诏书，让张浚马上出兵！"

陆游怎么可能马上答应？他还没提建议呢。他觉得现在出兵太仓促，就专门列了个单子给宋孝宗提建议，尤其强调两点：要生活简朴，铲除小人。

可别小看小人，小人一般都是智商高，情商也高的人，他们绝不一根筋，非常灵活。

张浚因为仓促出征，大败而回，兵权也被解除，这个当年曾经和岳飞一起并肩作战的老将军，不久在忧愤中病故。

陆游被投降派的那些小人扣上了"结交朋党，鼓吹用兵"的大帽子，罢职回乡。

于是，陆游戴着这顶大帽子回家享受田园生活去了，瞧瞧这首诗：

游山西村

莫笑农家腊酒浑，丰年留客足鸡豚。
山重水复疑无路，柳暗花明又一村。
箫鼓追随春社近，衣冠简朴古风存。
从今若许闲乘月，拄杖无时夜叩门。

吃农家饭，喝自酿酒，有老朋友可以聊，还有社戏可以看，撞墙算什么？

生活就是这样，你看着"山重水复疑无路"，没准儿什么时候就"柳暗花明又一村"了。

很快，陆游就看到了"又一村"。张浚的儿子入朝为官，他推荐陆游去四川，于是陆游就去了四川夔^(kuí)州做通判。

哦，对了，补充一句，给陆游穿小鞋、扣帽子的那个小人汤思退，因为签订丧权辱国的和议被人围追堵截，白天吃不下饭，晚上睡不着觉，精神恍恍惚惚，一听见脚步声就往床底下钻，最后自己把自己吓死了。

四

四十五岁的陆游这下应该不会再"一根筋"了吧？哪儿呀，"一根筋"这玩意儿，愈老弥坚！

他这次做出来的事儿，让人哭笑不得。他把他的五个儿子和三个女儿、三个丫鬟和四个仆人都带上，加上他们老两口，一家老小十七口，浩浩荡荡举家前往四川。

陆游也不想想，这宋孝宗反反复复，到底值不值得信任。反正他已经在心里构思好了北伐计划，压根儿都没想到要给自己留条退路。

他们坐船逆流而上，经三峡前往夔州，结果走到黄州赤壁，船破了个大洞，走到秭归，船撞上暗礁又破了个大洞。一家人好几次差点儿都被淹死。就这样提心吊胆地走了一年，才抵达夔州。

结果到了四川如何呢？他当了两年多通判，就是个闲职，根本没有机会参与战事！

三年后，陆游在夔州任期期满，调到南郑王炎那里当幕府官员，相当于参谋。王炎当时是宣抚使，负责整个四川的军事。

这次陆游还不算太"一根筋"，他学聪明了，没有带那一大家子人，自己一个人去了。

结果一到南郑，他内心快要熄灭的小火苗立刻就燃烧起来了。

南郑位于汉中地区，地势险要，王炎在这里修筑了营垒，战士的士气昂扬，一切都井然有序。陆游一听到练兵场上的喊杀声，每个毛孔都跟着兴奋起来。

王炎是标准的武将，没有废话，陆游来了就马上给安排工作。作为参谋，是不能在营帐里坐着的，要亲自到前线去考察，去听取广大军民对北伐的意见。

陆游马上脱掉儒冠，身披铁甲，骑着战马，腰悬利剑，踏上崎岖坎坷的山路，往来奔驰于四川、陕西之间。

路途遥远算什么？

风餐露宿算什么?

严寒酷暑算什么?

我要上马击狂胡! 击狂胡! 击狂胡!

陆游觉得自己每天都热血澎湃,为了能亲自击狂胡,他利用休息时间练习射箭,居然被他练成了双手射。连王炎都频频点头:"陆公能左右射,吾不如也。"

双手射算什么? 陆游在狩猎中还亲手杀死过一只老虎! 后来那张虎皮就一直跟着陆游。

然而,陆游最兴奋的事可不是这个,他最热血澎湃的事情是他到过大散关、骆谷口、仙人原等军事要塞,他都能看到对面的金兵!

大散关、大散关,哦,它给了陆游多少希望和梦想! 可是,只有短短八个月时间,朝廷忽然把王炎调回去了,原因是怕他拥兵自重。

呵呵,这,就是南宋朝廷。

杀敌报国的机会来了,又迅速地消失了;收复中原的希望出现了,转眼间又破灭了。

多年以后,白发苍苍的陆游眺望北方,写下了这样的诗句:

书愤五首 · 其一

早岁那知世事艰,中原北望气如山。

楼船夜雪瓜洲渡,铁马秋风大散关。

塞上长城空自许,镜中衰鬓已先斑。

出师一表真名世,千载谁堪伯仲间。

五

南郑，这里的每一座山都曾留下过陆游的脚印，他的英雄梦，他的报国梦，难道就要这样无声无息地消失了吗？

陆游长啸一声，整个山谷里都回荡着他悲愤的声音——

呜呼！楚虽三户能亡秦，岂有堂堂中国空无人！（《金错刀行》）

陆游一步一回头地离开了这里。从此，他的诗词里经常会提到一个词：遗民。

没错，是朝廷遗弃了他们，是皇帝遗弃了他们。他们，曾经是如此清晰地出现在自己的眼前，而自己，却无力保护他们。

陆游骑着一头小毛驴，行走在前往成都的路上，途经剑门关的时候，天空飘起了小雨，难道以后一辈子就只能做个诗人，"辜负胸中千万兵，百无聊赖以诗鸣"了吗？

陆游内心无比惆怅，写下了一首诗：

剑门道中遇微雨

衣上征尘杂酒痕，远游无处不销魂。

此身合是诗人未？细雨骑驴入剑门。

陆游不再对朝廷抱有任何希望，来到成都，他整日养花、喝酒、赌钱，"倡楼呼卢掷百万，旗亭买酒价十千"，放浪形骸，自暴自弃。

这是我们认识的那个陆游吗？这是那个身披铠甲，骑着战马左右手轮番射箭，能打死老虎的陆游吗？

不，这只是一个满脸颓废、目光呆滞、完全失去了灵魂的老翁而已。

当他知道官场上的人给他起了个外号叫"陆颓放"的时候，他的倔劲儿上来了，干脆给自己起了个号：放翁。

对啊，我就是很颓放，我就是要这样过一生！

其间，他陆续又调动了几个地方，不过都是"冷官无一事，日日得闲游"。

陆游内心迷茫，痛苦，终于病倒了，他躺在病床上，翻看床头的一本书，看到了诸葛亮的《出师表》，胸中忽然升腾起一股气来，支撑着他坐起。

他写下了一首著名的诗——《病起书怀》，其中有这样两句：

位卑未敢忘忧国，事定犹须待阖棺。

是，我现在是人微言轻，可是谁规定人微言轻就不能做梦？谁说将来国家就一定统一不了？在我这个老头子的棺材板还没有盖上之前，一切皆有可能！

国仇未报壮士老，匣中宝剑夜有声。

我老了，可是我的宝剑不服老！这才是陆游，这才是那个倔老头子的本色！

一个人的一生有几次为自己的梦想去折腾的机会？折腾过，就算失败又如何！

陆游把自己的诗稿整理出来，命名为"剑南诗稿"，以纪念他曾经的峥嵘岁月，也激励自己永远不要放弃。

淳熙五年（1178）春天，陆游接到朝廷诏令，让他回京等待复职。但是陆游并未受到重用，让他回去，也不过是因为他的诗写得好，点缀一下"太平景象"而已。

陆游先后到了福建建安、江西抚州等地。六十岁那年，他被免官了，原因是，江西发洪水，陆游私自开仓放粮，这属于"逾越规矩"。

去你的规矩！放着金兵不去打，那么多遗民不去管，来管老子开仓放粮？这个六十岁的老头儿，一边唱着"素衣已免染京尘，一笑江边整幅巾"，一边卷卷铺盖卷儿走人了。

六

陆游在家里闲居了五年多，朝廷又起用他。陆游心情大好，因为宋孝宗要传位给宋光宗，他终于又有机会给皇帝提建议了。

来到临安（今浙江杭州），陆游听到很多歌女在唱几年前他写的一首诗：

临安春雨初霁

世味年来薄似纱，谁令骑马客京华？

小楼一夜听春雨，深巷明朝卖杏花。

矮纸斜行闲做草，晴窗细乳戏分茶。

素衣莫起风尘叹，犹及清明可到家。

陆游摇了摇头，当年的那种淡淡的忧伤袭上心头，他倒是宁可歌女唱他的"何方可化身千亿，一树梅花一放翁"。

那时的陆游并没有想到，这首诗将来会成为他再次罢官的导火线，他一腔热情地去给小皇帝提了很多建议，可是，他的热情并没有得到回报。

不久，当权者给陆游加上了"嘲咏风月"的罪名。

陆游连哭的心情都没有，他早已习惯了被扣大帽子——"喜论恢复"，"结交朋党"，"鼓吹用兵"，"陆颓放"，"逾越规矩"，现在又叫"嘲咏风月"。那好吧，我就给我的书房命名为"风月轩"。

戴大帽子好啊，戴大帽子能长寿！不信咱们来看看。

1135 年，宋徽宗在金国驾崩，陆游那年十岁。

1156 年，宋钦宗在燕京驾崩，陆游那年三十一岁。

1187 年，宋高宗在临安驾崩，陆游那年六十二岁。

1194 年，宋孝宗在临安驾崩，陆游那年六十九岁。

1200 年，宋光宗在临安驾崩，陆游那年七十五岁。

经历了这么多任皇帝，陆游还有什么没见过的呢？

嘉泰二年（1202），陆游受宋宁宗邀请，以七十七岁高龄扶衰入都，主持修撰孝宗、光宗两朝历史的工作。

宰相韩侂^{（tuō）}胄^{（zhòu）}准备出兵伐金，陆游写文章勉励他。有人说韩侂胄这样做是为了笼络人心，让陆游不要写。陆游不管，他现在老了，更倔了，谁也说服不了他，只要伐金，他就支持。

开禧二年（1206）五月，南宋朝廷下令伐金。陆游去不了，就把自己的儿子送上了战场。他拄着拐杖，望着北方，想到了自己的一生，禁不住泪流满面：

诉衷情

当年万里觅封侯，匹马戍梁州。

关河梦断何处？尘暗旧貂裘。

胡未灭，鬓先秋，泪空流。

此生谁料，心在天山，身老沧洲！

　　令陆游万万没有想到的是，韩侂胄战败，被士兵乱棍打死，砍下人头，献给金国，以作为求和的条件。

　　两宋三百年，中国人经历过两个最屈辱的日子。第一次是北宋末年金国攻进东京开封，俘虏了两个皇帝和皇亲国戚；第二次就是南宋中叶伐金失败，朝廷砍下丞相的脑袋，双手交给了敌人。

　　不幸的是，这两个屈辱的日子陆游都经历了。第一个屈辱日子来临的时候，他刚刚两岁；第二个屈辱日子来临的时候，他即将离开这个多灾多难的人世。

　　临死前，这个"一根筋"的倔老头儿把他的孩子都叫到了床前，没有遗产，只有一个愿望：

示　儿

死去元知万事空，但悲不见九州同。

王师北定中原日，家祭无忘告乃翁。

　　这个倔老头儿，既然知道一个人死了万事皆空，还遗憾什么国家有没有统一！

　　1210 年，陆游与世长辞，享年八十五岁。

七

时光过去了六十九年，祥兴二年二月初六（1279 年 3 月 19 日），广东崖山，凄风苦雨，蒙古军队把南宋最后一支队伍逼到海边。陆秀夫背负年仅九岁的小皇帝蹈海殉国，十万军民，纷纷跳进波涛汹涌的大海。

一曲悲歌，最后绝唱，南宋至此灭亡。

有人说，陆秀夫是陆游的后代，有人考证说不是。是与不是，有那么重要吗？

重要的是，陆秀夫和那些跳海而死的人，也是"一根筋"，宁可死，绝不投降！

"一根筋"是病吗？不是，是倔，死倔死倔死倔。

这世上有一种人，他们就是"一根筋"，就是倔，似乎天生背负着使命，没有人要求他们去做什么，可是他们自己对自己有要求，这种人的心中，时时刻刻都记着两个字：天下。

所谓"一根筋"，更是一种风骨、一种血性、一种中华民族生生不息的精神。

八百多年过去了，当我们想到那个死倔死倔的倔老头儿陆游的时候，脑子里总会冒出这样一句话：

亘古男儿一放翁。

钱

福

劝君惜时莫拖延，为君唱曲《明日歌》

亲，请问您有拖延症吗？

如果您符合下面三条症状，那么就可以确认无疑了：

1. 做事拖拖拉拉，不拖到最后一分钟绝不行动；

2. 要做的事情越重要，越是要去刷微博、微信，玩游戏，做一些无关紧要的事；

3. 有自责情绪，有负罪感，并伴有焦虑、抑郁等症状。

老实说，你是不是中枪了？

拖延症的危害很明显：搞砸了事情，影响了心情，耽误了前程，甚至会影响身体健康……

嘿嘿，别紧张，告诉你个小秘密，其实这个世界上有百分之八十的人或多或少做事都会拖延，人类文明也没有停止进步呀！

更何况，拖延也并非一无是处——

要不是妖精得了拖延症，唐僧早被蒸了煮了，哪来的《西游记》？

要不是刽子手得了拖延症，主角人头早就落地了，还能等你拉长音说完"刀——下——留——人——"？

要不是有幸得了拖延症，怎么能赶上商场衣服打折，一下子省好多银子？

告诉你们吧，其实古人也有拖延症，还有人专门写过一篇"战拖宣言"！这就是明朝状元钱福写的《明日歌》——

明日歌

明日复明日，明日何其多。

我生待明日，万事成蹉跎。

世人若被明日累，春去秋来老将至。

朝看水东流，暮看日西坠。

百年明日能几何？请君听我明日歌！

这首诗流传很广，尤其是前四句，可是作者鲜为人知。

看来这位钱福同志，"潜伏"得很深嘛！他是不是又有钱，又有福呢？

唉，事情还真不是您想象的这样，关于这位状元的一生，我们需要从五百多年前的明朝说起……

一

明英宗天顺五年（1461），钱福出生在南直隶松江府华亭，这个地方就在现在的上海松江区，所以钱福是名副其实的上海人。

华亭这个地方，过去有很多鹤。有一个成语，叫作"华亭鹤唳"（huà tíng hè lì），意思是对过去的生活很留恋。

唐朝诗人刘禹锡曾经写下"丹顶宜承日，霜翎不染泥"的诗句来赞美华亭鹤，看来，华亭鹤应该是指丹顶鹤。

丹顶鹤又叫仙鹤，它们因姿态优美受到很多人的喜爱。唐朝时期的很多诗人也以豢(huàn)养华亭鹤为荣，白居易就留下了很多和华亭鹤相关的诗句。

但是，到宋朝的时候，由于松江人口激增，大量的湿地被开垦为农田，华亭鹤就越来越少了。

到了明朝，也就只能凭借"鹤滩"这个地名来想象华亭鹤曾经的辉煌了。钱福以地名为号，所以你以后如果看到"钱鹤滩"这个名字，那就是钱福。

钱福早年的时候还是很有福气的，至少小时候松江的特产"四腮鲈鱼"没有少吃。

据说爱吃鱼的人往往聪明，钱福七岁就会作诗作文，二十五岁考中举人，二十九岁连登会元、状元。

有个关于钱福的故事，传说当时的大学士李东阳在会试前曾经让钱福作过一篇文章。钱福不用打草稿，一会儿就做好了，李东阳大加称赞。

等钱福参加科考的时候，发现第二场的题目就是李东阳此前命他作过的。李东阳在会试后问他，钱福说："原来作过的文章哪里还记得，我重作了一篇。"

李东阳不信，把他的卷子找来看，发现的确是重新构思的，而且比之前写得还要好。

李东阳就私下对别人说："钱福可惜没有中解元呀！"人们当时不明白他为什么这么说，后来钱福连登会元、状元，大家才明白，李东阳是为钱福未能连中三元而可惜。

当然，这个故事有很多漏洞，大有令人生疑之处。李东阳在考前私自泄露试题，明朝时的科举就这么随随便便？

但钱福考中状元是事实，整个大明朝两百七十六年，共出了九十个状元，钱福就是其中之一，又有"钱"又有"福"的日子还不是指日可待？

谁知，钱福坎坷的一生从他考上状元后开始了……

二

大家知道，明朝作为中国历史上最后一个由汉族统治的大一统王朝，在文化上的成就还是非常突出的。

我们来看看下面这些知识，帮你再现一下中学时代的历史老师在课堂上神采飞扬、滔滔不绝、侃侃而谈、睥睨天下的小眼神儿。

中国小说史上有四大名著，其中三部都出自明朝：《西游记》《水浒传》《三国演义》。

著名的短篇小说集"三言二拍"出自明朝。

哪位同学来回答"三言二拍"分别是什么作品，作者是谁，主要描写什么内容？

"三言"是指冯梦龙加工编纂的三部白话短篇小说集，有《喻世明言》《警世通言》和《醒世恒言》，主要描写青年爱情故事以及平民市井生活，比如《杜十娘怒沉百宝箱》。

"二拍"是凌濛初编著的《初刻拍案惊奇》《二刻拍案惊奇》，内容主要是一些传奇故事和乡谣野史。

嗯，回答正确，加两分，请坐，我们接着往下学习。

戏曲家汤显祖的《牡丹亭》出自明朝。

李时珍的医学著作《百草纲目》出自明朝。

宋应星的科学著作《天工开物》出自明朝。

徐霞客的地理学著作《徐霞客游记》出自明朝。

数学家徐光启和意大利传教士利玛窦，他们共同翻译古希腊数学家欧几里得的《几何原本》出自明朝。

还有我们的永乐大帝命人编修的《永乐大典》，被《不列颠百科全书》称为"世界有史以来最大的百科全书"，也出自明朝。

明朝的著作实在是太多太多了，除了以上提到的，还有小说《封神榜》《东周列国志》，还有浩如烟海的知名或不知名的诗文……

当然，历史老师还会告诉你，郑和下西洋发生在明朝。

历史老师不会告诉你，《金瓶梅》这部小说也出自明朝。

无论历史老师有没有告诉你，我们都不得不承认，作为文人，生活在明朝，虽然不如生活在宋朝那么幸福，但是，只要你努力，明朝也不失为一个可以使自身得到发展的时代。

明朝著名的文人那么多，这些名字一拉一大串：刘基、宋濂、高启、方孝孺、解缙、归有光、徐渭、唐寅（唐伯虎）、钱谦益、张岱、袁宏道、金圣叹……

为什么看不见状元钱福的名字？

明朝著名的文学流派那么多：前期有以粉饰太平、歌功颂德为主的"馆阁派"，还有反对"馆阁派"，自立门户的"茶陵派"；中期出现了反对道统文学的"前七子""后七子"，他们提出了"文必秦汉，诗必盛唐"的口号；然后出现了以袁宗道、袁宏道与袁中道为代表的"公安派"，他们反对道统文学，也反对复古模仿，主张以性情为诗文；晚期出现了一个很奇怪的"竟陵派"，原本是为了纠正"公安派"语言过于直白的缺点，自己却跳进了晦涩难懂的泥沼。

状元钱福属于哪一派?

三

小神童大状元钱福，以上哪一派都不属于，他属于酸酸甜甜苹果派。

嘻嘻，逗你玩的啦！他属于以"博学之风，任情之性，尚趣之乐，崇古之情"而著称的吴中派！

吴中，主要指苏州府所辖范围，在长江三角洲南半部的太湖流域。北到扬州地区，南至浙江绍兴一带。

吴中派，是指在吴中地区创作和活动的文人。

他们远离京城（北京），地处经济发达、山清水秀的江南。那时私家藏书的风气很浓，他们既不需要为了做官而读书，也不需要为了找好工作而读书，读书就是生活的一部分，就是为了得到精神上的享受。

至于科举考试嘛，考上了就在北方感受一下冬天的雪花，考不上就回去享受家乡的清茶。

郑振铎评论吴中文士时说："其作风别成一派……他们以抒写性情为第一义……在群趋于虚伪的拟古运动之际而有他们的挺生于其间，实在可算是沙漠中的绿洲。"

钱福可以算是这绿洲上的一株小草。

钱福供职于翰林院。既然是在翰林院为官，自然就是馆阁文人了。

可是，他看不上馆阁文人惶恐不安的神态、歌功颂德的口吻，以及他们小心翼翼的抒情。他照样尽情地用文字来表达自己的心灵世界。

一个追求个性的人，除非遇到一群追求个性的人，否则一定会为周围的人所不容。

钱福最终被除名，回到家乡享受清茶去了。

当然，他享受的还有美酒与美女。

据说，钱福归乡以后，听说扬州有个歌伎特别美，但已从良嫁给了一位盐商，就跑到扬州找了个理由，拜见那位盐商。

盐商自然高兴啊，大状元来访，他不仅设宴款待，让歌伎出来斟酒，还向钱福索诗一首。

钱福见那女子穿着浅色衣服，化着淡淡的妆容，不假思索，挥笔就写：

> 淡罗衫子淡罗裙，淡扫蛾眉淡点唇。
>
> 可惜一身都是淡，如何嫁了卖盐人。

这个性，是够张扬的！不知那卖盐人的笑容，此刻是淡淡的呢，还是咸咸的？

钱福流传下来的诗文不多，他基本上作诗是不留稿子的，思维太敏捷，张口就来，所以丢失了很多。

但是，我们仍然能从他留下来的《鹤滩稿》中，发现不少能体现吴中派风格的作品。比如，他曾经写过一首《爱菜歌》：

> 我爱菜，我爱菜，傲珍羞（馐），欺鼎鼐（nài）。多食也无妨，少食也无害……

你能想象一个状元——世人心目中的学霸，端着饭碗，大唱

"我爱菜"吗——

来来，我是一棵菠菜，菜菜菜菜菜菜，菜菜菜菜菜菜……

各位宝妈，赶紧看过来啊，你家宝宝的饭前歌有了！

吴中文人写诗就是这么任性！

记不记得"吴中四才子"之一的唐伯虎？他在钱福回乡的第二年，考上了解元，后来因为考场舞弊案回到家乡苏州，他写过这样一句诗：

生涯画笔兼诗笔，踪迹花边与柳边。

（《感怀》）

这样的诗句，如果放在京城，真可谓惊世骇俗！

一个人的一生，怎么可以这样度过呢？但是，这正代表了许多吴中文人的人生观：做自己喜欢做的事情，就不算是虚度光阴。

那么，钱福这首《明日歌》是怎么流传下来的呢？

四

原来，清朝时期有个叫作钱泳的人，是钱福的本家，他有一本笔记叫作"履园丛话"。这里面记载了一个故事，故事是这样的：

后生家每临事，辄曰"吾不会做"，此大谬也。凡事做则会，不做则安能会耶？又做一事，辄曰"且待明日"，此亦大谬也。凡事要做则做，若一味因循，大误终身。家鹤滩先生有《明日歌》最妙，附记于此。

大意是说，我家里有个年轻人，遇事就说"我不会"，去做事的时候，就会说"等明天吧"。这样是不对的，你不去做，怎么能会呢？凡事都要等明天，什么事都要被耽误了。我们家的鹤滩先生曾经写过一首很妙的《明日歌》，记录在这里，你们看看吧！

钱福当时为什么写这首诗，现在已经不得而知了，也有一些学者在争论，说这首诗不是钱福写的，而是文嘉写的，文嘉就是唐伯虎的好朋友文徵明的儿子。

其实，从他们的年龄上来看，钱福比文嘉大整整四十岁，这个事情很好判断。

不过，追求历史真实性的事情还是交给学者吧，作为普通的读者，我们更需要的是从经典文化中汲取精神的力量。

总之，这首《明日歌》一出，马上有人模仿，《昨日歌》和《今日歌》也相继出炉：

昨日歌（佚名）

昨日兮昨日，昨日何其好！

昨日过去了，今日徒烦恼。

世人但知悔昨日，不觉今日又过了。

水去汨汨流，花落日日少。

万事立业在今日，莫待明朝悔今朝。

《昨日歌》的重点在于"不后悔"。

王安石曾经说过："吾尽志也而不能至者，可以无悔矣，其孰能讥之乎？"

我有很多想法没有实现，但是我尽力了，不会后悔，谁还能嘲笑我呢？

今日歌（文嘉）

今日复今日，今日何其少！

今日又不为，此事何时了？

人生百年几今日，今日不为真可惜！

若言姑待明朝至，明朝又有明朝事。

为君聊赋今日诗，努力请从今日始。

《今日歌》的重点在于"不失今日"。

毛泽东曾经说过："天地转，光阴迫。一万年太久，只争朝夕。"（《满江红·和郭沫若同志》）

我干吗去想一万年那么久远的事情？我只做好今天该做的事情。

再来看看这首《明日歌》吧：

明日歌（钱福）

明日复明日，明日何其多。

我生待明日，万事成蹉跎。

世人若被明日累，春去秋来老将至。

朝看水东流，暮看日西坠。

百年明日能几何？请君听我明日歌！

不要被诗中出现的七个"明日"给迷惑了，这首诗看似吟咏明日，实际强调今日。

时间对于所有的人都很公平，只有把握住了"今日"，才能不后悔"昨日"，不蹉跎"明日"。

五

前文提到过的冯梦龙，编纂过一部笑话寓言集，名字叫"广笑府"，里面有一篇文章，记载了这样一首小诗："**春天不是读书天，夏日炎炎正好眠。过得秋来冬又到，收拾书籍好过年。**"

唉，看来拖拖拉拉、不珍惜时间的人自古皆有，所以才会有那么多的惜时名言流传下来。

"百川东到海，何时复西归？少壮不努力，老大徒伤悲！"（汉代乐府诗《长歌行》）

"盛年不重来，一日难再晨。及时当勉励，岁月不待人。"（东晋·陶渊明《杂诗》）

"一年之计在于春，一日之计在于晨。"（《增广贤文》）

"三更灯火五更鸡，正是男儿读书时。黑发不知勤学早，白首方悔读书迟。"（唐代·颜真卿《劝学》）

"劝君莫惜金缕衣，劝君惜取少年时。花开堪折直须折，莫待无花空折枝。"（唐代·杜秋娘《金缕衣》）

"读书不觉春已深，一寸光阴一寸金。"（唐代·王贞白《白鹿洞二首·其一》）

"少年易学老难成，一寸光阴不可轻。"（宋代·朱熹《偶成》）

"莫等闲，白了少年头，空悲切。"（宋代·岳飞《满江红》）

时间面前，人人平等，不仅在中国古代，任何年代、任何国家的人都意识到了时间的重要性。

中国现代文学家、思想家、革命家鲁迅先生说："时间就像海绵里的水，只要愿意挤，总还是有的。"

英国文艺复兴时期著名的戏剧家、诗人莎士比亚说："抛弃时间的人，时间也会抛弃他。"

英国博物学家、教育家赫胥黎说："时间最不偏私，给任何人都是二十四小时；时间也最偏私，给任何人都不是二十四小时。"

德国戏剧家、诗人歌德说："忘掉今天的人将被明天忘掉。"

美国政治家、教育家、哲学家、《独立宣言》起草人杰弗逊说："从不浪费时间的人，没有工夫抱怨时间不够。"

美国政治家、外交家、发明家、美国独立战争的重要领导人富兰克林说："你热爱生命吗？那么别浪费时间，因为时间是组成生命的材料。"

美国女作家、教育家、慈善家，写下著名的《假如给我三天光明》的海伦·凯勒说："要把活着的每一天看作生命的最后一天。"

…………

感谢他们，为我们留下这些振聋发聩的惜时之言，让我们在时间面前保留一颗敬畏之心。

感谢钱福，尽管他在历史的洪流中只不过是一滴小小的水珠，尽管他隐身巷陌，与光同尘，仅仅活了四十三岁，但是他为我们留下了一曲让人无限感慨的《明日歌》。

时间，是这世界上唯一不可以"尽力争取"，也无法"失而复得"的事物，愿我们所有人，珍惜时间，把握现在。

你还在拖延吗？赶紧行动起来吧！现在！马上！立刻！

Go go go！

袁枚

无论生命多么卑微，我都要骄傲地活着！

清朝大才子袁枚曾经写过一首小诗：

苔

白日不到处，青春恰自来。

苔花如米小，也学牡丹开。

好诗如好茶，入口醇香，细品则回味无穷。

品味这首字面意思简单的五言绝句，只需要抓住两个副词就够了。

第一个：恰。

"白日不到处，青春恰自来。"苔藓终日生活在潮湿阴暗的地方，根本不可能照到阳光，可是，难道因为没有阳光就要自暴自弃吗？

不！就算没有阳光也要拥有属于自己的一片绿色！

那么，这充满青春朝气的绿色从何而来？

从不寻找，从不依靠，恰恰就是自己！

这是发自内心的自信。

第二个：也

"苔花如米小，也学牡丹开。"苔花如此渺小，它的心中却藏着一个大大的梦想：它也要像牡丹那样开花！

为什么是牡丹？为什么不是散发清幽香气的兰花，或者傲立寒冬的蜡梅？

因为，牡丹是花中之王。

所以，小小的一个"也"字，表面怯怯，实则表现了大大的野心。

即使阳光永远照不到我，即使我在世人眼中卑微得不值一提，可是我依然要凭着自己的力量，活出一株牡丹的尊贵，活出生命的骄傲！

这首小诗，可以说是袁枚人生的写照。

一

康熙五十五年三月初二（1716 年 3 月 24 日），在美丽的天堂——浙江杭州，小袁枚出生了。

然而，天堂也不都是锦衣玉食。袁枚家境贫困，小时候经常挨饿，挨饿的时候，他就会想：人为什么要活着？

他从小的愿望就是做官。一来光宗耀祖，二来解决全家人的温饱问题。

想要做官就要读书，参加科举考试，但袁枚面临着三座大山——

第一座大山：书籍。

因为家贫，经常要借书来读，所以他看遍了世间的冷眼，饱尝了借书的艰辛。

借来书之后，为了要如期归还，他一定会熟读、摘抄、背诵，甚至他比书的主人更熟悉这本书，所以他后来才会在《黄生借书说》一文中感慨道："书非借不能读也。"

第二座大山：八股文

袁枚天资聪颖，十二岁的时候就和老师同时考中秀才，先生转眼变成了同窗，不久，袁枚的才气名满天下。

不过，袁枚非常讨厌内容空泛、形式呆板的八股文，因此十年时间过去了，他也没有考中举人。

为了做官的梦想，他咬咬牙，开始学习八股文。

他安慰自己，大不了就当交了一个俗不可耐的朋友，"于无情处求情，于无味处索味"吧！

终于，二十三岁这一年，即乾隆三年（1738），他考中举人。第二年，他又考中进士，正式入选翰林院。

满以为从此可以青云直上，可是他忘了，这是清朝，他还要学习一门"外语"呢！这次拦住他去路的是——

第三座大山：满文

于是，袁枚在满纸"蝌蚪文"中煎熬了三年。二十七岁时，他光荣地——没考上。

大才子最终败在了"外语"上，他被发往外地任职。

从二十七岁到三十三岁这七年间，他分别在溧水（今江苏南京溧水区）、江浦（今南京江浦区）、沭阳（今江苏宿迁市沭阳县）、江宁（今江苏南京江宁区）做知县。

因为他断案敏捷公正，为人善良厚道，物质文明和精神文明两手抓，大大改变了当地人的生活面貌，所以他离开的时候，老百姓都哭着挽留，为他披上绣有全城百姓名字的"万民衣"。

他在沭阳亲手栽下的一株紫藤树，老百姓一直细心照料着，直到三百年后的今天，这株紫藤树还在。

"白日不到处，青春恰自来"，袁枚依靠自己的努力，打拼出了一片天地。

然而，就在事业蒸蒸日上时，他忽然提出了辞职。

官苦犹得受戒僧，袁枚早就厌倦了清规戒律多如牛毛，整日战战兢兢的日子。

下级参见上级，要弯着腰，赶紧跑步上前，作小跪姿势，还不能发出声响。参见的名帖上署名职衔的字要小，否则会被视为不敬。

袁枚做这些事情，比受戒的和尚还要痛苦，并且他总是出错："书衔笔惯字难小，学跪膝忙时有声。"（《随园诗话》）

除了看人脸色，还要学官场溜须拍马那一套，这种日子"一日复一日，一朝复一朝"，难道要卑躬屈膝过一辈子吗？

去你的吧，老子不干了！

"苔花如米小，也学牡丹开"，从此，袁枚要像花中之王牡丹那样，活出尊严！

二

有官不仕偏寻乐，辞官之后的袁枚，给自己定了一个人生新目标：实现时间自由、思想自由和财务自由。

一个人的时间和思想越是自由，就越有可能拥有财富。

现在好了，拥有了可以自由支配的时间，那就解放思想，恣意挥洒才情吧!

他在江宁任上的时候,买过一处园子,位于金陵城西北的小仓山北麓。那里曾经是曹雪芹的爷爷曹寅的宅院,《红楼梦》中"大观园"的前身就在这里。

因为园子败落了,他捡了个便宜,只花了三百两银子。

原本准备像王维那样,建一个"辋川别墅",把这里变成自己的精神家园——"心从天外来千里,人在诗中过一生",现在好了,他还要靠这个园子来养活一大家子人呢!

他给这个园子命名为"随园",改造时在"随"字上下足了工夫——

> 随其高,置亭台楼阁;随其下,置小桥流水。没有围墙,可随意游览;处处有书,可随手翻阅。

真可谓随情,随性,随心所欲!

一时之间,无论达官贵人,还是平头百姓,都前来参观游玩。来了就不想走,就想在这里消费。他们心甘情愿花钱的原因有三。

一、菜好吃

主人是个非常讲究的吃货,他经常说一句话:

> 凡事不可苟且,而于饮食尤甚。

他对饮食有多讲究呢?随便翻一页他编辑的《随园食单》看看吧:

> 善烹调者，酱用伏酱，先尝甘否；油用香油，须审生熟；酒用酒酿，应去糟粕；醋用米醋，须求清洌。且酱有清浓之分，油有荤素之别，酒有酸甜之异，醋有陈新之殊，不可丝毫错误。

在这里，不仅随时可以吃到"随园牌"天然有机绿色食物，还可以享受江南名厨王小余的手艺。

烹天下美食，是主人袁枚和厨师的共同追求；品人间至味，是主人袁枚和客人的共同追求。

哈哈！

二、有趣味

这里的主人可是袁枚呀，江南大才子！他随口吟出一首诗来，那都可以拿回去炫耀的。看看这首：

所　见

牧童骑黄牛，歌声振林樾。

意欲捕鸣蝉，忽然闭口立。

瞧瞧这小牧童，正唱着歌呢，因为想要捕蝉，忽然闭口不唱了，这画面感太强了！

除了这些，还有更好玩儿的。

你拿起筷子，主人说——

咏　箸

笑君攫取忙，送入他人口。

一世酸辣中，能知味也否？

你推开窗户，主人说——

　　　　　　山似相思久，推窗扑面来。

　　　　　　　　（《推窗》）

你说，这随园真好呀！主人说——

　　　　　　乌啼月落知多少？只记花开不记年。

　　　　　　　　（《随园杂诗》）

你吃饱了想去走走，主人说——

　　　　　　放鹤去寻三岛客，任人来看四时花。

　　　　　（袁枚集唐代杜荀鹤《题衡阳隐士山居》句）

你欣赏青苔上的落叶，主人说——

　　　　　　青苔问红叶，何物是斜阳？

　　　　　　　　（《苔》）

你问能不能去湖边钓钓鱼，主人说——

　　　　　　眼前有路名山去，愿向卢敖借钓竿。

　　　　　　　　（《偶成》）

你觉得这里的生活似神仙，主人说——

天上若无难走路，世间哪个不成仙？

（《随园诗话·补遗》）

如此有情趣的主人，先来一打！

哈哈，哈哈！

三、买买买

吃好了，玩嗨了，走的时候还可以买买买！

买什么呢？书呀！

《随园食单》是一定要买的，拿回去送人，多有面子！

《随园诗话》是一定要买的，这么一部论诗的权威著作，当前最红畅销书，还有作者亲笔签名，宁可剁手也要买！

《子不语》是一定要买的，里面这么多怪力乱神的故事，比读经书有趣多了！

哈哈，哈哈，哈哈！

客人哈哈笑着，满意地离开了，袁枚也哈哈笑着，打起了算盘：除去开饭店、卖书之外，随园承包出来的土地收的租金，给人写墓志铭、挽联、传记，还有办补课班、收弟子的收入，这一年下来好几千两银子，比当官强多了！

人生三大自由，袁枚轻松实现！

哈哈……

三

你如果认为袁枚的人生目标仅仅是做一个太平世界的富贵闲

人，就大错特错了。

袁枚最爱的是文学，是诗歌。

他七岁的时候，偶然得到一套《古诗选》，里面的经典古诗为他打开了眼界。

眼界决定格局，格局影响人生。

袁枚的梦想就是做文学界的"王者之花"，当他如痴如醉地吟诵着陶渊明和屈原的诗时，就希望自己也做像他们一样的"大咖"。

针对限制人性的八股文，他提出了"性灵说"这一诗歌主张，强调作诗要讲究真性情。

他提倡："**诗者，由情生者也，有必不可解之情，而后有必不可朽之诗。**"

纵观他写的诗文，无不充满了真性情。

春天，他笔下的云，令人的心都要暖化了：

山上春云知我懒，日高犹宿翠微颠。

（《春日杂诗》）

夏天，他光着膀子的样子令人忍俊不禁：

不着衣冠近半年，水云深处抱花眠。

（《消夏诗》）

秋天，他的字里行间会透出丝丝凉意：

夜过借园见主人坐月下吹笛

秋夜访秋士，先闻水上音。

半天凉月色，一笛酒人心。

响遏碧云近，香传红藕深。

相逢清露下，流影湿衣襟。

冬天，雪夜照亮的不仅是作诗人，更有三百年来无数的读诗人：

十二月十五夜

沉沉更鼓急，渐渐人声绝。

吹灯窗更明，月照一天雪。

他爱读书，爱到站在雪地里沉醉而不自知：

读书好处心先觉，立雪深时道已传。

（《随园诗话》）

他又强调不要死读书：

双眼自将秋水洗，一生不受古人欺。

（《随园诗话·补遗》）

他藏书多达四十万卷，然而，晚年的时候，他把书捐走了十分之六七，因为他知道：

书非借不能读也。（《黄生借书说》）

对待写诗，他一丝不苟：

> 爱好由来落笔难，一诗千改始心安。
>
> （《遣兴》）

对待作文，他乐意分享自己的心得：

> 文似看山不喜平。
>
> （《随园诗话》）

对待大家津津乐道的事情，他总能提出不同意见：

马 嵬

> 莫唱当年长恨歌，人间亦自有银河。
>
> 石壕村里夫妻别，泪比长生殿上多。

他对亲情的眷恋，从他给妹妹写的祭文中可窥之一二：

> 纸灰飞扬，朔风野大，阿兄归矣，犹屡屡回头望汝也。呜
> 呼哀哉！（《祭妹文》）

他对朋友有着一腔赤诚：

> 一双冷眼看世人，满腔热血酬知己。
>
> （《随园诗话》）

他对美女有着天然的亲近和喜爱：

> 美人自古如名将，不许人间见白头。
>
> （《随园诗话》）

说起美女，袁枚好色，让他最为受人诟病。

他不但有十几个妻妾，他的身影还经常出现在青楼歌肆，他收的弟子里有不少女弟子，这在当时是惹人非议的。

面对非议，袁枚大大方方承认：

> 袁子好味，好色，好葺屋，好游，好友，好花竹泉石，好珪璋彝尊、名人字画，又好书。（《所好轩记》）

这就让大家对他的评价走了两个极端。一种骂他，说他是"通天老狐，醉则露尾"，另一种说他是"真性情人也"。

袁枚才不管别人如何评价，他每日里照旧吃美食，抱美人，读书，写诗，会友，一样也不耽误。

> 青山尚且直如弦，人生孤立又何妨。
>
> （《独秀峰》）

在文学上，他果然做到了"花王牡丹"的高度，和大名鼎鼎的纪晓岚并称"南袁北纪"，和赵翼、张问陶并称"性灵派"三大家，和赵翼、蒋世铨并称"乾嘉三大家"。

他晚年自号为仓山居士、随园主人、随园老人，可是大家更喜欢称呼他为"山中宰相"。

"随园弟子半天下，提笔人人讲性情。"（《随园诗话·补遗》）

袁枚这下该满足了吧？

不，就在他六十五岁的时候，他又做了一件令人瞠目结舌的事情。

四

袁枚决定去游山玩水，看世界。

从前"父母在，不远游"，现在老母亲去世三年，守孝期已过，他要到外面的世界去看看。

于是，他的足迹遍布浙江、安徽、江西、广东、广西、湖南、福建等地，他爬过天台山、雁荡山、黄山、庐山等名山，并且品了各地的名茶毛尖、龙井、君山、梅片、武夷茶等。他不但一一品尝，并且录入《随园食单》之中。

大家劝他，年龄大了要注意身体。他大笑着说：

莫嫌海角天涯远，但肯摇鞭有到时。

袁枚一生不服输，一生都在向自己不断地挑战。

他为了改变家庭的处境，俯下身子去学八股文、满文。

他为了做好官，不得不向官场低头七年。

辞官之后，他苦心经营随园，原本可以安享生活之乐，他却提出他的文学主张并为之倾尽毕生精力。

当成为文学界泰斗时，他却迈开脚步，走向大自然。

袁枚这一生，到底在追求什么？

让我们回过头来，再读读那首小诗，也许你能从中找到答案——

苔

白日不到处，青春恰自来。

苔花如米小，也学牡丹开。

找到答案并不难，只须抓住两个副词就够了。

第一个：恰

从不寻找，从不依靠，恰恰就是自己。

袁枚这一生，无论起点有多么低，无论人生路上的选择是对是错，他都只依靠自己。

第二个：也

苔花如此渺小，它的心中藏着一个大大的梦想：它也要像牡丹那样开花！

因为，牡丹是花中之王。

并且，小小的"苔"超越了牡丹花王。

你考虑过吗？牡丹尚需人照料，而"苔"一直依靠的就是自己的力量。

所以，袁枚在这首诗中向所有人传达了一个信息：**无论多么卑微的生命，活，就要活出生命的骄傲！**

这就是他所参悟的"活着"的意义。

五

袁枚躺在床上，微笑地看着前来探望他的亲友，他知道，他的生命即将走到尽头。

　　往事一幕幕从眼前滑过：妹妹在草地上笑着扑蝴蝶，母亲去当铺里当首饰，父亲风尘仆仆地回到了家，他挨家挨户去讨米，他坐在船上投奔叔父，青山一排排地向后倒、向后倒……

　　他的耳边有一个苍老的声音一直在吟诗：

　　　　葛岭花开二月天，有人来往说神仙。
　　　　老夫心与游人异，不羡神仙羡少年。

　　不羡神仙羡少年……羡少年……年……

　　嘉庆二年十一月十七日（1798年1月3日），袁枚与世长辞，享年八十二岁。

　　弥留之际，他留下这样一句"绝命词"：

　　　　双脚踏翻尘世浪，一肩担尽古今愁。

后 记

　　朋友，看完了这本书，相信你此刻内心一定波澜起伏，你已经从战国时期，经过魏晋，经过唐宋，经过明清，拜访过了那些诗人，和他们说了声拜拜，来到了现代。

　　你的心情一定是复杂的，就像我当时写这些文章时的心情。

　　我每次写文章，都像是在经历一场劫难，翻阅的资料越多，对诗人了解越透彻，就越是无法自拔。每次我都会情不自禁地变身为他们，爱他所爱，恨他所恨，痛他所痛。

　　除了贺知章和袁枚，这里几乎每一个诗人都是让人心疼的，连李白也不例外。他们几乎都是在遗憾中死去，总有很多很多不甘心。比如屈原，比如柳宗元，比如陆游。

　　读这些诗人的故事，不仅仅是从中获得知识，背会一些诗词，更重要的是：能从中获得不同的人生体验。

　　我个人比较喜欢贺知章，这个可爱的老头儿。他的出现打破了"成名要趁早"的魔咒，他用他的经历告诉我们，其实"大器晚成"也挺好。大器晚成的人看问题更全面，情商更高，说话不像毛头小伙儿那样容易得罪人。他能处理好人际关系，即使遭受失败，也不会被打倒。

　　写完贺知章，我觉得胸中的气流无比顺畅，因为他活得没有什么遗憾，即使我在文中加了一个他回乡后思念母亲的结尾，但那也只是淡淡的忧伤。

我还喜欢袁枚，因为他实现的人生三大自由也是我追求的目标。人生三大自由并不是袁枚提出来的，而是我总结出来的，就像贺知章会夸人，也是我找到的文章切入点。

作家写文章，一定会情不自禁地代入自己的人生体验或者观点。

比如，"嫁人不要嫁李白"，这就是我的婚姻观。李白是很有才，很招人喜欢，但是做朋友喝喝酒、聊聊天、吹吹牛可以，要是拿来做丈夫，天天不着家，不照顾孩子，还经常喝得烂醉如泥，岂不是要被气死？

写柳宗元的时候，我改了一下泰戈尔的诗。泰戈尔原来是这样写的："世界以痛吻我，我要报之以歌。"我改成了："世界以痛吻我，何必报之以歌。"其实我很希望柳宗元活得任性一点儿，希望他可以像老朋友刘禹锡一样不管不顾，可以像韩愈那样有点儿"二"，可是他不，他照顾每个人的情绪，所以他活得"千万孤独"，所以他临死都很憋屈。

欧阳修绝不是一个 lucky dog（幸运儿），很多他想也想不到的倒霉事都去找他，他年轻时没有想那么开，后来越活越通透，越活越睿智，办公场地要一年四季都能看到花，老了干脆在头上戴朵花招摇过市。管你怎么想，老子开心才是最重要的。做人就应该像欧阳修这样，不要让自己活得太委屈。

大众情人苏东坡，靠悼念妻子的"十年生死两茫茫"一阕词圈了无数女"粉丝"，其中也包括我。我一定要让自己嫁给他一回，幸得我手中的笔帮我完成了心愿，终究是嫁了他三次，嗯，感觉不错，虽然每次都死在他的前面。

做人就会有许多不如意，自古如此。古人有古人的不如意，今人有今人的不如意，孩子有孩子的不如意，大人有大人的不如意。但是，不管有再多的不如意，只要我们的世界里还有诗，我们的生命就会开出温情的花，长出柔软的芽。

所以，当我们吟诵屈原的"悲莫悲兮生别离，乐莫乐兮新相知"，内心会升腾起一股莫名的感动；当我们看到嵇康的"越名教而任自然"，我们会发现，他们用诗歌和酒，为自己在黑暗中找到了一束光；当贺知章写下"唯有门前镜湖水，春风不改旧时波"，他对母亲和童年的怀念，就永久刻在了文学史的长廊里；当孟浩然在一个春天的早晨懒洋洋地脱口而出"春眠不觉晓，处处闻啼鸟"，他就成了无数孩子心中的偶像；还有"仰天大笑出门去，我辈岂是蓬蒿人"的李白，"语不惊人死不休"的杜甫，"马上相逢无纸笔，凭君传语报平安"的岑参，"同是天涯沦落人，相逢何必曾相识"的白居易……

还有很多很多，每一首诗都是一个故事，每一个故事都是一个人的心。

当你走进他们的内心，读懂他们的故事，默默咀嚼着诗的味道，你参透了，你领悟了，你真正明白了诗歌背后的那个人，你一定会恍然大悟地说一句：

瞧，这才是风流！

我希望大家能被某一首诗、某一个诗人打动，至少我是被打动了的。而且，因为写这些诗人，我的人生轨迹也发生了改变：2016年开公众号写作，2017年出第一本书，2018年辞职，2019年出第二本书。

我从体制内辞职的时候已经四十三岁了，在这个年龄，李白已经从长安被"赐金放还"了，苏轼被抓进了监狱，杜甫还在安史之乱的炮火中狼狈逃亡。

有人好心劝我不要辞职："你看你都已经四十三岁了，还折腾什么呢？"我的回答是："我才四十三岁呀，还有多少精彩的生活等着我呢！"而我的心里想的是：我总不会像李白、杜甫、苏轼这个年龄这么惨吧？

当人生面临烦恼的时候，就请拉长时间线，你会发现你的烦恼根本就不算烦恼。能生活在和平年代，不知道有多么幸福！经历那样人生的人，还能写出诗来，这需要多么强大的内心啊！

我要感谢这些诗人给了我精神营养，我要感谢互联网给我打开了认识世界的窗口，我要感谢这个时代。

我还要感谢我从未谋面的中国出版集团现代出版社的朋友们，感谢你们给我这个平台，感谢编辑的默默工作；感谢我的家人尤其是我的孩子，感谢你们赋予我奋斗的动力。

还有我的读者，你们能认认真真看完我写下的每一个文字，真是令人感动。因为能静下心来读书的人真的不多，而且可以选择读的书太多了。感谢你能在千千万万本书中挑中我写的这一本，看到这里，我们已经完成了心灵的交流。

最后，我想用苏东坡的一句诗作为结尾，这也是我对人生的态度：

回首向来萧瑟处，

归去，

也无风雨也无晴。